MOEWIG
SCIENCE FICTION

# Robert Silverberg

# DER MANN IM LABYRINTH

Herausgegeben und mit einem Nachwort
von Hans Joachim Alpers

MOEWIG
Deutsche Erstausgabe

Titel der Originalausgabe: THE MAN IN THE MAZE
Aus dem Amerikanischen von Marcel Bieger

Umschlagillustration: Schlück / Angus McKie
Umschlagentwurf und -gestaltung: Franz Wöllzenmüller, München
Redaktion: Hans Joachim Alpers
Verkaufspreis inkl. gesetzl. Mehrwertsteuer
Auslieferung in Österreich:
Pressegroßvertrieb Salzburg, Niederalm 300, A-5081 Anif
Printed in Germany 1982
Druck und Bindung: Mohndruck Graphische Betriebe GmbH, Gütersloh
ISBN 3-8118-3578-5

# Eins

Mittlerweile kannte Muller das Labyrinth ziemlich genau. Er wußte um seine Todesfallen, seine Schlingen und Täuschungen, seine Fallgruben. Neun Jahre lebte er jetzt hier. Das war lange genug, um sich zurechtzufinden, und es hatte auch gereicht, sich mit der Situation abzufinden, die ihn dazu gezwungen hatte, im Labyrinth Zuflucht zu suchen.

Er bewegte sich immer noch vorsichtig. Drei- oder viermal hatte er erfahren müssen, daß seine Kenntnis des Labyrinths, obwohl grundlegend und ausreichend, noch nicht ganz vollständig war. Mindestens einmal hatte er am Rand der Vernichtung gestanden, und nur sein unwahrscheinliches Glück hatte ihn im letzten Moment zurückfahren lassen, als völlig unerwartet ein Flammenstrahl vor ihm aufgetaucht war und direkt vor ihm ein Strom reiner Energie den Weg zum Kochen gebracht hatte. Muller hatte diesen Flammenstrahl auf seiner Karte vermerkt, ebenso fünfzig weitere. Als er sich durch das Labyrinth mit den Ausmaßen einer Stadt bewegte, wußte er, daß für ihn keine Garantie bestand, nicht auf eine bisher unerfaßte Falle zu stoßen.

Über ihm verdunkelte sich der Himmel. Das tiefe, volle Grün des Spätnachmittags wich der Schwärze der Nacht. Muller hielt auf seiner Jagd einen Moment inne und sah zu dem Sternhimmel hinauf. Selbst der war ihm nun nicht mehr fremd. In den Jahren auf dieser einsamen Welt hatte er sich seine eigenen Sternbilder zusammengestellt; hatte den Himmel nach auffälligen Konstellationen abgesucht, die zu seiner besonders rauhen und bitteren Stimmung paßten. Und jetzt erschienen sie: der Dolch, der Rücken, der Schaft, der Affe, die Kröte. In der Stirn des Affen flimmerte der kleine, trübe Stern, der, wie Muller glaubte, die Sonne der Erde war. Er war sich jedoch nicht sicher, weil er seinen Kartenbehälter vernichtet hatte, nachdem er hier gelandet war. Aber er spürte, dieser kleine Feuerball dort oben mußte die Sonne sein. Der trübe Stern bildete auch das linke Auge der Kröte. Manchmal sagte sich Muller, Sol könne auf dieser neunzig Lichtjahre von der Erde entfernten Welt gar nicht sichtbar sein. Aber dann war er wiederum fest davon überzeugt. Über der Kröte befand sich eine Konstellation, die Muller Libra, die Waage, genannt hatte. Allerdings war diese Waage, wie so manches, arg aus dem Gleichgewicht geraten.

Drei kleine Monde gingen glitzernd auf. Die Welt besaß eine dünne, aber atembare Atmosphäre. Muller achtete schon lange nicht mehr auf den zu hohen Stickstoff- und den zu geringen Sauerstoffgehalt. Auch der Anteil an Kohlendioxid lag etwas zu niedrig, woraus sich unter anderem der Effekt ergab, daß Muller auf dieser Welt kaum jemals gähnen mußte. Aber darüber machte er sich keine Gedanken. Er umfaßte den Kolben seiner Waffe fester und ging auf der Suche nach seinem Abendessen langsam durch die fremde Stadt. Auch das gehörte zu seinem festgelegten Tagesablauf. Einen halben Kilometer weiter hatte er Nahrungsmittelvorräte für ein halbes Jahr in einem strahlungssicheren Schrank gelagert. Trotzdem ging er jede Nacht auf die Jagd, damit er die Lücken in seinem geheimen Lager immer wieder ergänzen konnte. Darüber hinaus war das ein sinnvoller Zeitvertreib. Und er brauchte ein aufgefülltes Lager für den Tag, an dem das Labyrinth ihn verkrüppeln oder lähmen würde. Seine scharfen Augen suchten die verwinkelten Straßen vor ihm ab. Um ihn herum erhoben sich die Mauern, Blenden, Fallen und Täuschungen des Labyrinths, in dem er lebte. Er atmete tief durch. Jedesmal setzte er einen Fuß fest auf den Boden, bevor er den anderen hob. Er sah sich nach allen Richtungen um. Das dreifache Mondlicht zerlegte und teilte seinen Schatten, spaltete ihn in reduplizierte Abbilder, die vor ihm tanzten und sich ausbreiteten.

Der über seinem linken Ohr angebrachte Massedetektor gab ein hochtöniges Geräusch von sich und sagte Muller damit, daß das Gerät die Körperwärme eines Tieres im Bereich zwischen fünfzig und hundert Kilogramm registriert hatte. Er hatte den Detektor auf drei Größenordnungen programmiert. Bei diesem Tier handelte es sich um eines der mittleren, der Lauftierordnung. Die Bandbreite des Detektors reichte von Wesen ab zehn oder zwanzig Kilogramm – Beißtierordnung – bis zu solchen von über fünfhundert Kilogramm –, die in die Kategorie Riesentiere fielen. Die Kleintiere waren angriffslustig und sprangen einem sofort an die Kehle, die Riesenbiester hingegen trampelten alles kurz und klein. Muller jagte nur Tiere aus der mittleren Ebene und mied die anderen.

Nun duckte er sich und hielt die Waffe bereit. Die Tiere, die hier auf

Lemnos das Labyrinth durchstreiften, konnten ohne sonderliche Kriegslist erlegt werden. Sie achteten nur auf ihresgleichen. Selbst nach all den Jahren, die Muller schon unter ihnen zugebracht hatte, hatten sie noch nicht begriffen, daß er ein tödlicher Feind war. Offenbar war hier seit Jahrmillionen kein intelligentes Lebewesen mehr auf die Jagd gegangen. Und Muller hatte sie Nacht für Nacht erlegt, ohne ihnen dabei die Chance zu geben, etwas über das Wesen des Menschen zu lernen. Bei der Jagd kam es ihm vor allem darauf an, von einem sicheren Ort mit gutem Überblick aus zuzuschlagen, damit er nicht die Beute eines größeren und gefährlicheren Tieres wurde, während er sich auf sein Opfer konzentrierte. Mit dem an der Ferse seines linken Stiefels befestigten Stoßsporn untersuchte er die Wand hinter sich und versicherte sich auf diese Weise, daß sie sich nicht plötzlich öffnen und ihn verschlingen würde. Aber sie war solide. Sehr gut. Muller trat langsam zurück, bis sein Rücken den kühlen, glatten Stein berührte. Sein linkes Knie ruhte auf dem leicht nachgebenden Pflaster. Er zielte über den Lauf seines Gewehrs. Hier war er sicher. Und er konnte warten. Vielleicht drei Minuten vergingen. Der Massedetektor heulte immer noch leise und deutete an, daß das Tier sich weiterhin in einem Radius von hundert Metern aufhielt. Der Ton wurde immer lauter, je näher die Quelle der Wärmestrahlung kam. Muller hatte keine Eile. Er befand sich an der Seite eines riesigen, von glasartigen, gewölbten Scheidewänden begrenzten Platzes, und alles, was aus diesen schimmernden Bögen hervortrat, würde ein leichtes Ziel sein. Muller jagte heute nacht in der Zone E des Labyrinths, dem fünften Sektor vom Zentrum aus gesehen, einer der gefährlichsten Gegenden. Nur selten verließ er die relativ harmlose Zone D, aber irgendein Teufel hatte ihn in dieser Nacht geritten und in Zone E gelockt. Seit er seinen Weg ins Labyrinth gefunden hatte, hatte er es nie wieder riskiert, Zone G oder H zu betreten. Und erst zweimal hatte er sich in Zone F vorgewagt. E suchte er vielleicht fünfmal im Jahr auf.

Zu seiner Rechten tauchten die konvergierenden Linien eines Schattens auf, kamen hinter einer gewölbten, glasartigen Wand hervor. Das Heulen des Massedetektors erreichte das obere Ende des Spektrums für Tiere dieser Kategorie. Atropos, der kleinste Mond, der leichtsinnig über dem Himmel ritt, veränderte das Schattenmuster. Die Linien liefen nicht mehr zusammen. Statt dessen schnitt jetzt eine schwarze Schranke durch die beiden anderen Schatten. Muller erkannte den Schatten einer Schnauze. Kurz darauf sah er sein Opfer. Das Tier wies die Größe eines Schäferhundes auf, war am Maul grau und am Leib braungelb. Ein gebuckelter, häßlicher und unverkennbarer Fleischfresser. In den ersten Jahren auf Lemnos hatte Muller bewußt keine Fleischfresser gejagt, weil er der Ansicht gewesen war, ihr Fleisch würde nicht schmecken. Er hatte sich lieber auf die einheimischen Gegenstücke von Rind und Schaf spezialisiert – sanftmütige Huftiere, die sorglos durch das Labyrinth zogen und das Gras der Gartenflächen fraßen. Erst als er dieses zarte Fleisch über hatte, war er auf die Jagd nach einem der mit Zähnen und Krallen bewehrten Wesen gegangen, die den Pflanzenfressern nachstellten. Zu Mullers Überraschung schmeckte deren Fleisch ganz ausgezeichnet. Er beobachtete, wie das Tier auf den Platz trat. Die lange Schnauze zuckte. Muller konnte in seinem Versteck hören, wie das Tier schnüffelte. Aber Menschengeruch bedeutete diesem Wesen nichts.

Mit sicheren, aber staksigen Schritten lief das Raubtier über den glatten Belag des Platzes. Die nicht einziehbaren Krallen klickten und kratzten auf dem Boden. Muller justierte den Strahl auf Nadelstärke, setzte die Waffe gewandt an und zielte zunächst auf den Buckel, dann auf die Hinterläufe. Das Gewehr traf automatisch jedes gewünschte Ziel in einem gewissen Bereich. Aber Muller bediente sich immer der manuellen Ziel- und Schußvorrichtung. Das Gewehr und er hatten unterschiedliche Ziele: Der Waffe ging es nur ums Töten, Muller ums Essen. Und es war einfacher, selbst ein Opfer zu erlegen, als die Waffe davon zu überzeugen, daß ein Schuß durch das zarte, saftige Fleisch des buckligen Rückens ihn um das beste Stück bringen würde. Das Gewehr suchte naturgemäß nach dem einfachsten Ziel, würde den Strahl durch den Buckel ins Rückgrat senden und damit das Tier zur Strecke bringen. Muller hingegen bevorzugte mehr Finesse.

Er wählte eine Stelle etwa fünfzehn Zentimeter vom Buckel entfernt, dort, wo das Rückgrat in den Schädel eintrat. Ein Schuß reichte aus. Das Tier schwankte und brach zusammen. Muller rannte so rasch auf die Beute zu, wie er es wagen konnte. Er überprüfte jedes Aufsetzen der Füße. Rasch trennte er die unwichtigen Teile ab: Extremitäten, Kopf und Innereien. Dann sprühte er eine Siegelmasse über den Brocken rohen Fleisches, den er aus dem Körper geschnitten hatte. Schließlich schnitt er sich noch ein gewichtiges Steak aus der Hinterhand und schnallte sich beide Pakete auf den Rücken. Er drehte sich um und suchte nach dem im Zickzackkurs verlaufenden, einzig sicheren Weg zum Zentrum des Labyrinths. In weniger als einer Stunde konnte er sich wieder in seinem Lager im Herz der Zone A befinden.

Halb hatte er den Platz überquert, als er ein ungewöhnliches Geräusch hörte.

Er hielt inne und sah zurück. Drei kleine Tiere eilten hüpfend auf den Kadaver zu, den er zurückgelassen hatte. Aber es war nicht das Scharren der Aasräuber gewesen, das ihn beunruhigt hatte. Bereitete das Labyrinth eine neue Todesfalle vor? Ein tiefes, grollendes Geräusch, über dem ein heiseres Dröhnen im mittleren Frequenzbereich lag, war zu hören. Und es war zu langgezogen, um mit dem Brüllen eines besonders großen Tieres verwechselt zu werden. Ein Geräusch, das Muller noch nie zuvor gehört hatte.

Nein: ein Geräusch, das er *hier* noch nie gehört hatte. Irgendwo in seiner Erinnerung klingelte etwas. Muller suchte danach. Das Geräusch kam ihm irgendwie bekannt vor. Dieses doppelte Dröhnen, das immer schwächer wurde, je weiter es in der Ferne verschwand. Was war es nur?

Er versuchte, seine Position festzustellen. Die Geräuschquelle mußte sich irgendwo hinter ihm befinden. Zumindest war es ihm so erschienen. Muller sah in die Richtung und entdeckte nur die dreifache Kaskade der inneren Labyrinthwand, die hoch über der glitzernden Bernsteinschicht aufragte. Und darüber? Dort sah Muller nur den sternenbeleuchteten Himmel mit dem Affen, der Kröte, der Waage.

Jetzt erinnerte sich Muller an das Geräusch.

Ein Schiff. Ein Sternenschiff, das aus dem Warpflug auf Ionenantrieb umgeschaltet hatte, um zur planetaren Landung anzusetzen. Das Donnern der Expelleratoren und das Dröhnen der Bremstriebwerke erfüllten die Stadt. Dieses Geräusch hatte er seit neun Jahren nicht mehr gehört. Also stand ihm Besuch ins Haus. Waren es zufällige Eindringlinge, oder hatte man seine Spur entdeckt? Was wollten sie? Ärger stieg in Muller hoch. Er hatte restlos genug von ihnen und ihrer Welt. Warum wollten sie ihm auch hier keine Ruhe gönnen? Angespannt und breitbeinig stand Muller da. Ein Teil seines Gehirns suchte auch jetzt nach möglichen Gefahren, als er auf den vermutlichen Landeplatz des Schiffes starrte. Er wollte weder mit der Erde noch mit den Erdmenschen etwas zu tun haben. Er stierte finster zu dem trüben Lichtpunkt im Auge der Kröte, in der Stirn des Affen hinauf.

Sie sollten ihn nicht finden, beschloß er.

Sie würden im Labyrinth den Tod finden, und ihre Knochen würden Teil der jahrmillionenalten Ansammlung werden, die auf den äußeren Korridoren verstreut lag.

Und wenn sie den Weg doch finden würden, so wie es ihm gelungen war ...

Nun, dann mußten sie versuchen, mit ihm fertigzuwerden. Und dieser Kampf würde ihnen sicher nicht gefallen. Muller lächelte grimmig, rückte die Fleischpakete auf seinem Rücken zurecht und richtete seine ganze Konzentration wieder auf das Labyrinth. Nach kurzer Zeit befand er sich in der Sicherheit von Zone C. Er erreichte sein Lager und verstaute das Fleisch. Dann bereitete er sein Abendessen vor. Schmerz hämmerte in Mullers Schädel. Nach neun Jahren war er nicht mehr allein auf dieser Welt. Sie besudelten seine Einsamkeit. Wieder einmal fühlte Muller sich hintergangen. Er verlangte nichts weiter von der Erde, als in Ruhe gelassen zu werden. Selbst das verweigerte man ihm. Aber sie sollten es teuer bezahlen, wenn sie es wirklich schaffen sollten, ihn im Labyrinth zu erreichen. Wenn.

## *2*

Das Schiff war etwas zu spät aus dem Warpflug gekommen und in den äußeren Atmosphärebereichen von Lemnos in das normale Raum-Zeit-Kontinuum eingetreten. Charles Boardman mißbilligte das. Er verlangte bei allen Tätigkeiten den höchstmöglichen Standard von sich und erwartete von allen anderen das gleiche. Besonders von den Piloten.

Boardman verbarg seinen Mißmut und schaltete den Bildschirm ein. An einer Wand seiner Kabine leuchtete das bunte Bild des unter dem Schiff schwebenden Planeten auf. Kaum eine Wolke bedeckte seine Oberfläche. Boardman hatte klare Sicht durch die Atmosphäre. Im Zentrum einer weiten Ebene erhob sich eine Ansammlung von Furchen, deren Umrisse noch aus einer Höhe von hundert Kilometern scharf ausgeprägt waren. Boardman wandte sich dem jungen Mann an seiner Seite zu und sagte: „Da sind wir, Ned: das Labyrinth von Lemnos. Und Dick Muller mittendrin!“

Ned Rawlins spitzte die Lippen. „So groß? Es muß einen Durchmesser von einigen hundert Kilometern haben!“

„Was Sie dort unten sehen, ist die äußere Wallanlage. Das eigentliche Labyrinth wird von einem konzentrischen Ring aus Erdaufschüttungen umgeben, der fünf Meter hoch ist und dessen äußerer Umfang fast tausend Kilometer beträgt. Doch . . .“

„Ja, ich weiß“, unterbrach Rawlins erregt. Ohne Übergang war er tiefrot angelaufen . . . mit der eindringlichen Unschuld, die Boardman so charmant fand und bald einzusetzen gedachte. „Tut mir leid, Charles, ich wollte nicht unhöflich sein.“

„Ist schon in Ordnung. Was wollten Sie denn wissen?“

„Dieser dunkle Punkt dort innerhalb der Außenwälle – ist das die eigentliche Stadt?“

Boardman nickte. „Das ist das innere Labyrinth. Mit einem Durchmesser von zwanzig bis dreißig Kilometern. Und nur Gott allein weiß, wie viele Millionen Jahre es alt ist. Dort werden wir Muller finden.“

„Falls wir hineingelangen.“

„*Sobald* wir hineingelangt sind.“

„Ja. Natürlich. Richtig, *sobald* wir hineingelangt sind“, verbesserte sich Rawlins und errötete wieder. Auf seinen Lippen erschien ein rasches, ernstes Lächeln. „Die Möglichkeit, daß wir den Eingang nicht finden, ist von vornherein auszuschließen, nicht wahr?“

„Muller hat ihn gefunden“, sagte Boardman ganz ruhig. „Er lebt heute mittendrin.“

„Aber er war der erste, dem das gelungen ist. Jeder andere, der den Versuch unternommen hat, ist gescheitert. Warum sollten wir also . . .“

„So viele haben es nun auch wieder nicht versucht“, entgegnete Boardman. „Und die, die sich daran gemacht haben, waren für die auftauchenden Schwierigkeiten nicht genügend ausgerüstet. Uns wird es gelingen, Ned. Wir werden es schaffen. Uns bleibt gar keine andere Wahl. Entspannen Sie sich nun und genießen Sie die Landung.“

Das Schiff flog jetzt den Planeten an. Der Abstieg ging ein wenig zu rasch vor sich, dachte Boardman, während er unter der abrupten Geschwindigkeitsverzögerung litt. Er haßte Sternreisen, und am allermeisten daran haßte er die Landungen. Aber diesen Flug hatte er nicht vermeiden können. Er lehnte sich in seinem Netzschaumsitz zurück und schaltete den Schirm aus. Ned Rawlins saß immer noch aufrecht da, und seine Augen glühten vor Erregung. Wie wunderbar war es doch, jung zu sein, dachte Boardman und wußte nicht, ob er das nun sarkastisch gemeint hatte oder nicht. Sicher, der Junge war gesund und kräftig... und intelligenter, als es manchmal den Anschein hatte. Ein vielversprechender, ein guter Junge, wie man ihn wohl vor ein paar Jahrhunderten beurteilt hätte. Boardman konnte sich nicht erinnern, selbst einmal ein solcher junger Mann gewesen zu sein. In seinen Augen war er immer ein Mann in mittleren Jahren gewesen: berechnend, kalkulierend, ein Mann, der genau wußte, was er wollte. Boardman war jetzt achtzig und hatte damit fast sein halbes Leben hinter sich. Doch nicht einmal in seiner ehrlichsten Selbsteinschätzung hielt er es für möglich, daß sich seit seinem zwanzigsten Geburtstag etwas Bedeutendes in seiner Persönlichkeit verändert hatte. Natürlich hatte er dazugelernt, beherrschte jetzt das Kunstwerk, Menschen zu führen und anzuleiten. Und weiser war er auch geworden. Aber in seinem Charakter hatte es keine grundlegende qualitative Veränderung gegeben. Der junge Ned Rawlins dagegen würde in etwa sechzig Jahren, von jetzt an gerechnet, eine ganz andere Person sein, und kaum etwas von der jugendlichen Unreife und Unerfahrenheit dieses Augenblicks würde überleben. Boardman erwartete, und er war darüber nicht allzu glücklich, daß die anstehende Mission die Feuerprobe sein würde, die die Unschuld des Jungen hinwegfegte.

Als das Schiff in die letzte Phase des Landemanövers trat, schloß Boardman die Augen. Er spürte, wie die Schwerkraft an seinem alten Fleisch zerrte. Hinab. Nach unten. Hinab. Wie viele Planetenlandungen hatte er schon mitgemacht... und jede einzelne verflucht? Das Leben eines Diplomaten bestand hauptsächlich aus Rastlosigkeit. Zu Weihnachten auf den Mars, Ostern auf eine der Centauri-Welten, zur Feier des Mittjahresfestes auf einen der stinkenden Rigel-Planeten... und jetzt diese Mission, die schwierigste von allen. Der Mensch war nicht dazu geschaffen, dachte Boardman, auf diese Weise von Stern zu Stern zu jagen. Ich habe mein Gefühl für das Universum verloren. Es heißt zwar, dies sei die großartigste Ära der menschlichen Geschichte, aber ich glaube, es erfüllt einen Menschen mehr, wenn er jeden kleinen Stein auf einer wunderschönen goldenen Insel inmitten eines blauen Ozeans kennt, als rastlos von Welt zu Welt zu hüpfen.

Während das Schiff weiter hinabsank, dachte Boardman daran, wie die Schwerkraft von Lemnos sein Gesicht verzerrte. Schwere, fleischige Wülste hingen an seinem Hals, und hier und da ließen sich an seinem ganzen Körper Fettrollen entdecken, was ihm ein schlaffes, verweichlichtes Aussehen verlieh. Ohne größere Anstrengung hätte

Boardman sich die modisch schlanke und gestählt straffe Gestalt eines Mannes dieser Zeit zulegen können. In diesen Zeiten konnte sich ein Mensch von hundertfünfundzwanzig Jahren das Aussehen eines Jugendlichen verleihen, wenn er das wollte. Schon früh in seiner Laufbahn hatte Boardman sich jedoch dafür entschieden, authentisches Altern zu simulieren. Er hatte das als Investition für seine Karriere angesehen: Was ihm an Chic mangelte, gewann er an Status. Bei seiner Arbeit ging es darum, Regierungen zu beraten. Und Staatschefs nahmen in den seltensten Fällen Ratschläge von Männern an, die wie Jünglinge aussahen. Boardman hatte in den letzten vierzig Jahren das Aussehen eines Fünfundfünfzigjährigen beibehalten. Und er wollte dieses Erscheinungsbild eines kräftigen, energischen Mannes zu Beginn seiner mittleren Jahre noch mindestens weitere fünfzig Jahre tragen. Später, in der Endphase seiner Karriere, wollte er der Zeit wieder gestatten, ihre Auswirkungen zu zeigen. Dann wollte er das weiße Haar und die eingefallenen Wangen eines Achtzigjährigen annehmen und eher als Nestor denn als Odysseus auftreten. Zum gegenwärtigen Zeitpunkt war es für den Job nützlicher, erste leichte Spuren des Alters zu zeigen, wie er es auch bewußt tat.

Boardman war nicht groß, aber so stämmig, daß er leicht an jedem Konferenztisch auffiel. Seine breiten Schultern, die tonnenförmige Brust und die langen Arme hätten besser zu einem Riesen gepaßt. Im Stehen erwies sich Boardman geringfügig kleiner als der Durchschnitt, aber im Sitzen wirkte er beeindruckend. Auch das kam ihm recht hilfreich vor, und er hatte nie daran gedacht, daran etwas ändern zu lassen. Ein außergewöhnlich großer Mensch eignete sich eher zum Kommandieren als zum Beraten. Und es war nie Boardmans Wunsch gewesen, Befehle zu geben und Entscheidungen zu treffen. Er bevorzugte eine subtilere Machtausübung. Ein Mann, der an Konferenztischen wie ein Riese aussah, konnte ganze Reiche kontrollieren. Und Regierungsgeschäfte wurden meist in sitzender Position geführt.

Er strahlte Autorität aus. Sein Kinn war kräftig, die Nase groß, mächtig und dominierend, die Lippen gleichzeitig fest und sinnlich. Seine Augenbrauen waren so immens und buschig wie schwarzes Fell. Sie entsprangen einer massiven Stirn, die jedem Neandertaler Ehrfurcht eingeflößt hätte. Er trug das dichte Haar lang. Drei Ringe glänzten an seinen Fingern. Einer davon war ein Gyroskop aus Platin und Rubinen, in das mattes U-238 eingelegt war. In Kleidungsfragen hatte Boardman einen seriös konservativen Geschmack. Er bevorzugte schwere Stoffe und mittelalterlichen Schnitt. In einer anderen Ära hätte man ihn leicht für einen lebenslustigen Kardinal oder einen ehrgeizigen Premierminister halten können. Er hätte zu jeder Zeit und an jedem Hof eine bedeutende Rolle spielen können. Auch heute war er ein wichtiger Mann. Als Preis für seine Wichtigkeit mußte er jedoch die Unbilden der Sternreisen auf sich nehmen. In kurzer Zeit würde er auf einem weiteren fremden Planeten landen, wo die Luft komisch riechen, die Schwerkraft eine Spur zu groß und die Farbe der Sonne nicht richtig sein würde. Boardman blickte finster drein. Wie lange sollte diese Landung denn noch dauern?

Er sah zu Ned Rawlins. Er mußte etwa zweiundzwanzig oder dreiundzwanzig sein: Ein Bild naiver, jugendlicher Männlichkeit bot sich ihm, obwohl er wußte, daß Ned alt genug war, um mehr gelernt zu haben, als er zu zeigen bereit schien. Er war groß, auf konventionelle Weise gutaussehend, jedoch ohne Hilfe der kosmetischen Chirurgie. Das Haar war hell, die Augen blau, die Lippen weit und beweglich und die Zähne makellos. Er war der Sohn eines mittlerweile verstorbenen Kommunikationstheoretikers, der gleichzeitig einer der engsten Freunde von Richard Muller gewesen war. Boardman hatte vor, sich dieser Beziehung zu bedienen, und hoffte, sie würde sie ein gutes Stück bei den anstehenden delikaten Transaktionen voranbringen. Nun, man würde sehen.

Rawlins sagte: „Fühlen Sie sich nicht wohl, Charles?"

„Ich werde es überleben. Bald sind wir unten."

„Die Landung scheint so langsam vonstatten zu gehen, nicht wahr?"

„Dauert höchstens noch eine Minute", sagte Boardman.

Das Gesicht des Jungen schien kaum von den Kräften verzerrt zu werden, die auf es einwirkten. Die linke Wange war leicht nach unten gezogen, aber mehr auch nicht. Es war unheimlich, auf diesem strahlenden Gesicht so etwas wie ein Hohnlächeln auszumachen.

„So, jetzt ist es soweit", murmelte Boardman und schloß wieder die Augen.

Das Schiff verringerte jetzt sehr schnell den Abstand zur Oberfläche und setzte schließlich auf. Die Expelleratoren gingen aus. Die Bremsraketen erstarben knurrend. Ein letzter, unangenehmer Moment der Unsicherheit, dann war die Lage stabil. Die Landebeine verankerten sich im Boden, und dem Donnern der Landung folgte Stille. Wir sind da, dachte Boardman. Jetzt auf zum Labyrinth. Auf zu Mr. Richard Muller. Mal sehen, ob er in den vergangenen neun Jahren etwas von seinem Schrecken verloren hat. Vielleicht ist er jetzt genauso normal wie jeder andere auch. Falls dem so ist, sagte sich Boardman, dann möge Gott uns beistehen.

## *3*

Ned Rawlins war noch nicht sehr oft durchs All gereist. Er hatte bislang erst fünf Welten besucht, und davon gehörten drei zum heimatlichen Sonnensystem. Als er zehn geworden war, hatte sein Vater ihn zu einem Sommerurlaub auf den Mars mitgenommen. Zwei Jahre später hatte er die Venus und den Merkur kennengelernt. Als Belohnung für seine Reifeprüfung hatte er im Alter von sechzehn das Sonnensystem verlassen dürfen und war so nach Alpha Centauri IV gekommen. Drei Jahre später war er aus traurigem Anlaß ins Rigel-System geflogen und hatte von dort den Leichnam seines tödlich verunglückten Vaters heimgeführt.

In einer Zeit, wo man mit dem Warpflug genauso einfach von einem Sternsystem ins nächste gelangen konnte, wie man auf der Erde von Europa nach Australien reiste, bedeutete das nicht viel. Rawlins wußte jedoch, daß er später noch genügend Zeit zum Herumreisen haben würde, sobald er sich seine ersten diplomatischen Sporen verdient hatte. Wenn man Boardmans Worten Glauben schenken durfte, so ließ der Reiz des Sternenflugs schon recht bald nach. Rawlins hielt dem entgegen, daß da ein ausgelaugter Mann sprach, der viermal so alt war wie er. Andererseits glaubte er aber auch, daß an seinen Worten etwas Wahres sein mußte.

Aber bis zur Alltäglichkeit würde es noch lange dauern. In diesem Augenblick befand sich Ned Rawlins zum sechsten Mal auf einer fremden Welt, und er war überglücklich. Das Schiff war auf der großen Ebene, die Mullers Labyrinth umgab, zum Stehen gekommen. Die äußere Wallanlage lag etwa hundert Kilometer in südöstlicher Richtung. Tiefe Nacht herrschte auf dieser Seite von Lemnos. Der Planet besaß einen Dreißigstundentag und ein Jahr mit zwanzig Monaten. In dieser Hemisphäre herrschte früher Herbst, die Luft war kühl und frisch. Rawlins entfernte sich ein paar Schritte vom Schiff. Die Männer der Schiffsbesatzung luden das Material aus, das zum Bau des Lagers benötigt werden würde. Charles Boardman stand, in dicke

Felle vermummt, ein Stück abseits und war so tief in sich gekehrt, daß Rawlins nicht wagte, in seine Nähe zu kommen. Neds Verhältnis zu Boardman setzte sich aus einer Mischung von Ehrfurcht und Angst zusammen. Er wußte, daß es sich bei ihm um einen zynischen alten Mann handelte, dennoch kam er nicht umhin, ihn zu bewundern. Ned wußte, Boardman war ein wirklich bedeutender Mensch, wie ihm noch nicht allzu viele begegnet waren. Sein eigener Vater hatte vielleicht zu dieser Sorte gehört. Ganz sicher auch Dick Muller. Aber er selbst war damals kaum älter als zwölf gewesen, als Muller in die entsetzliche Klemme geraten war, die ihn vollständig aus der Bahn geworfen hatte. Aber, so sagte sich Ned, in einem so jungen Leben schon drei bedeutende Menschen kennengelernt zu haben, das war doch etwas. Er wünschte sich, seine eigene Karriere würde nur halb so beeindruckend werden wie die von Boardman. Natürlich besaß er nicht die Cleverness dieses Mannes, und er hoffte, er würde sie auch nie erlangen. Aber er verfügte über andere Qualitäten – eine gewisse Vornehmheit des Charakters zum Beispiel, an der es Boardman mangelte. Ich kann auf meine eigene Weise von Nutzen sein, dachte Rawlins. Aber dann fragte er sich, ob das nicht vielleicht eine allzu naive Hoffnung war.

Er atmete die fremde Luft tief ein und starrte in den Himmel, an dem sich unbekannte Sternbilder abzeichneten. Vergeblich suchte er nach einer vertrauten Konstellation. Ein frostiger Wind pfiff über die Ebene. Diese Welt wirkte einsam, desolat und leer. Er hatte in der Schule einiges über Lemnos gelernt: einer der verlassenen, uralten Planeten, auf dem eine unbekannte, fremdartige Rasse gelebt hatte, der aber seit Jahrtausenden unbewohnt war. Nichts erinnerte mehr an die einstige Bevölkerung, bis auf einige Knochenfossilien, Artefaktfragmente und natürlich das Labyrinth. Der tödliche Irrgarten umschloß die Totenstadt, die von der Zeit unberührt schien, wie ein Ring.

Archäologen hatten aus der Luft Bilder von der Stadt gemacht, sie mit Sensoren untersucht und waren furchtbar enttäuscht worden, da sie nicht gefahrlos in sie eindringen konnten. Das erste Dutzend Expeditionen nach Lemnos war daran gescheitert, einen Weg ins Labyrinth zu finden. Jeder, der eingedrungen war, hatte dabei sein Leben verloren, war Opfer der versteckten Fallen geworden, die so geschickt in den äußeren Zonen angebracht waren. Der letzte Versuch, in die Stadt zu gelangen, war vor etwa fünfzig Jahren unternommen worden. Dann war Richard Muller nach Lemnos gekommen, hatte nach einem Ort gesucht, an dem er sich vor der Menschheit verstecken konnte, und hatte irgendwie den richtigen Weg durchs Labyrinth gefunden.

Rawlins fragte sich, ob sie bei ihren Bemühungen, mit Muller in Kontakt zu treten, Erfolg haben würden. Er grübelte auch über die Frage nach, wie viele Männer, die mit ihnen gereist waren, beim Eindringen ins Labyrinth ihr Leben lassen mußten. An seinen eigenen Tod dachte er dabei nicht. In seinem Alter war der Tod etwas, das nur anderen Leuten zustieß. Aber einige von den Männern, die jetzt mit dem Aufbau des Camps beschäftigt waren, würden in wenigen Tagen tot sein.

Während er noch seinen Gedanken nachhing, erschien ein Tier. Es trabte hinter einem sandigen Hügel hervor, nicht weit von Ned. Neugierig beobachtete Rawlins das fremdartige Lebewesen. Es erinnerte ein wenig an eine große Katze, aber es konnte seine Krallen nicht einziehen. In seinem Maul blitzten grünliche Zähne auf. Leuchtende Streifen gaben seinem schlanken Körper ein buntes Aussehen. Rawlins wußte keine Antwort darauf, wie solch ein leuchtendes Fell einem Raubtier bei der Jagd von Nutzen sein konnte . . . es sei denn, es diente als eine Art Köder.

Das Tier kam bis auf einige Meter an Ned heran. Es warf ihm einen kurzen Blick zu, in dem aber nicht das geringste Interesse steckte, wandte sich dann mit einer graziösen Bewegung ab und trottete auf das Schiff zu. Von dem Tier ging eine Kombination aus fremdartiger Schönheit, Macht und Bedrohlichkeit aus, die nicht ohne Reiz war.

Jetzt näherte es sich Boardman. Der Mann zog seine Waffe.

„Nein!“ Rawlins hörte überrascht seinen eigenen Ruf. „Töten Sie es nicht, Charles! Es will uns doch nur aus der Nähe anschauen!“

Boardman drückte ab.

Das Tier sprang hoch in die Luft, krümmte sich und fiel mit ausgestreckten Gliedern auf den Boden zurück. Rawlins rannte darauf zu. Der Schock drohte ihn zu lähmen. Es hatte keinen Grund für diesen Mord gegeben, dachte er. Das Tier wollte uns doch nur aus der Nähe beschnüffeln. Wie verbrecherisch, es einfach zu erschießen.

„Hätten Sie nicht eine Minute warten können, Charles?“ platzte es aus ihm heraus. „Vielleicht wäre es ja von selbst wieder verschwunden! Warum nur . . .“

Boardman lächelte. Er gab einem Mannschaftsmitglied ein Zeichen, das ein Schaumnetz über das Tier spritzte. Es regte sich matt, als der Mann es ins Schiff schleifte. Sanft sagte Boardman: „Ich habe es nur betäubt, Ned. Wir werden einen Teil unserer Reisekosten durch Verkäufe an den Bundes-Zoo wieder hereinbekommen. Haben Sie mich denn wirklich für so schießwütig gehalten?"

Ned kam sich auf einmal klein und dumm vor. „Nun . . . eigentlich nicht direkt. Ich meine . . ."

„Vergessen Sie es. Nein, vergessen Sie es nicht. Merken Sie sich alles und vergessen Sie nichts. Lassen Sie sich das eine Lehre sein: Man sammelt erst alle Daten, bevor man anfängt, unsinniges Zeug daherzufaseln."

„Aber wenn ich den Mund gehalten hätte und Sie es wirklich getötet hätten . . ."

„Dann hätten Sie auf Kosten eines Tierlebens etwas sehr Häßliches über mich gelernt. Sie hätten erfahren, daß alles Fremde mit scharfen Zähnen in mir einen Tötungsinstinkt weckt. Aber statt dessen haben Sie nur ein lautes Geräusch von sich gegeben. Wenn ich das Tier wirklich hätte töten wollen, hätte Ihr Schrei mich nicht an meinem Vorhaben gehindert. Ich hätte vielleicht nicht richtig gezielt und wäre auf Gedeih und Verderb einem wütenden, angeschossenen Tier ausgeliefert gewesen. Also, Ned, nehmen Sie sich die nötige Zeit. Schätzen Sie vorher alle Fakten ab. Manchmal ist es besser, etwas geschehen zu lassen, als selbst übereilt zu reagieren." Boardman zwinkerte. „Trete ich Ihnen zu nahe, Ned? Lasse ich Sie mit meiner kleinen Lektion wie ein Dummkopf dastehen?"

„Natürlich nicht, Charles. Da mache ich mir selbst gar nichts vor. Ich habe noch viel zu lernen."

„Und Sie sind bereit, die Lehren von mir anzunehmen, auch wenn ich mich wie ein nervtötender alter Schuft anhöre?"

„Charles, ich . . ."

„Tut mir leid, Ned. Ich sollte Sie nicht reizen. Sie hatten recht, als Sie versuchten, mich davon abzuhalten, das Tier zu töten. Und es war nicht Ihre Schuld, daß Sie meine Handlung mißverstanden haben. An Ihrer Stelle hätte ich genauso gehandelt."

„Wollen Sie damit sagen, ich hätte nicht vorher alles genau abwägen sollen, als Sie Ihren Betäuber herausgezogen haben?" fragte Rawlins verblüfft.

„Wahrscheinlich nicht."

„Sie widersprechen sich, Charles."

„Es ist mein Privileg, mir selbst zu widersprechen", sagte Boardman. „Das gehört zu den Spielregeln in meinem Job." Er lachte laut und erfrischend auf. „Legen Sie sich frühzeitig ins Bett und versuchen Sie, so viel Schlaf wie möglich mitzubekommen. Morgen fliegen wir über das Labyrinth und fangen mit dem Kartographieren an. Danach können wir die ersten Männer ins Labyrinth schicken. Ich schätze, innerhalb einer Woche sitzen wir mit Muller an einem Tisch."

„Glauben Sie, er ist zu einer Zusammenarbeit mit uns bereit?"

Boardmans fleischige Züge verdunkelten sich. „Am Anfang sicher nicht. Er wird so voller Bitterkeit sein, daß er uns Gift und Galle entgegenschleudert. Immerhin sind wir es gewesen, die ihn hinausgeworfen haben. Warum sollte er da jetzt der Erde helfen wollen? Aber er wird schon weich werden, Ned, denn ganz im Grunde seines Herzens ist er ein Ehrenmann mit festem Charakter. Und so etwas läßt sich nie ablegen, ganz gleich, wie krank und einsam und verzweifelt ein Mensch auch werden mag. Nicht einmal der Haß kann wahrem Ehrgefühl etwas anhaben. Das ist Ihnen bekannt, Ned, denn auch Sie sind eine solche Persönlichkeit. Und selbst ich bin so, wenn auch auf meine Weise, eben ein Ehrenmann. Wir bearbeiten Muller. Wir bringen ihn dazu, aus seinem verdammten Labyrinth herauszukommen und uns zu helfen."

„Ich hoffe, Sie behalten recht, Charles." Rawlins zögerte einen Moment. „Wie wird sich die Konfrontation auf uns auswirken? Ich meine, wenn man an seine Krankheit denkt ... und die Art, wie er andere behandelt ..."

„Es wird schlimm werden. Sehr schlimm sogar."

„Sie haben ihn gesehen, nachdem es geschehen ist, nicht wahr?"

„Ja, mehrere Male."

„Ich kann es mir eigentlich gar nicht vorstellen", sagte Rawlins, „wie es ist, neben einem Mann zu stehen und dabei zu spüren, wie sich seine Seele über einen ergießt. So ist es doch, wenn man mit Muller zusammen ist, oder?"

„Es ist so, als würde man in ein Säurebad steigen", erklärte Boardman düster. „Man kann sich daran gewöhnen, aber mögen tut man es nie. Man spürt auf jedem Zentimeter Haut brennende Flammen. Häßliches, Schrecken, Begierden, Schlechtigkeit ... all das ergießt sich aus ihm wie aus einem Schmutzkübel."

„Und Muller ist ein Ehrenmann, eine seriöse, reife Persönlichkeit."

„Ja, das war er." Boardman warf einen Blick auf das entfernte Labyrinth. „Dafür sei Gott Dank. Aber die Vorstellung schmerzt doch, nicht wahr, Ned? Wenn schon so ein charakterfester Mensch wie Dick Muller so viel Unrat im Kopf hat, wie muß es dann erst in den Köpfen von weniger noblen, gewöhnlicheren Menschen aussehen? Wenn sie der gleiche Fluch wie Muller trifft, werden sie wie Flammentürme jedes Bewußtsein im Umkreis von Lichtjahren versengen."

„Aber Muller hatte neun Jahre zur Verfügung, um mit seinem Mißgeschick fertigzuwerden", wandte Ned ein. „Was passiert eigentlich, wenn man mittlerweile nicht einmal mehr in seine Nähe kommen kann? Wenn das, was er ausstrahlt, so stark geworden ist, daß wir ihm einfach nicht mehr standhalten können?"

„Wir werden ihm standhalten können", sagte Boardman.

# Zwei

Im Zentrum des Labyrinths saß Muller. Er versuchte, sich ein Bild über seine Lage zu machen und die ihm zur Verfügung stehenden Möglichkeiten abzuwägen. Durch die milchiggrünen Wände der Beobachtungskammer konnte er das Schiff und die Plastikkuppeln, die neben ihm aufgetaucht waren, erkennen. Und auch die winzigen Gestalten, die dort herumliefen. Er wünschte sich jetzt, er hätte bereits die Feineinstellung in der Kammer gefunden. Die Bilder, die er auf den Schirmen empfing, waren schrecklich unscharf. Aber er schätzte sich immer noch glücklich, diese Kammer überhaupt benutzen zu können. Viele der uralten Instrumente in dieser Stadt waren schon vor langer Zeit durch den Ausfall eines wichtigen Teils unbrauchbar geworden. Aber eine erstaunlich große Anzahl von Geräten hatte die Äonen unbeschädigt überstanden und den hohen technischen Stand ihrer Erbauer bewiesen. Aber von den intakt gebliebenen hatte Muller erst bei wenigen die Funktion herausfinden können. Und die bediente er auch noch höchst unvollkommen.

Er beobachtete die verschwommenen Gestalten der Erdmenschen, die dort geschäftig zugange waren, und fragte sich, welche neue Pein sie für ihn vorbereiteten.

Er hatte versucht, keine Spuren über seinen Verbleib zu hinterlassen, als er von der Erde geflohen war. Muller hatte sich ein Schiff gemietet und einen falschen Flugplan mit Ziel Sigma Draconis abgegeben.

Während seines Warpfluges hatte er allerdings sechs Monitorstationen passieren müssen. Aber jeder einzelnen hatte er eine simulierte Rundreise durch die Galaxis angegeben, die so weit wie möglich in eine falsche Richtung führte.

Eine routinemäßige Überprüfung der Monitorstationen würde ergeben, daß Mullers sukzessive Ankündigungen aneinandergereiht reiner Blödsinn waren. Aber er hatte darauf gebaut, seinen Flug beenden und rechtzeitig untertauchen zu können, bevor sie mit ihren

Nachforschungen begannen. Offensichtlich hatte er dieses kleine Spielchen sogar gewonnen, denn keine Abfangjäger hatten ihn verfolgt.

Als er nahe Lemnos die Warpzone verließ, führte er sein letztes Verschleierungsmanöver durch. Er ließ das Schiff im Orbit kreisend zurück und flog mit einer Landekapsel auf den Planeten. An Bord des Schiffes hatte er eine vorprogrammierte Bombe zurückgelassen, die es in Moleküle zerblies und die Einzelteile auf Milliarden verschiedener und sich überschneidender Bahnen auf die Reise durchs Universum schickte. Da mußte schon ein ausgeklügelter Computer zur Stelle sein, um den wahrscheinlichen Zusammenhang dieser winzigen Fragmente zu erkennen und von ihnen auf den Standort zu schließen! Die Bombe war konstruiert, pro Quadratmeter Explosionsoberfläche fünfzig falsche Vektoren zu erzeugen. Eine mehr als ausreichende Garantie, daß kein Fährtensucher in einem begrenzten Zeitraum etwas Wesentliches entdecken konnte. Und Muller benötigte nur einen relativ kurzen Zeitraum, etwa sechzig Jahre. Er war fast sechzig gewesen, als er die Erde verlassen hatte. Normalerweise hätte er mit mindestens weiteren hundert gesunden Lebensjahren rechnen können. Aber hier, wo ihm die irdische Medizin nicht mehr zur Verfügung stand und er sich mit nicht mehr als einem billigen Diagnostat behelfen mußte, konnte er im günstigsten Fall noch mit fünf oder sechs Dekaden rechnen. Sechzig Jahre voller Einsamkeit und dann einen friedlichen, ganz privaten Tod, mehr verlangte er gar nicht. Aber nun störte man seine Zurückgezogenheit schon nach neun Jahren.

Waren sie ihm wirklich auf die Spur gekommen?

Muller entschied, daß dem nicht so war. Wenn er eines getan hatte, dann alle nur erdenklichen Vorsorgemaßnahmen getroffen, um eine Entdeckung unmöglich zu machen. Davon abgesehen hatten sie auch gar kein Motiv, ihm zu folgen. Er war kein Ausbrecher, den man einfangen und der Gerechtigkeit wieder zuführen mußte. Er war lediglich ein Mensch mit einem entsetzlichen Leiden, ein abscheuliches Geschöpf in den Augen seiner Rassegenossen. Und ohne Zweifel war die Erde zufrieden, ihn losgeworden zu sein. Für die Menschen war er Objekt der Scham und Stein des Anstoßes zugleich, ein immersprudelnder Quell von Schuldgefühl und schlechtem Gewissen, ein Stich im Bewußtsein der planetaren Gemeinschaft. Das Nützlichste und Beste, was er für seine eigene Art tun konnte, war, sich aus ihrer Mitte zu entfernen. Und das hatte er so gründlich getan, wie ihm das nur möglich gewesen war. Sie würden sich kaum die Mühe machen, nach jemandem zu suchen, der so viel Ekel in ihnen hervorrief.

Aber wer waren dann diese Eindringlinge?

Archäologen, vermutete er. Die Ruinenstadt von Lemnos übte noch immer eine magnetische, fatale Faszination auf sie aus . . . nicht nur auf sie, auf alle. Muller hatte gehofft, die Gefahren des Lybyrinths würden die Menschen fernhalten. Vor über einem Jahrhundert hatte man es entdeckt, aber vor seiner Ankunft Lemnos lange Jahre gemieden. Und das aus gutem Grund: Muller hatte mehrere Male die Leichen derjenigen gesehen, die versucht hatten, das Labyrinth zu betreten, und dabei gescheitert waren. Teilweise hatten ihn selbstmörderische Absichten hierher getrieben, zum anderen hatte er natürlich auch seine übergroße Neugierde befriedigen, hineingelangen und das Geheimnis des Labyrinths lösen wollen, auch aus dem Wissen heraus, daß er im Falle eines erfolgreichen Durchkommens nicht allzu viele Störungen seiner Zurückgezogenheit zu befürchten hatte. Jetzt befand er sich mitten im Labyrinth, trotzdem waren Störenfriede gekommen.

Aber sie werden nicht hineingelangen, beruhigte sich Muller.

Geschützt und geborgen im Herz des Irrgartens sitzend, hatte Muller genügend Beobachtungs- und Überwachungsinstrumente zur Verfügung, um, wenn auch teilweise vage und verschwommen, die Manöver aller lebenden Wesen außerhalb der Mauern zu verfolgen. Er war damit auch in der Lage, die interzonalen Wanderungen der Tiere zu beobachten, die seine Beute werden sollten, und auch die der riesigen Lebewesen, denen er nicht zu nahe kommen durfte. In bescheidenem Umfang konnte Muller sogar die Fallen des Labyrinths kontrollieren. Normalerweise handelte es sich bei ihnen um passive Anlagen. Aber unter gewissen Voraussetzungen konnte man sie in aggressive Tötungsvorrichtungen umwandeln und gegen jeden Feind einsetzen. Mehr als einmal hatte Muller ein elefantengroßes Raubtier in eine unterirdische Fallgrube gelockt, nachdem es sich bis in Zone D vorgewagt hatte. Er fragte sich nun, ob er diese Verteidigungsanlagen auch gegen Menschen einsetzen wollte, sobald sie so weit vordringen würden. Aber er konnte sich darauf keine Antwort geben. In Wirklichkeit haßte er seine eigene Rasse nicht, er zog es nur vor, allein zu bleiben, für sich zu sein, in Ruhe gelassen zu werden.

Er warf einen Blick auf die Bildschirme. Muller befand sich in einer schmucklosen, sechseckigen Kammer – offensichtlich eine ehemalige

Wohneinheit im Stadtkern –, von der eine Wand mit Panoramascheiben bestückt war. Er hatte mehr als ein Jahr gebraucht, bis er herausgefunden hatte, welche Teile des Labyrinths mit den Bildern auf den Monitoren korrespondierten. Nachdem er geduldig Kennzeichen ausgemacht und immer neue Markierungspunkte gesetzt hatte, war es ihm gelungen, die matten Abbildungen mit der sonnenhellen Wirklichkeit in Einklang zu bringen. Die sechs unteren Bildschirme zeigten ihm Ausschnitte aus den Zonen A bis F. Die Kameras, oder was auch immer dahinter stecken mochte, umfaßten einen Bereich von 180° und ermöglichten so den versteckten, geheimnisvollen Augen, die gesamte Region rund um die jeweiligen Zoneneingänge zu überwachen. Da nur ein einziger Eingang sicheren Zugang zu der dahinterliegenden Zone ermöglichte und alle anderen Todesfallen waren, gestatteten die Bildschirme Muller eine effektive Observierung des Vordringens eines jeden umherstreifenden Lebewesens. Es spielte gar keine Rolle, was sich im einzelnen an den Scheineingängen abspielte – jeder, der es dort versuchte, mußte sterben.

Die darüber liegenden Schirme sieben bis zehn übertrugen wahrscheinlich Bilder von den Zonen G und H, den äußersten, weitflächigsten und gefährlichsten im Labyrinth. Muller verspürte keine Verlangen, diese Bereiche noch einmal aufzusuchen, um die Richtigkeit seiner Annahme im Detail zu überprüfen. Ihm reichte es zu wissen, daß diese Monitore Ausblicke auf bestimmte Stellen in den äußeren Zonen gestatteten. Und das Risiko, wieder in diese Zonen einzudringen, um dort genauer festzustellen, was das für bestimmte Stellen waren, war ihm zu groß. Schirm elf und zwölf schließlich zeigten offensichtlich Ausschnitte von der Ebene, die den Irrgarten rundum umgab. Von der Ebene, auf der das Sternschiff von der Erde gelandet war.

Kaum ein anderes von den antiken Erbauern zurückgelassenes Gerät im Labyrinth war ähnlich leicht zu verstehen. Auf einem Podium in der Mitte des Zentralplatzes der Stadt befand sich, abgeschirmt von einem Kristallgewölbe, ein zwölfseitiger, rubinfarbener Stein, in dessen Innern ein raffinierter Mechanismus tickte und pulsierte, der an ein Schloß erinnerte. Muller hielt das Ganze für eine Art Uhr, die von nuklearen Schwingungen angetrieben wurde und die Zeiteinheiten verkündete, nach denen sich ihre Erbauer richteten. Periodisch durchlief der Stein Veränderungen: Seine Außenfläche wurde matt und Ton um Ton immer dunkler, bis sie blau oder sogar schwarz war, und er drehte sich auf seiner Achse. Mullers sorgfältige Aufzeichnungen hatten ihm noch keinen Hinweis auf die Bedeutung dieser Veränderungen geben können. Es gelang ihm nicht einmal, die Periodenfolge zu bestimmen. Die Metamorphosen vollzogen sich nicht willkürlich, aber das Muster, dem sie folgten, entzog sich seinem Verständnis.

An den acht Ecken des Platzes standen acht glatte und spitze Metallpfeiler, die bis in eine Höhe von etwa sechs Metern aufragten. Sie drehten sich im Jahreszyklus in versteckten Lagern, bildeten also anscheinend einen Kalender. Muller wußte, daß sie mit jedem dreißigmonatigen Umlauf des Planeten Lemnos um seinen düster orangeroten Zentralstern eine ganze Umdrehung vollführten. Aber er vermutete einen tieferliegenden Zweck bei diesen schimmernden Pfeilern. Die Suche danach nahm einen großen Teil seiner Zeit ein.

Die Straßen der Zone A waren mit ordentlichen Käfigreihen aus Streben gesäumt, die aus einem alabasterartigen Gestein gehauen waren, Muller entdeckte keine Möglichkeit, diese Käfige zu öffnen. Doch zweimal während seines hiesigen Aufenthalts hatte er nach dem Erwachen festgestellt, daß die Streben zurückgezogen und im steinernen Straßenbelag verschwunden waren. Die Käfige standen weit offen. Beim ersten Mal waren sie drei Tage lang geöffnet gewesen. Dann waren die Streben, während Muller schlief, wieder ausgefahren worden, hatten die Käfige wieder verschlossen und zeigten keine Naht an den Stellen, wo sie sich gelöst hatten. Als die Käfige sich wenige Jahre später wieder öffneten, ließ Muller sie keinen Moment aus den Augen, um hinter das Geheimnis dieses Mechanismus zu kommen. Aber in der vierten Nacht nickte er kurz, aber trotzdem lange genug ein, um den Schließprozeß wieder zu verpassen.

Als ähnlich mysteriös erwies sich auch der Aquädukt. Durch die gesamte Länge von Zone B lief eine Rohrleitung, möglicherweise aus Onyx. In regelmäßigen Intervallen von fünfzig Metern waren dort viereckige Wasserspeier angebracht. Hielt man irgendein Gefäß darunter, selbst eine hohle Hand reichte schon, spien sie reines Wasser aus. Aber wenn Muller versuchte, mit einem ausgestreckten Finger in den Wasserspeier einzudringen, fand er dort weder eine Öffnung, noch konnte er irgendwo eine entdecken, sobald das Wasser ausfloß. Es war ganz so, als käme die Flüssigkeit durch einen durchlässigen Steinpfropfen, obwohl Muller das kaum glauben konnte. Doch war er andererseits dankbar für das frische Wasser.

Es überraschte ihn, daß so viel von der Stadt überlebt hatte. Die Archäologen waren auf Grund ihrer Studien an Artefakten und Skeletten, die man außerhalb des Labyrinths auf Lemnos gefunden hatte, zu dem Schluß gekommen, daß es seit über einer Million Jahren – man sprach sogar von fünf oder sechs Millionen – kein intelligentes Leben mehr auf dieser Welt gab. Muller war nur Amateurarchäologe, aber er besaß genügend praktische Erfahrung, um die Auswirkungen der Kräfte der Zeit zu kennen. Die Fossilien in der Ebene waren eindeutig uralt, und die Schichtungen an den Außenmauern der Stadt bewiesen, daß das Labyrinth aus der gleichen Zeit wie die Fossilien stammen mußte.

Und trotzdem schien der größte Teil der Stadt, die höchstwahrscheinlich noch vor der Entstehung des Menschen auf der Erde erbaut worden war, von den Erosionskräften der Zeit unberührt zu sein. Teilweise konnte man das trockene Klima auf Lemnos dafür verantwortlich machen. Hier gab es keine Stürme, und seit Mullers Ankunft war noch kein Tropfen Regen gefallen. Aber der Wind und der von ihm aufgewirbelte Sand konnten Wände und Straßen angreifen. Aber auch dafür ließen sich im Irrgarten keine Anzeichen finden. Auch hatte sich der Flugsand nirgendwo auf den Straßen zu Verwehungen angehäuft. Muller kannte den Grund dafür: Verborgene Pumpen sammelten und saugten allen Unrat auf und hielten jede Stelle makellos sauber. Muller hatte einmal ganze Hände voll Erdreich aus den Gartenanlagen der Stadt genommen und damit eine Spur hinter sich hergezogen. Binnen Minuten hatten die kleinen Erdhäufchen damit begonnen, über den spiegelglatten Straßenbelag zu rutschen, und waren schließlich in Öffnungen verschwunden, die sich kurz an den Nahtstellen zwischen Gebäuden und Boden geöffnet hatten und sich ebenso rasch wieder schlossen.

Offenbar lag unter der Stadt ein ganzes Netzwerk unzerstörbarer Maschinenanlagen – unvergängliche Instandhaltungsgerätschaften, die die Stadt vor dem Biß des Zahns der Zeit bewahrten. Muller war es noch nie gelungen, zu diesem unterirdischen Maschinenpark vorzustoßen. Er besaß einfach nicht das geeignete Werkzeug, um das Pflaster zu durchstoßen. Es schien an jeder Stelle unzerstörbar. Mit selbstangefertigten Geräten hatte er begonnen, in den Gartenanlagen ein Loch zu graben. Er hatte gehofft, auf diese Weise den unterirdischen Teil der Stadt zu erreichen. Aber nachdem er ein Loch bis zu einer Tiefe von fast fünf Metern gegraben hatte und später ein zweites, noch tieferes, war er auf keinen Hinweis gestoßen, daß sich unter den Gärten etwas anderes als weiteres Erdreich befunden hätte. Aber irgendwo mußten die heimlichen Wächter doch stecken: die Anlagen, die die Panoramascheiben in Gang hielten, die Straßen reinigten, das Mauerwerk instand hielten und die mörderischen Fallen kontrollierten, mit denen die äußeren Zonen des Labyrinths bestückt waren.

Es war kaum vorstellbar, daß eine Rasse eine solche Stadt erbauen konnte. Eine Stadt, die dazu angelegt war, die Jahrmillionen zu überdauern. Und noch unfaßbarer war die Antwort auf die Frage, wie und warum sie verschwunden waren. Ging man davon aus, daß die Knochen, die man in den Gräbern außerhalb der Mauern gefunden hatte, von den Erbauern stammten – und diese Annahme stand keinesfalls auf sicheren Füßen –, dann war die Stadt von stämmigen Humanoiden errichtet worden, die im Durchschnitt ein Meter fünfzig groß gewesen waren und unglaublich breite Brustkörbe und Schultern, lange, geschickte Finger – an jeder Hand acht – und kurze, dreigliedrige Beine besessen hatten.

Sie waren nirgends auf den bekannten Welten der Galaxis aufzufinden, und in keinem Sternsystem waren mögliche Nachfolger von ihnen entdeckt worden. Vielleicht hatten sie sich in eine weit entfernte Galaxis zurückgezogen, in die der Mensch noch nicht vorgestoßen war. Möglicherweise waren sie aber auch eine Rasse gewesen, die nie Raumfahrt betrieben hatte. Eine Rasse, die sich hier auf Lemnos entwickelt hatte und auf dieser Welt auch wieder zugrunde gegangen war und nur die Stadt als ihr Monument zurückgelassen hatte.

Sonst ließen sich auf dem Planeten nirgends Spuren einer Besiedelung ausmachen. Allerdings hatte man Grabstätten, die sich kreisförmig um die Stadt zogen, selbst noch in einer Entfernung von tausend Kilometern vom Labyrinth entdeckt, wenn auch in immer bescheidenerem Maße. Möglich, daß die lange Zeit alle ihre Siedlungen bis auf diese eine Stadt erodiert hatte. Möglich aber auch, daß diese Stadt, die etwa eine Million Einwohner aufnehmen konnte, ihre einzige gewesen war. Es gab keinen Hinweis, der ihr Verschwinden geklärt hätte. Das teuflische Genie, das sich hinter der Konstruktion des Irrgartens erkennen ließ, legte den Schluß nahe, daß sie in ihren letzten Tagen von einem Feind bedrängt worden waren und sich in diese furchtbare Festung zurückgezogen hatten. Aber Muller wußte, daß auch diese Theorie nur blanke Spekulation war. Und er wußte nur mit Bestimmtheit, daß dieses Labyrinth das Erzeugnis einer kulturellen Paranoia war und keinen Hinweis auf die aktuelle Existenz einer äußeren Bedrohung zuließ.

Waren sie vielleicht von Invasoren heimgesucht worden, für die der Irrgarten kein Problem darstellte und die sie auf ihren glatten Straßen abgeschlachtet hatten? Und hatten die mechanischen Hüter danach die Knochen der Toten beseitigt? Es gab keine Möglichkeit, das noch in Erfahrung zu bringen. Sie waren verschwunden. Als Muller die Stadt betreten hatte, war sie still und verlassen gewesen, so als hätte sie nie Leben in ihren Mauern beherbergt. Eine automatische, eine sterile, eine fehlerlose Stadt – nur von Tieren bewohnt. Sie hatten Millionen Jahre Zeit gehabt, den Weg durch das Labyrinth zu finden und davon Besitz zu ergreifen. Muller hatte zwei Dutzend verschiedene Säugetierarten gezählt, in allen Formen und Größen, angefangen von einem rattenartigen bis zu einem elefantenähnlichen Tier. Es gab Grasfresser unter ihnen, die sich an den städtischen Gärten gütlich taten, und Raubtiere, die sich von den Pflanzenfressern ernährten. Insgesamt eine anscheinend funktionierende Biosphäre. Die Stadt im Labyrinth erinnerte an Jesaias Wort über Babylon: Die wilden Tiere der Wüste sollen in Dir lagern; und Eure Häuser sollen angefüllt sein mit beklagenswerten Kreaturen; und Eulen werden sich dort niederlassen, Satyre dort tanzen.

Jetzt gehörte die Stadt ihm. Den Rest seines Lebens würde er damit verbringen, ihre Geheimnisse zu entschleiern.

Andere waren vor ihm hierher gekommen, und nicht alle waren menschlich gewesen. Bei seinem Eintritt war Muller der Anblick derjenigen nicht erspart geblieben, die dabei gescheitert waren, den richtigen Weg zu finden. Er hatte eine Gruppe menschlicher Skelette in den Zonen H, G und F entdeckt. Drei Menschen waren bis in Zone E vorgestoßen, einer sogar nach D. Muller hatte erwartet, auf ihre Gebeine zu stoßen. Was ihn aber überraschte, war die Ansammlung außerirdischer Knochen. In H und G hatte er die Überreste großer, drachenähnlicher Wesen gesehen, an deren Skeletten immer noch die Fetzen ihrer Raumanzüge hingen. Eines Tages mochte bei ihm vielleicht die Neugierde über die Angst triumphiert haben, und er kehrte dorthin zurück, um sie genauer in Augenschein zu nehmen. Näher am Zentrum befand sich eine ganze Sammlung unterschiedlicher Lebensformen. Die meisten waren humanoid, wenn sie auch immer etwas von der Standardstruktur abwichen. Wie lange ihr Besuch zurücklag, konnte Muller nicht einmal schätzen. Ob durch das trockene Klima freiliegende Skelette länger als ein paar hundert Jahre überdauern konnten? Die galaktischen Überreste waren ständige ernüchternde Mahnung an etwas, über das sich Muller längst im klaren war: Trotz der zweihundert Jahre interstellarer Reisen, die die Menschheit nun hinter sich gebracht hatte und in denen sie nur einer außerirdischen Rasse begegnet war, beherbergte das Universum eine Fülle unterschiedlichster Lebensformen. Und früher oder später würde die Menschheit auf sie stoßen. Der Friedhof auf Lemnos enthielt die Überreste von einem guten Dutzend verschiedener Rassen. Es schmeichelte Mullers Ego, diese Erkenntnis offensichtlich ganz allein zu besitzen. Aber es bereitete ihm keine Freude, um die Mannigfaltigkeit des Universums zu wissen. Er hatte die Nase von Galaxien gestrichen voll.

Wie eigenartig der Umstand war, daß er die Knochenreste wahllos im Irrgarten aufgefunden hatte, ging ihm erst nach einigen Jahren auf. Er wußte, daß die Instandhaltungsmechanismen der Stadt allen Schmutz und Abfall restlos beseitigten. Sie säuberten alles, angefangen von Staubpartikeln bis zu den Knochen der Tiere, die Muller nach dem Verspeisen wegwarf. Nur die Skelette der Eindringlinge im Labyrinth wurden dort belassen, wo sie gerade lagen. Warum wurde hier das Sauberkeitsprinzip so verletzt? Warum wurde der Kadaver eines elefantengroßen Tieres, das in eine Energieschlinge geraten war, beseitigt und gleichzeitig die Überreste des abgeschlachteten Drachenwesens in derselben Schlinge unberührt liegengelassen? Weil der Drachen eine Art Schutzkleidung trug, also intelligent war? Leichen intelligenter Wesen, das wurde Muller klar, wurden unbekümmert liegengelassen.

Als Warnung: LASST ALLE HOFFNUNG FAHREN, IHR, DIE IHR HIER EINTRETET.

Diese Skelette waren Bestandteil der psychologischen Kriegsführung, die von der seelenlosen, unsterblichen, diabolischen Stadt gegen alle Eindringlinge eingesetzt wurde. An allen Ecken und Enden wurde man an die Gefahren erinnert. Sie lauerten überall. Woran die Wachmechanismen den feinen Unterschied zwischen Leichen erkannten, die liegengelassen werden konnten, und solchen, die weggeräumt werden mußten, blieb Muller ein Rätsel. Aber er war davon überzeugt, daß hier nach bestimmten Auswahlkriterien vorgegangen wurde.

Er sah wieder auf die Bildschirme und beobachtete die winzigen

Gestalten, die auf der Ebene rund um das Schiff irgendwelchen Beschäftigungen nachgingen.

Sollen sie nur hereinkommen, dachte er. Die Stadt hat schon seit Jahren keine Opfer mehr gehabt. Sie wird sich schon um sie kümmern. Dort, wo ich bin, bin ich sicher und geborgen.

Und er wußte, selbst wenn ein Wunder geschah und sie ihn erreichen konnten, würden sie nicht lange bleiben. Seine eigene, ganz besondere Krankheit würde sie schon vertreiben. Sie mochten vielleicht geschickt genug sein, das Labyrinth zu bezwingen. Aber sie würden die Pein nicht ertragen, die Richard Muller seiner eigenen Spezies gegenüber unerträglich machte.

„Geht weg", sagte Muller laut.

Er hörte das Schwirren eines Rotors und trat aus seiner Behausung. Er sah, wie ein dunkler Schatten über den Platz strich. Sie erkundeten den Irrgarten aus der Luft. Rasch lief er wieder hinein. Dann mußte er über sein plötzliches Bedürfnis, sich verstecken zu wollen, lächeln. Natürlich konnten sie ihn ausmachen, wo immer er sich auch aufhielt. Ihre Meßgeräte würden ihnen verraten, daß ein menschliches Wesen im Labyrinth wohnte. Und dann würden sie natürlich überrascht sein und mit ihm Kontakt aufnehmen wollen, obwohl sie gar nicht wissen konnten, wer er war. Und danach . . .

Muller verkrampfte, als ein plötzlicher, übermächtiger Wunsch ihn erfüllte: Menschen, die zu ihm kamen. Wieder mit Menschen reden können. Ein Ende seiner Isolation. Er *wollte* sie hier haben.

Aber dieser Wunsch währte nur einen Augenblick. Nach dem plötzlichen Aufwallen, dem Bedauern seiner Einsamkeit, setzte sich der kühle Verstand wieder durch . . . das frostkalte Wissen darum, wie es sein würde, seinesgleichen wieder zu begegnen. Nein, dachte er. Bleibt draußen! Oder verreckt im Irrgarten. Bleibt draußen. Bleibt draußen. Bleibt draußen.

## 2

„Direkt dort unten", sagte Boardman. „Dort muß er sich aufhalten, Ned. Sie können doch das Glühen auf der Sichtscheibe sehen. Wir haben die richtige Masse, die richtige Dichte, alles stimmt. Ein lebendiger Mensch. Und es kann nur Muller sein."

„Im Herzen des Labyrinths“, sagte Rawlins. „Also hat er es wirklich geschafft!“

„Irgendwie schon.“ Boardman starrte auf den Bildschirm. Aus der Höhe von etlichen Kilometern hatte er einen ausgezeichneten Blick auf die innere Struktur der Stadt. Er konnte acht verschiedene Zonen ausmachen. Jede einzelne besaß einen eigenen architektonischen Stil mit ihren Plätzen und Promenaden, ihren verwinkelten Mauern und Wänden, ihrem Gewirr von Straßen, die in einem unerklärlichen Muster zusammenliefen. Die Zonen waren konzentrisch angelegt. Sie breiteten sich von einem weiten Platz im Zentrum fächerförmig aus. Der Massedetektor im Hubschrauber hatte Muller in einer niedrigen Gebäudereihe gefunden, direkt am östlichen Rand des großen Platzes. Boardman konnte allerdings nirgends eine eindeutige Passage zwischen den verschiedenen Zonen entdecken. An Sackgassen mangelte es nicht. Doch selbst aus der Luft war der einzige richtige Weg nicht auszumachen. Was aber, wenn man sich unterirdisch vorarbeitete?

Auch die Unmöglichkeit dieses Weges war Boardman bekannt. Der Zentralcomputer im Schiff hatte die Berichte der früheren Expeditionen gespeichert, die das versucht hatten und gescheitert waren. Boardman hatte alle verfügbaren Informationen über die verschiedenen Bemühungen mitgebracht, in das Labyrinth einzudringen. Und darunter gab es nicht eine, die einem hätte Mut machen können. Bis auf die verblüffende, aber nicht zu verleugnende Tatsache, daß Muller es geschafft hatte.

„Das hört sich jetzt vielleicht etwas naiv an, Charles“, sagte Rawlins, „aber warum landen wir nicht einfach mitten auf dem großen Platz?“

„Das werde ich Ihnen sofort zeigen“, antwortete Boardman.

Er gab einen Befehl. Eine Robotsonde löste sich aus dem Bauch des Hubschraubers und flog die Stadt an. Boardman und Rawlins folgten mit ihren Blicken dem Flug des mattgrauen Metallprojektils, bis es sich nur noch wenige Meter über den Dächern der Gebäude befand. Durch das facettenartige Spionauge der Sonde erhielten sie eine ausgezeichnete Aussicht auf die Stadt und selbst auf das fein verschlungene Material des Mauerwerks und der anderen Bauten. Plötzlich verschwand die Sonde. Erst erschien eine weißglühende Stichflamme, dann grünlicher Rauch, und plötzlich war nichts mehr da.

Boardman nickte. „Nichts hat sich geändert. Das Schutzfeld über der Anlage ist immer noch vorhanden. Es pulverisiert alles, was von oben durchzustoßen versucht."

„Auch Vögel, die zu nahe herankommen?"

„Auf Lemnos gibt es keine Vögel."

„Und Regentropfen. Irgend etwas muß doch auf die Stadt fallen."

„Auf Lemnos regnet es nie", sagte Boardman scharf. „Zumindest nicht auf diesem Kontinent. Somit braucht sich das Feld nur darauf zu konzentrieren, Fremde fernzuhalten. Das wissen wir bereits seit der ersten Expedition. Einige brave Männer haben das am eigenen Leib zu spüren bekommen."

„Warum haben sie denn nicht zuerst eine Sonde losgeschickt?"

Boardman lächelte und sagte: „Wenn man inmitten einer Wüste auf einer toten Welt eine leere Stadt findet, erwartet man eigentlich nicht, sofort vernichtet zu werden, sobald man in ihr landet. Im Grunde ein verzeihlicher Fehler, der nur den einen Haken hat, daß Lemnos keine Fehler durchgehen läßt." Er gab einen neuen Befehl, und der Hubschrauber ging tiefer und folgte einige Zeit dem Verlauf der äußeren Mauern. Danach stieg er wieder auf und schwebte über dem Zentrum der Stadt, damit von dort Photos gemacht werden konnten. Das Sonnenlicht glitzerte in fremdartiger Farbenpracht auf einer Spiegelhalle. Boardman spürte eine Unruhe in sich, die ihn erstarren ließ. Wieder und wieder kreisten sie über der Stadt und flogen alle vorgesehenen Markierungspunkte ab. Boardman entdeckte plötzlich, wie er sich mit schmerzhafter Intensität wünschte, ein plötzlicher Energiestrahl würde von den Spiegeln dort unten hochschießen und sie unverzüglich einäschern – und ihm damit den Ärger abnehmen, diesen Auftrag ausführen zu müssen. Er hatte den Geschmack an der Kleinarbeit verloren, hier standen zu viele kleine und wichtige Details zwischen ihm und dem Ziel seiner Arbeit. Es hieß, Ungeduld sei ein Zeichen für Jugend, und alte Männer knüpften ihre Netze mit Geschick und führten ihre Pläne mit Gelassenheit aus. Aber irgendwie sehnte sich Boardman danach, den Job so rasch wie möglich hinter sich zu bringen. Einfach irgendwelche Drohnen, Sondierungsroboter, auf ihren Metallfüßen durch das Labyrinth jagen, um Muller zu finden und herauszuzerren. Dann dem Mann klar machen, was man von ihm wollte, und ihn dazu bringen, daß er mitmachte. Und danach ganz, ganz schnell zurück zur Erde. Auch diese Stimmung verging wieder. Boardman war wieder der alte, gerissene Fuchs.

Captain Hosteen, der die Expedition in das Innere des Labyrinths leiten sollte, kam nach achtern, um Boardman zu begrüßen. Er war ein kleiner, schwergewichtiger Mann mit einer flachen Nase und sonnengebräunter Hautfarbe. Er trug seine Uniform so, als würde er glauben, sie könne jeden Moment von seiner linken Schulter rutschen. Aber Boardman wußte, was für ein fähiger Mann er war, bereit, ein ganzes Dutzend Leben, sein eigenes eingeschlossen, zu opfern, um in dieses Labyrinth zu kommen.

Hosteen warf rasch einen Blick auf den Schirm, sah dann zu Boardman und sagte: „Schon irgendwas herausgefunden?"

„Nein, nichts Neues. Uns steht ein hartes Stück Arbeit bevor."

„Wollen Sie ins Lager zurück?"

„Es gibt im Moment hier eigentlich nichts mehr zu tun", sagte Boardman. Er sah zu Rawlins. „Außer, Sie wollen noch irgend etwas überprüfen, Ned?"

„Ich? Äh, nein ... nein. Doch, nun, ich frage mich, ob wir überhaupt selbst ins Labyrinth müssen? Ich meine, wenn wir Muller irgendwie herauslocken könnten, ihn dazu überreden, die Stadt zu verlassen ..."

„Nein."

„Besteht dazu keine Aussicht?"

„Nein", antwortete Boardman nachdrücklich. „Punkt eins: Muller käme nicht heraus, wenn wir ihn darum bitten. Er ist ein Misantroph, wie Sie sicher bereits mitbekommen haben. Er hat sich hier irgendwo eingebuddelt, um möglichst weit von der Menschheit weg zu sein. Warum sollte er sich jetzt mit uns zusammentun wollen? Punkt zwei: Wir können ihn nicht nach draußen bitten, ohne ihn allzuviel von dem erfahren zu lassen, was wir mit ihm vorhaben. Bei diesem Job, Ned, müssen wir unsere Trümpfe zusammenhalten und dürfen sie nicht gleich alle zu Anfang ausspielen."

„Ich verstehe nicht ganz, was Sie meinen."

Geduldig antwortete Boardman: „Angenommen, wir entscheiden uns für Ihre Taktik. Was würden Sie Muller denn erzählen, um ihn herauszulocken?"

„Nun, äh, daß wir von der Erde kommen und ihn bitten möchten, uns in der Zeit einer systemweiten Krise zu helfen. Daß wir auf eine fremde Rasse gestoßen sind, mit der keine Verständigung möglich scheint. Daß wir mit ihnen schnellstmöglich Kontakt aufnehmen müßten und nur er dazu der geeignete Mann ist. Wir ..." Rawlins hielt inne, so als sei ihm die Naivität seiner Worte gerade zu Bewußtsein gekommen. Seine Wangen liefen rot an. Mit krächzender Stimme sagte er nach einer Weile: „Muller wird sich einen Dreck um diese Argumente scheren, nicht wahr?"

„Ganz genau, Ned. Die Erde hat ihn schon einmal zu einer Gruppe Außerirdischer geschickt, und die haben ihn kaputtgemacht. Er wird kaum Lust verspüren, so etwas nochmal auf sich zu nehmen."

„Aber wie wollen wir ihn dann dazu bringen, uns zu helfen?"

„Indem wir ihn an seiner Ehre kitzeln. Aber im Augenblick ist das noch nicht unser Problem. Im Moment ist für uns die Frage viel wichtiger, wie wir ihn aus seinem Bau herausbekommen. Sie haben also den Vorschlag gemacht, wir stellen einen großen Lautsprecher auf und erklären ihm genau, was wir wollen. Und danach brauchen wir nur zu warten, wie er vor Freude hüpfend herauskommt und inständig schwört, sein Bestes zu geben, wenn es nur der guten alten Erde nützt. Nicht wahr?"

„So ähnlich."

„Aber das funktioniert nicht. Deshalb müssen wir uns persönlich ins Labyrinth bemühen, Mullers Vertrauen und ihn für eine Zusammenarbeit mit uns gewinnen. Und wenn wir Erfolg haben wollen, dürfen wir kein Sterbenswörtchen über die wahre Lage verlautbaren lassen – bis wir ihm sein Mißtrauen ausgeredet haben."

Rawlins Gesicht drückte erneut aus, daß er auf der Hut sein wollte. „Und was werden wir ihm also erzählen, Charles?"

„Nicht *wir*. Sie."

„Nun gut, was also soll ich ihm erzählen?"

Boardman seufzte leise. „Lügen, Ned, nichts als einen Haufen Lügen."

## *3*

Sie hatten jede erdenkliche Ausrüstung zur Lösung der Probleme mit dem Labyrinth nach Lemnos mitgebracht. Der Schiffscomputer war allein schon eine erstklassige Anlage und hatte alle Daten von jeder früheren irdischen Expedition gespeichert, die den Versuch unternommen hatte, in die Stadt einzudringen. Nur ein Versuch fehlte, unglücklicherweise der einzige, dem Erfolg beschieden gewesen war.

Aber auch die Unterlagen über Fehlschläge aus der Vergangenheit haben ihren Nutzen. Das Schiff besaß weiterhin mehr als ausreichend mobiles Sondierungsinventar: fliegende und Landdrohnen, Spionaugen, Sensoren und vieles mehr. Bevor ein Menschenleben dem Labyrinth ausgesetzt würde, wollten Boardman und Hosteen das ganze mechanische Aufgebot ausprobieren. Maschinen konnten im Gegensatz zu einem Menschenleben geopfert werden. Das Schiff hatte auch eine Reihe von Anlagen, mit denen ohne großen Aufwand alle zerstörten Geräte nachproduziert werden konnten. Aber eines Tages würde der Moment kommen, wo Drohnen und Sonden nicht mehr ausreichten und die Menschen ihre Rolle übernehmen mußten. Ihre Aufgabe bestand hauptsächlich darin, für die Menschen so viele Informationen wie möglich zu sammeln, damit diese sich ihrer bedienen konnten.

Noch nie zuvor hatte jemand versucht, das Labyrinth auf diese Weise zu besiegen. Frühere Expeditionen waren, nichts Böses ahnend, einfach hineinmarschiert und dabei ums Leben gekommen. Ihre Nachfolger hatten genug aus ihrem Scheitern gelernt, um die Hauptfallen zu meiden. Und in gewissem Umfang hatten sie sich auch mit ausgeklügelten Sonden weitergeholfen. Aber hier handelte es sich um den ersten Versuch einer konzentrierten Voraberforschung mit mechanischen Hilfsmitteln, bevor die Menschen es selbst wagen wollten. Niemand im Lager war übermäßig zuversichtlich, daß sie mit dieser neuen Methode ungeschoren eindringen konnten, aber es war der beste denkbare Weg, das Problem zu lösen.

Die Erkundungsflüge am ersten Tag hatten jedermann einen guten visuellen Eindruck von den Ausmaßen des Labyrinths vermittelt. Im Grunde genommen hätten sie gar nicht den Boden zu verlassen brauchen. Sie hätten sich in aller Ruhe im Lager die Bilder auf den großen Schirmen ansehen können und trotzdem eine genaue Vorstellung von der Anordnung und Zusammensetzung der Stadt gewinnen können, indem sie den fliegenden Drohnen die ganze Arbeit überlassen hätten. Aber Boardman war anderer Ansicht gewesen und hatte sie auch hartnäckig vertreten. Der menschliche Verstand registriert auf gewisse Weise Informationen von einem Bildschirm, aber es ist etwas ganz anderes, wenn er diese Eindrücke aus erster Hand, durch die eigenen Sinne erhält. Und jetzt hatten alle mitbekommen, wie die Stadt von der Luft aus aussah und was die Anlagen des Labyrinths mit einem Spionauge anstellen konnten, das sich zu nahe an das Schutzfeld heranwagte, das die ganze Stadt überspannte.

Rawlins hatte auf die Möglichkeit eines Nullpunkts oder einer neutralen Stelle im Schutzschirm aufmerksam gemacht. Am späten Nachmittag untersuchten sie diese Theorie: Eine Flugdrohne wurde mit Metallkugeln beladen und fünfzig Meter über dem höchsten Punkt des Labyrinths stationiert. Auf den Bildschirmen wurde übertragen, wie die Drohne sich langsam drehte und dabei einzelne Kugeln auf ausgesuchte Stellen von einem Quadratmeter Größe verschoß. Jede einzelne wurde von der Energie des Schirms im Flug vernichtet. Aber die Menschen erfuhren dabei, daß die Dicke des Schutzfelds variierte: Vom Rand zum Zentrum wurde es immer dünner. Über den innersten Zonen betrug die Dicke nur noch zwei Meter, während sie am Außenrand ein Vielfaches davon aufwies – und so eine unsichtbare Schüssel über der Stadt bildete. Aber nirgendwo gab es eine Lücke oder einen Nullpunkt. Das Feld war dicht. Hosteen probierte danach die Möglichkeit aus, ob der Schirm überlastet werden konnte. Er belud die Drohne erneut mit Metallkugeln, die nun simultan auf die einzelnen Testvierecke verschossen wurden. Das Feld wurde mit allen mühelos fertig. Einen Moment lang vereinigten sich die Flammen und bildeten eine Feuerschicht über der Stadt.

Auf Kosten von einigen Maulwurfsdrohnen fanden sie heraus, daß man auch nicht durch einen Tunnel in die Stadt eindringen konnte. Die Roboter gruben sich ein Stück von den Außenwällen entfernt in den grobkörnigen, sandigen Boden, fraßen sich fünfzig Meter unter der Oberfläche Tunnel und stießen wieder nach oben, als sie sich unter dem Labyrinth befanden. Zwanzig Meter unter der Oberfläche vernichtete sie das Schutzfeld. Auch der Versuch, sich direkt an der Basis der Wälle in den Boden zu graben, scheiterte. Das Feld erstreckte sich offensichtlich kugelförmig um die Stadt.

Ein Energiefachmann schlug vor, eine Störanlage zu errichten, die dem Schirm die Energie entziehen sollte. Aber auch das war ein Fehlschlag. Der hundert Meter hohe Störmast saugte zwar so viel ab, daß blaue Blitze zwischen ihm und seinen Akkumulatoren hin und her sprangen, aber das Schutzfeld blieb stabil. Der Mast wurde umgepolt und schickte eine Million Kilowatt in das Feld, um es kurzzuschließen. Aber der Schirm saugte die ganze Energie in sich auf und schien gar nicht genug bekommen zu können. Niemand im Lager konnte mit einer vernünftigen Theorie aufwarten, woher das Feld seine Energie bezog und was es aufrecht erhielt. „Es muß direkt die Rotationsenergie des Planeten anzapfen“, sagte der Energiefachmann, der den

Versuch mit dem Mast unternommen hatte. Dann begriff er, daß er sich diese Bemerkung auch hätte sparen können, und rief in barschem Ton Befehle in das Mikrophon, das er mit sich führte.

Nach drei Tagen ähnlicher Versuche war klar, daß die Stadt gegen jeden gewaltsamen Invasionsversuch gefeit war, ob er nun über oder unter der Erde erfolgte.

„Es gibt nur einen Weg hinein“, sagte Hosteen, „und zwar zu Fuß und durch das Haupttor.“

„Wenn die Bewohner der Stadt wirklich in Sicherheit leben wollten“, fragte Rawlins, „warum haben sie dann ein Tor offengelassen?“

„Vielleicht wollten sie selbst auch hin und wieder die Stadt verlassen und wieder betreten können, Ned“, meinte Boardman gelassen. „Oder sie wollten Invasoren eine faire Chance geben. Hosteen, sollen wir damit beginnen, die Drohnen hineinzuschicken?“

Ein grauer Morgen. Wolken in der Farbe von Holzrauch überzogen den Himmel. Es sah beinahe so aus, als stünde Regen an. Ein rauher Wind fegte lose Erde von der Ebene und schleuderte sie den Männern in die Gesichter. Hinter dem Wolkenschleier stand irgendwo die Sonne, eine flache, orangefarbene Scheibe, die an den Himmel geklebt zu sein schien. Sie wirkte nur wenig größer als Sol von der Erde aus gesehen. Aber sie war nur halb so weit weg. Die Sonne vom Planeten Lemnos war ein trüber Zwerg der M-Klasse, ein kalter, müder und alter Stern, der von einem Dutzend greiser Planeten umkreist wurde. Lemnos, der innerste Planet, war der einzige, der jemals Leben hervorgebracht hatte. Alle anderen Trabanten waren unfruchtbar und tot, lagen jenseits der lebensspendenden Strahlen dieser kraftlosen Sonne, waren vom Kern bis zur Oberfläche gefroren. Es war ein schläfriges Sonnensystem mit so geringer Anziehungskraft, daß selbst der sonnennächste Planet auf einem dreißigmonatigen Orbit bummelte. Die drei flinken Monde von Lemnos, die in überschneidenden Bahnen nur wenige tausend Kilometer über der Planetenoberfläche dahinsausten, wollten so gar nicht zu der in diesem System vorherrschenden Stimmung passen.

Ned Rawlins war nicht ganz wohl ums Herz, als er etwa tausend Meter von den Außenwällen entfernt neben dem Datenterminal stand und seine Kameraden die Roboter und Instrumente bereitstellten. Nicht einmal der tote Mars mit seiner pockennarbigen Oberfläche hatte den Jungen so beeindrucken können wie diese Welt. Denn der Mars war eine Welt, die niemals Leben hervorgebracht hatte, während hier auf Lemnos eine blühende Kultur existiert hatte und wieder vergangen war. Lemnos war heute wie ein Leichenhaus. In Theben hatte er einmal das Grab eines Pharaonenberaters besucht, der vor fünftausend Jahren gestorben war. Während die anderen aus der Gruppe nur Augen für die wunderbaren Wandmalereien gehabt hatten, die in lebendigen Szenen weißgekleidete Gestalten darstellten, die auf dem Nil ruderten, hatte er lediglich auf den kühlen Steinboden starren können, wo ein toter Käfer mit nach oben gereckten, hakenbesetzten Beinen auf einem kleinen Staubhaufen gelegen hatte. Für ihn würde Ägypten immer dieser erstarrte Käfer im Staub sein. Und Lemnos würde für ihn immer Herbstwinde, eine blank gefegte Ebene und die schweigende Stadt bedeuten. Ned fragte sich, warum ein Mensch, der so begabt und so voller Leben, Energie und menschlicher Wärme gewesen war wie Dick Muller, sich aus freien Stücken in dieses traurig schreckliche Labyrinth zurückgezogen hatte.

Dann erinnerte er sich, was Muller auf Beta Hydri IV zugestoßen war, und kam zu dem Schluß, daß selbst eine Persönlichkeit wie Muller gute Gründe gehabt haben mußte, sich auf einer Welt wie dieser zu verkriechen – in einer solchen Stadt. Lemnos war eine ausgezeichnete Zuflucht: eine erdähnliche Welt, außerdem unbewohnt und fast mit einer Garantie versehen, von menschlicher Gesellschaft frei zu sein. Und wir sind hier, um ihn herauszuscheuchen und fortzuschleppen. Neds Miene verfinsterte sich. Wie schmutzig, dachte er, wie schmutzig und gemein. Das alte Lied vom Zweck, der alle Mittel heiligt. Ein Stück weiter konnte Rawlins die stämmige Gestalt von Charles Boardman sehen, der direkt vor dem großen Datenterminal stand und mit den Armen in verschiedene Richtungen zeigte, um den Männern an den Außenwällen Anweisungen zu geben. Allmählich kam Ned zu der Erkenntnis, von Boardman zu einer unschönen Sache überredet worden zu sein. Der aalglatte alte Teufel hatte sich daheim auf der Erde gar nicht erst auf Einzelheiten eingelassen, hatte nichts über die Art und Weise verlauten lassen, mit der Muller zur Zusammenarbeit gebracht werden sollte. Aus Boardmans Mund hatte sich das Unternehmen wie ein glorienbeschienener Kreuzzug für eine gerechte Sache angehört. Statt dessen handelte es sich um einige schmutzige Tricks. Boardman nannte nie Roß und Reiter, erläuterte nie die einzelnen Umstände, bevor er nicht dazu gezwungen war, wie Rawlins jetzt begriff. Er handelte nach der Maxime: Laß dir nie in die

Karten sehen. Behalte deine Strategien für dich. Gib nie zuviel preis. Und so fand Ned sich hier wieder, als Teil und Mitspieler bei einer Verschwörung.

Hosteen und Boardman hatten ein Dutzend Drohnen vor den verschiedenen Eingängen zum Innenteil des Labyrinths postiert. Es war bereits klar, daß der einzige sichere Weg in die Stadt durch das nordöstliche Tor führte. Aber sie verfügten über mehr als genug Drohnen und wollten außerdem alle Informationen einholen, deren sie habhaft werden konnten. Der Bildschirm, vor dem Rawlins stand, zeigte ein Teildiagramm des Labyrinths – die Sektion, die unmittelbar vor ihm lag – und gab ihm lange Zeit Gelegenheit, sich ein Bild von den Windungen und überraschenden Sackgassen, von Zickzackwegen und Fehlverbindungen zu machen. Neds Arbeit bestand darin, auf dem Schirm den Weg der Drohne durch diesen Sektor zu verfolgen. Die anderen Sondierungsroboter wurden ebenfalls von einem Computer und einem Mann an einem Bildschirm überwacht. Boardman und Hosteen dagegen saßen am Zentralterminal und beobachteten und leiteten die Gesamtoperation.

„Hinein mit ihnen", ordnete Boardman an.

Hosteen gab die entsprechenden Anweisungen, und die Roboter rollten durch die Tore. Rawlins warf nun durch die Augen seiner gedrungen dahinrollenden Drohnen einen ersten Blick auf die Zone H des Irrgartens. Er sah eine Wand, die an gekräuseltes, blaues Porzellan erinnerte. Wellenförmig bog sie nach links ab. Und er entdeckte ein Gitter aus metallischen Streben, die sich von einem schweren Steinblock zur anderen Seite erstreckten. Die Drohne bewegte sich nahe an den Streben vorbei, die auf Grund des schwachen Luftzuges leise zu klingeln und zu zittern begannen. Der Roboter lief nun an der Porzellanwand entlang und folgte einer Innenkurve, die etwa zwanzig Meter lang war. Dort endete die Wand in einer Art Spirale und bildete eine Kammer, die eigentlich nur nach oben offen war. Beim letzten Mal, als jemand das Labyrinth auf diese Weise betreten hatte – das war bei der vierten Expedition gewesen –, waren zwei Männer an diese Kammer geraten. Einer war draußen geblieben und vernichtet worden. Der andere hatte die Kammer betreten; ihm war nichts passiert. Die Drohne rollte hinein. Einen Augenblick später schoß ein Strahl aus reinem roten Licht aus dem Zentrum der mosaikartigen Dekoration an der Wand und bestrich die unmittelbar vor der Kammer liegende Fläche.

Boardmans Stimme drang durch den Kopfhörer an Neds Ohr. „Wir haben vier Drohnen verloren, als sie durch ihre Tore traten. Das ist genau das, was wir erwartet haben. Wie steht's bei Ihnen?"

„Alles verläuft nach Plan", sagte Rawlins. „Bis jetzt ist noch alles okay."

„Sie müßten sie innerhalb von sechs Minuten nach dem Eintritt verlieren. Wieviel Zeit ist bis jetzt bei Ihnen verstrichen?"

„Zwei Minuten und fünfzehn Sekunden."

Die Drohne hatte die Kammer nun hinter sich gebracht und rollte rasch an der Stelle vorbei, wo der Lichtstrahl eingeschlagen hatte. Rawlins schaltete den Geruchssinn des Roboters ein, der verbrannte Luft mit hohem Ozon-Anteil feststellte. Ein Stück voraus teilte sich der Weg. Auf der einen Seite befand sich eine Brücke aus Stein, die von einem Bogen gehalten wurde und sich über etwas spannte, das wie eine Flammengrube aussah. Auf der anderen Seite lag ein Haufen übereinandergestürzter, riesiger Steinblöcke. Sie waren so aufeinandergeschichtet, daß die oberen jeden Moment herabzustürzen drohten. Die Brücke schien einladender zu sein, aber die Drohne wandte sich plötzlich von ihr ab und begann, über die Blöcke zu klettern. Rawlins fragte sie nach dem Grund und erhielt die Information, daß es die „Brücke" gar nicht gab. Sie war eine Projektion, die von Sendern innerhalb der gegenüberliegenden Wände ausgestrahlt wurde. Rawlins simulierte mit der Elektronik ein Betreten der Brücke und beobachtete dann auf dem Bildschirm, wie die Drohne auf den Überweg trat, völlig unerwartet durch die solide aussehende Brücke brach und dabei das Gleichgewicht verlor. Während die simulierte Drohne sich um die Wiedererlangung des Gleichgewichts bemühte, geriet der Boden in Bewegung und schleuderte sie in die Flammengrube. Hübsch, dachte Ned, während ihm ein Schauer über den Rücken lief.

Inzwischen hatte die echte Drohne die eine Seite des Steinhaufens bezwungen und machte sich unbeschädigt auf der anderen an den Abstieg. Drei Minuten und acht Sekunden waren mittlerweile vergangen. Ein Stück gerader Straße erwies sich als so sicher, wie es aussah. Zu beiden Seiten wurde die Straße von fensterlosen Türmen flankiert, die an die hundert Meter hoch und ganz schlank waren, aus einem schimmernden Mineral bestanden und eine ölig-glatte Oberfläche aufwiesen. Sie warfen glitzernde Moirémuster auf den Boden, während der Roboter an ihnen vorbeizog. Zu Beginn der vierten Minute wich die Drohne einigen Pfeilern aus, die an zuschnappende Zahnreihen erinnerten. Dann trat sie zur Seite und entging so einem regenschirmförmigen Rammbock, der plötzlich mit vernichtender Wucht vorstieß. Achtzig Sekunden später machte der Roboter einen Bogen um eine Falltür, die sich über einem gähnenden Abgrund öffnete, und entging geschickt fünf vierschneidigen Klingen, die sich unvermittelt aus dem Boden schoben. Danach bestieg die Drohne ein Gleitband, von dem sie rasch davongetragen wurde. Genau vierzig Sekunden lang.

Die bislang zurückgelegte Strecke war schon vor langer Zeit von einem terranischen Forscher namens Cartissant erkundet worden, bevor auch er den Tod gefunden hatte. Er hatte einen genauen Bericht über seine Erfahrungen und Entdeckungen im Irrgarten durchgegeben. Fünf Minuten und dreißig Sekunden lang, dann war er verstummt. Sein Fehler hatte darin bestanden, noch eine einundvierzigste Sekunde auf dem Gleitband zu bleiben. Seine Gefährten, die draußen geblieben waren und ihn auf ihren Monitoren verfolgt hatten, konnten nicht sagen, was ihm genau zugestoßen war.

Als der Roboter vom Band stieg, führte Rawlins eine weitere Simulation durch. Er bekam rasch eine Darstellung von dem geboten, was das Computergehirn als wahrscheinlichste Möglichkeit errechnet hatte: Das Gleitband tat sich plötzlich auf und verschluckte seinen Passagier. Die Drohne bewegte sich inzwischen rasch auf die Stelle zu, die wie der Ausgang dieser äußersten Labyrinthzone aussah. Dahinter lag ein hell erleuchteter, angenehm aussehender Platz, der von treibenden Kugeln aus einer perlartigen, glühenden Substanz umgeben war.

Rawlins meldete: „Ich bin jetzt in der siebten Minute, und wir rollen immer noch weiter, Charles. Vor uns scheint ein Tor zu Zone G zu liegen. Vielleicht sollten Sie sich einschalten und meiner Übertragung besondere Aufmerksamkeit schenken.“

„Wenn Sie noch zwei Minuten durchhalten, werde ich es tun“, sagte Boardman.

Der Roboter blieb vor dem Innentor stehen. Vorsichtig aktivierte er sein Gravitron und strahlte einen Energieball mit einer Masse aus, die der seinen entsprach. Er ließ den Ball durch das Tor schweben. Nichts geschah. Zufrieden wandte sich die Drohne danach selbst dem Durchgang zu. Als sie auf der Schwelle stand, prallten die beiden Seiten plötzlich abrupt wie die Backen einer gewaltigen Presse zusammen und zerstörten so den Roboter. Neds Schirm wurde dunkel. Rasch schaltete er auf eine der Flugdrohnen um und erhielt ein Bild, auf dem sein Roboter auf der anderen Seite der Schwelle lag, zusammengepreßt zu einer zweidimensionalen Karikatur seiner ehemaligen Form. Ein Mensch, der in die gleiche Falle geraten wäre, wäre zu Staub zermahlen worden.

„Meine Drohne ist soeben ausgeschaltet worden", meldete er Boardman. „Sechs Minuten und vierzig Sekunden."

„Wie erwartet", ertönte die Antwort. „Wir haben nur noch zwei aktive Roboter. Schalten Sie um und sehen Sie es sich an."

Das Hauptdiagramm erschien auf Neds Bildschirm: eine vereinfachte und stilisierte Tuschestiftdarstellung des gesamten Labyrinths, wie man es von der Luft aus sah. Ein kleines x war überall dort angebracht, wo ein Sondierungsroboter zerstört worden war. Nach einigem Suchen fand Rawlins den Weg, den seine Drohne gewählt hatte. Ein x war zwischen den Zonengrenzen an der Stelle eingezeichnet, wo sich die zuschnappende Tür befand. Es wollte Rawlins so vorkommen, als sei sein Roboter weiter vorangekommen als die meisten anderen. Aber dann mußte er über den kindischen Stolz lächeln, den diese Entdeckung in ihm hervorgerufen hatte. Schließlich bewegten sich zwei Roboter immer noch weiter hinein. Einer befand sich sogar schon in der zweiten Labyrinthzone, während der andere gerade ein Tor durchfuhr, das Zutritt zu dem inneren Ring gewährte.

Das Diagramm verschwand, und jetzt sah Rawlins auf das Labyrinth, wie es durch die Linsenaugen einer der Drohnen aufgenommen wurde. Fast zierlich bewegte sich der mannshohe Metallkörper durch die barocken Kniffe und Fallen des Labyrinths, zeigte durch seine Optik, wie er eine goldene Säule passierte, von der eine schwirrende Melodie in seltsamem Tonfall kam, einen Lichtsee, ein Netz aus glitzernden, metallischen Speichen und Haufen spitzer, gebleichter Knochen. Rawlins konnte nur kurze Blicke auf die Knochen werfen, da die Drohne rasch weiterrollte, aber er war davon überzeugt, daß nur wenige von Menschen stammten. Dieser Ort war ein galaktischer Friedhof für alle Mutigen und Verwegenen.

Die Erregung in ihm wurde immer stärker, als die Drohne weiter und weiter rollte. Er war so von den Bildern auf seinem Schirm gefesselt, daß es ihm so vorkam, als befände er sich selbst in dem Irrgarten und würde Todesfalle um Todesfalle ausweichen. Triumph stieg in ihm auf, als die Anzahl der Minuten sich immer mehr vergrößerte. Vierzehn waren bereits vergangen. Im zweiten Ring des Labyrinths herrschte nicht so ein dichtgedrängtes Wirrwarr wie im ersten. Hier gab es auch größere Plätze, hübsche Kolonnaden und lange Straßen, die strahlenförmig von der Hauptverbindung abgingen. Ned fühlte Ruhe in sich aufsteigen. Er spürte Stolz über die Beweglichkeit und Geschicklichkeit der Drohne und über die Präzision ihrer sensorischen Instrumente. Daher war der Schock um so stärker und störender, als eine Pflasterplatte sich plötzlich hochkant stellte und den Roboter auf eine lange Rutsche fallen ließ, die ihn zu einem Ort brachte, wo die Schneidezähne einer gigantischen Mühle sich bereits eifrig drehten.

Sie hatten allerdings nicht erwartet, daß diese Drohne so weit kommen würde. Der Sondierungsroboter, den die anderen auf ihren Bildschirmen verfolgten, war der, der durch das Haupttor gekommen war – durch das sichere Tor. Der schmale Vorrat an Informationen, der um den Preis von so vielen Menschenleben zusammengetragen worden war, hatte die Drohne an allen Gefahren vorbeigeführt. Jetzt befand sie sich weit in Zone G, fast schon am Rand zu F. Bis jetzt war alles so abgelaufen, wie man es erwartet hatte. Die Erfahrungen des Roboters entsprachen denjenigen, von denen frühere Expeditionen berichteten, daß sie ihnen zu schaffen gemacht hatten. Der Roboter folgte exakt dem Kurs der menschlichen Vorgänger, bog hier ab, wich dort aus und befand sich jetzt bereits achtzehn Minuten im Irrgarten, ohne daß es zu Zwischenfällen gekommen war.

„Bisher noch alles in Butter“, sagte Boardman. „An dieser Stelle ist doch Mortenson ums Leben gekommen, nicht wahr?“

„Stimmt“, antwortete Hosteen. „Das letzte, was er noch sagen konnte, war, daß er vor dieser kleinen Pyramide dort stand. Danach hat man nie mehr etwas von ihm gehört.“

„Und von diesem Punkt an müssen wir uns selbst die nötigen Erfahrungen verschaffen. Bisher haben wir lediglich überprüft, ob unsere Unterlagen korrekt sind. Dieser Eingang ist der einzig sichere. Aber von jetzt an ...“

Die Drohne bewegte sich nun deutlich langsamer, da ihr die Vorgehensvorgabe fehlte. Sie zögerte bei jedem Schritt, um ihre Datensammlungsanlagen zuerst nach allen Richtungen hin sondieren zu lassen. Sie suchte nach Falltüren, verborgenen Öffnungen im Straßenbelag, nach Projektoren, Laserkanonen, Massedetektoren und Energiequellen. Sie sandte alle neugewonnenen Informationen an die Zentraldatenbank zurück und bereicherte so den Wissensstand mit jedem neuen Zentimeter, den sie vorankam.

Insgesamt legte die Drohne auf diese Weise dreiundzwanzig Meter zurück. Als sie an der kleinen Pyramide vorbeikam, übertrug sie den Menschen an den Bildschirmen das Skelett des Forschers Mortenson, der zweiundsiebzig Jahre zuvor an dieser Stelle gescheitert war. Sie gab durch, daß Mortenson von einem auf Druck reagierenden Fallbeil erschlagen wurde, als er unbedachterweise der Pyramide zu nahe gekommen war. Auf dem weiteren Weg konnte der Roboter zwei kleineren Fallen ausweichen, bevor seine Sensoren von einem Neutralisationsfeld ausgeschaltet wurden, seine Sicherheit damit nicht mehr gewährleistet war und er ungeschützt von einem hervorbrechenden Steinklotz pulverisiert wurde.

„Der nächste, den wir schicken, muß alle Datenaufnahmeanlagen abschalten, bis er an dieser Stelle vorbei ist", murmelte Hosteen. „Wenn er sozusagen blind und taub wird, dann müßte es klappen."

„Vielleicht würde ein Mensch hier besser durchkommen als eine Maschine", meinte Boardman. „Wir können nicht sagen, ob das Feld die Sinne eines Menschen genauso verwirren könnte wie die Sensoren eines Roboters."

„Wir sind noch nicht soweit, dort einen Menschen hineinzuschikken", erwiderte Hosteen.

Boardman ließ sich davon überzeugen – nicht übermäßig bereitwillig, dachte Rawlins, während er dem Meinungsaustausch zuhörte. Der Bildschirm erwachte wieder zum Leben. Ein neuer Sondierungsroboter rollte in den Irrgarten. Hosteen hatte eine zweite Abteilung Roboter auf den vorsichtigen Marsch durch das Labyrinth geschickt. Sie folgten dem Weg, der bisher als sicher bekannt war. Etliche von ihnen erreichten den Achtzehn-Minuten-Punkt, wo sich die tödliche Pyramide befand. Dort blieben sie in Wartestellung. Dann ließ Hosteen die erste Drohne losrollen. Sie gelangte in den Erfassungsbereich des Neutralisationsfelds und schaltete ihre Sensoren ab. Einen Moment lang schwankte sie wie betrunken, weil sie nicht wußte, in welche Richtung sie sich bewegen sollte. Doch ebenso schnell gewann sie ihr Gleichgewicht wieder. Sie war nun von jeglichem Kontakt mit ihrer Umgebung abgeschnitten und achtete daher auch nicht auf die sirenenhaften Lockrufe des Störfelds, das ihre Vorgängerin verleitet hatte, in den Wirkungsbereich des Schmetterkolbens zu treten. Die Phalanx der Sondierungsroboter, die als Nachfolger bereitstanden, befand sich außerhalb der Gefahrenszone dieser Falle, ihre Optiken übermittelten aber gleichzeitig dem Zentralcomputer ein klares und einwandfreies Bild von der Szene. Die Datenbank rechnete eingedenk des trügerischen Wegs der letzten Drohne einen neuen Pfad aus, der an dem gefährlichen Kolben vorbeiführte. Wenige Augenblicke später setzte sich die blinde Drohne endgültig in Bewegung. Innere Impulse leiteten sie. Da sie über keinerlei Feedback aus ihrer Umgebung verfügte, war sie vollkommen auf die Anweisungen des Computers angewiesen, der sie mit winzigen Schritten vorschob, bis sie die Gefahrenquelle sicher umrundet hatte. Dann durfte sie ihre Sensoren wieder einschalten. Um den Vorgang noch einmal zu überprüfen, schickte Hosteen einen zweiten Roboter hinterher. Auch diese Maschine bewegte sich blind und wurde vom Zentralcomputer geführt. Und auch sie schaffte es. Danach rollte ein dritter Roboter los, der seine Sensoren eingeschaltet ließ und so unter den Einfluß des Störfelds geriet. Der Computer sollte ihn mit Impulsen an der Gefahr vorbeilotsen. Aber der Roboter ließ sich von den falschen Informationen aus dem Feld verleiten, drängte ungestüm der Pyramide entgegen und wurde pulverisiert.

„Also gut", sagte Hosteen, „wenn wir einen Weg kennen, eine Maschine vorbeizulotsen, dann wird uns das auch mit einem Menschen gelingen. Er braucht nur die Augen zu schließen und sich ganz auf den Computer zu verlassen, der jeden einzelnen seiner Schritte vorherberechnet. Wir schaffen es."

Die erste Drohne setzte sich wieder in Bewegung. Sie kam siebzehn Meter über die Stelle mit dem Störfeld hinaus, bis sie auf einem silbrigen Rost ihr Ende fand, aus dem unvermittelt zwei Elektroden stießen, die die Drohne in einem Flammenbad vergehen ließen. Rawlins sah mißgestimmt zu, wie der nächste Roboter der Elektrodenfalle ausweichen konnte und kurz darauf dem nächsten Hindernis zum Opfer fiel. Die verbliebenen Drohnen in der Phalanx warteten geduldig darauf, selbst an die Reihe zu kommen.

Nicht mehr lange, dann sind die Menschen dran, dachte Rawlins. Dann gehen *wir* hinein.

Er schaltete sein Terminal aus und marschierte zu Boardman hinüber.

„Wie sieht es denn bis jetzt aus?" wollte er wissen.

„Schwierig, aber nicht unmöglich", sagte Boardman. „Ich kann mir jedoch nicht vorstellen, daß es überall so schlimm ist."

„Und wenn doch?“

„Uns werden die Drohnen schon nicht ausgehen. Wir erkunden jede Ecke im Labyrinth, bis wir festgestellt haben, wo all die Fallen angebracht sind. Und danach brechen wir selbst auf.“

„Gehen Sie *selbst* auch hinein, Charles?“ fragte Rawlins.

„Natürlich, genau wie Sie.“

„Und wie stehen die Chancen, gesund wieder herauszukommen?“

„Sehr gut“, sagte Boardman. „Andernfalls glaube ich kaum, daß ich dabei persönlich mitmachen würde. Natürlich bleibt es ein gefährlicher Marsch, Ned, aber deswegen braucht einem noch nicht das Herz schwer zu werden. Wir haben doch gerade erst damit begonnen, das Labyrinth auszukundschaften. In ein paar Tagen kennen wir es sicher gut genug.“

Rawlins dachte einen Augenblick darüber nach. „Muller hatte keine Drohnen“, sagte er schließlich. „Wie ist er nur an all den Fallen vorbeigekommen?“

„Ich weiß es nicht“, sagte Boardman halblaut, „ich kann mir nur vorstellen, daß er unglaublich viel Glück gehabt hat.“

# Drei

Im Zentrum des Labyrinths verfolgte Muller auf den trüben Übertragungschirmen die Ereignisse in den Außenzonen. Er entdeckte, daß sie irgendwelche Roboter hineinschickten. Eine nach der anderen wurden die Maschinen recht brutal ausgeschaltet. Aber jeder neue Roboter drang ein paar Meter weiter in das Labyrinth ein. Aus unaufhörlichen Versuchen und aus jedem Fehlschlag hatten die Eindringlinge gelernt, wie die richtige Route durch Zone H verlief. Mittlerweile hatten sie die schon durchquert und befanden sich weit in G. Muller war auf eine effektive Verteidigung eingerichtet, falls die Roboter die inneren Zonen erreichen sollten. Bis dahin blieb er ganz gelassen im Zentrum der Stadt und ging seiner täglichen Routine nach.

Morgens verbrachte er den Großteil seiner Zeit damit, über die Vergangenheit nachzudenken. In früheren Jahren hatte es für ihn andere Welten gegeben, andere Arten von Frühling, wärmere Jahreszeiten als diese hier. Sanfte Augen hatten in seine gesehen, andere Hände die seinen gehalten. Lächeln, Gelächter, blankpolierte Böden und elegant gekleidete Menschen, die sich unter halbkreisförmigen Bögen bewegten. Muller hatte zweimal geheiratet. Beide Male hatten sie sich nach der festgesetzten Zeit friedlich voneinander getrennt. Er war viel gereist und weit herumgekommen. Er hatte mit Königen und Ministern zu tun gehabt. In seiner Nase steckte der Duft von hundert Planeten, die quer über die Galaxis verstreut waren. Wir kommen nur ein kleines Stück voran, bevor wir die Weltbühne verlassen, dachte er. Im Frühling und Sommer seines Lebens war er verwöhnt worden und hatte viel Farbe bekommen. Es war hell gewesen. Jetzt war er nicht der Ansicht, er habe diesen dumpfen, freudlosen Herbst verdient.

Die Stadt sorgte auf ihre Weise für ihn. Er hatte eine Wohnung – konnte unter Tausenden Wohnungen wählen. Von Zeit zu Zeit zog er um, bloß um einmal eine andere Aussicht zu haben. Alle Häuser hier waren nicht mehr als leere Kästen. Er hatte sich aus Tierhäuten ein

Bett gebaut, es mit Fellstücken gefüllt und aus Leder, Sehnen und Knochen einen Stuhl gefertigt. Mehr brauchte er nicht. Die Stadt gab ihm Wasser. Wilde Tiere zogen in solchen Mengen durch die Stadt, daß es ihm nie an Nahrung mangeln würde, solange er nur so gesund blieb, um auf die Jagd gehen zu können. Einige wichtige Gegenstände hatte er von der Erde mitgebracht. Zum Beispiel drei Buch- und einen Musikwürfel, insgesamt ein Stapel von knapp einem Meter Höhe. Sie würden ausreichen, seiner Seele und seinem Gemüt in den Jahren Nahrung zu geben, die ihm noch verblieben. Er hatte auch einige erotische Würfel mitgebracht. Und er besaß einen kleinen Recorder, in den er manchmal seine Memoiren diktierte. Er hatte einen Schreibblock. Er verfügte über Waffen und einen Massedetektor. Er hatte ein Diagnostat, das selbständig und in ausreichender Menge Medikamente produzierte. Es reichte aus.

Er aß regelmäßig. Er schlief lange und gut. Er machte sich nie Gewissensbisse, zweifelte nie an seinem Tun. Er war fast so weit, mit seinem Schicksal zufrieden zu sein. Bitterkeit kann man nur eine gewisse Zeit lang nähren, dann bildet das Unterbewußtsein eine Schutzkapsel um die Stelle, aus der das Gift kommt.

Er machte heute niemandem mehr einen Vorwurf für das, was ihm zugestoßen war. Sein eigener Ehrgeiz war daran schließlich nicht unschuldig gewesen. Er hatte versucht, das ganze Universum zu erobern. Er hatte danach gestrebt, ein Gott zu sein. Und irgendeine unerbittlich lenkende Schicksalsmacht hatte ihn vom höchsten Ruhm hinabgestoßen, hatte ihn immer weiter stürzen lassen und zerschmettert, hatte ihn so besiegt zurückgelassen, daß er nur noch zu dieser toten Welt kriechen konnte, um dort seine gebrochene Seele so gut es ging zusammenzuflicken.

Die Stationen seines Weges zu dieser Welt waren ihm nur zu gut bekannt. Mit achtzehn hatte er nackt unter den Sternen gelegen, die Wärme gespürt und sich seiner hochtrabenden Pläne gerühmt. Mit fünfundzwanzig war er sich seiner Ambitionen bewußt geworden und hatte sie erfüllt. Bevor er vierzig war, hatte er an die hundert Welten besucht und war auf dreißig von ihnen berühmt und bekannt. Ein Jahrzehnt später war er einer Verblendung erlegen, er glaubte sich zum Staatsmann berufen. Und im Alter von dreiundfünfzig hatte er sich von Charles Boardman dazu überreden lassen, die Mission nach Beta Hydri IV zu übernehmen.

In jenem Jahr hatte er im Tau Ceti-System Ferien gemacht, ein

Dutzend Lichtjahre von der Erde entfernt. Marduk, der vierte Planet in diesem System, war zur Vergnügungswelt für die Minenarbeiter umfunktioniert worden, die damit beschäftigt waren, dem Bruderplaneten die überschwenglich vorhandenen reaktiven Metalle zu entreißen. Muller gefiel es nicht, wie diese Welten ausgeplündert wurden, aber das hinderte ihn nicht daran, auf Marduk Erholung zu suchen. Es war eine Welt, die mit senkrechter Achse durch ihre Umlaufbahn zog und auf der es demzufolge kaum Jahreszeiten gab. Sie besaß vier Kontinente, die im stetigen Frühling von einem ruhigen, seichten Ozean umspült wurden. Das Wasser war grün, die Landflora hatte einen leichten Stich ins Bläuliche, und die Luft wies ein wenig vom Prickeln jungen Champagners auf. Irgendwie hatten sie den Planeten in ein Ebenbild der Erde umgewandelt – einer Erde, wie sie zu einer unschuldigeren Zeit einmal ausgesehen haben mochte: überall Parklandschaft, saftige Wiesen und einladende Wirtshäuser. Es war eine ruhevolle Welt, deren Herausforderungen selbst zu wählen waren. Die Riesenfische im Ozean waren von Natur aus träge und ließen mit sich spielen. Die hohen Berge mit ihren Schneekuppen sahen tückisch aus, selbst für Bergsteiger in Gravitronstiefeln. Aber bisher war noch nie jemand in ihnen verloren gegangen. Die Tiere, von denen es in den Wäldern wimmelte, waren groß und mächtig, und sie schnaubten wütend, wenn sie angriffen. Aber sie waren lange nicht so gefährlich wie sie aussahen. Im Grunde genommen sagten Muller solche Orte nicht zu. Aber er hatte genug Abenteuer erlebt und war nach Marduk gekommen, um sich für einige Wochen einem Scheinfrieden hinzugeben. Ein Mädchen, das er vor einem Jahr, zwanzig Lichtjahre von Marduk entfernt, kennengelernt hatte, begleitete ihn.

Sie hieß Marta und war groß und schlank. Sie hatte große, dunkle Augen, die mit modischen, roten Lidschatten umrahmt waren, und trug glänzendes, blaues Haar, das um ihre weichen Schultern spielte. Marta sah aus wie zwanzig, hätte aber genausogut eine Neunzigjährige nach der dritten Verjüngungsoperation sein können. Man wußte nie, wie alt jemand wirklich war, besonders nicht bei den Frauen. Aber Muller glaubte aus unerfindlichen Gründen zu wissen, daß sie wirklich noch so jung war. Es lag nicht direkt an der Geschmeidigkeit ihrer Bewegungen und ihrer spontanen Agilität – solche Eigenschaften konnte man sich antrainieren –, sie besaß vielmehr einen unterschwelligen Enthusiasmus, so etwas wie unverfälschte Mädchenhaftigkeit, von dem er gerne annahm, er sei nicht das Produkt eines Chirurgen.

Ob es nun beim Powerschwimmen war, beim Flößersport, bei der Blasrohrjagd oder im Bett, immer schien Marta sich so vollständig den Vergnügungen hinzugeben, daß sie ihr wirklich relativ neu gewesen sein mußten.

Muller hatte kein Interesse daran, solchen Dingen intensiv nachzugehen. Marta war reich, eine Erdgeborene, hatte keine erkennbaren Familienverpflichtungen und ging einfach dorthin, wo es ihr gerade gefiel. Aus einem plötzlichen Impuls heraus hatte er sie angerufen und gefragt, ob sie ihn auf Marduk treffen wolle. Ohne Fragen zu stellen war sie gekommen. Und es machte ihr auch nichts aus, mit Richard Muller dieselbe Suite im Hotel zu teilen. Sicher wußte sie genau, wer er war, aber die Aura des Ruhms, die ihn umgab, war ihr gar nicht wichtig. Ihr kam es mehr darauf an, was er zu ihr sagte, wie er sie festhielt und was sie zusammen taten. Seine Erfahrungen und Kenntnisse, die er zu anderen Zeiten erworben hatte, spielten da gar keine Rolle mehr.

Ihr Hotel war ein tausend Meter hoher, in der Sonne glitzernder Turm. Es erhob sich gerade und schlank wie eine Nadel aus einem Tal und bot einen herrlichen Ausblick auf einen glasklaren, ovalen See. Ihre Zimmer befanden sich im zweihundertsten Stock. Sie speisten auf einer hochliegenden Terasse, die man mit einem Gravitrongleiter erreichte. Den ganzen Tag über standen ihnen alle Vergnügungen von Marduk zur Verfügung. Eine Woche lang blieb er ununterbrochen mit Marta zusammen. Das Wetter war ausgezeichnet. Ihre kleinen, frischen Brüste paßten sich wunderbar seinen zugreifenden Händen an. Ihre langen, schlanken Beine umschlossen ihn voller Wohlgefühl. Und bei den Höhepunkten stieß sie in plötzlicher wilder Unersättlichkeit ihre Fersen in seine Waden. Am achten Tag kam Charles Boardman auf Marduk an. Er nahm sich eine Suite, die einen halben Kontinent entfernt lag, und forderte Muller freundlich auf, ihm einen Besuch abzustatten.

„Ich mache hier Urlaub“, erklärte ihm Muller.

„Opfern Sie mir einen halben Tag.“

„Ich bin nicht allein, Charles.“

„Das weiß ich. Bringen Sie sie doch mit. Wir machen einen kleinen Ausflug. Es handelt sich um eine sehr wichtige Angelegenheit.“

„Ich bin hierher gekommen, um den wichtigen Angelegenheiten zu entkommen.“

„Es gibt kein Entkommen, Dick. Das wissen Sie auch. Sie sind so wie Sie sind, und deshalb brauchen wir Sie. Werden Sie kommen?"

„Zum Teufel mit Ihnen", sagte Muller leise.

Am nächsten Morgen flogen Marta und er mit dem Schnellgleiter zu Boardmans Hotel. Muller erinnerte sich heute noch so deutlich an den Ausflug, als hätte er letzten Monat stattgefunden und nicht vor fünfzehn Jahren. Sie waren über den Kontinentaleinschnitt geschwebt und so niedrig über den schneebedeckten Gipfeln geflogen, daß sie die beeindruckende Gestalt eines langhörnigen, ziegenartigen Felsenspringers entdecken konnten, wie er über die glitzernden Eisflüsse hüpfte. Zwei Tonnen Muskeln und Knochen, ein unglaublicher Koloß des Hochgebirges, die kostspieligste Beute, die Marduk anzubieten hatte. Manche Menschen verdienten in ihrem ganzen Leben nicht so viel Geld, um die Lizenz für die Jagd auf den Felsspringer zu erwerben. Und Muller wollte es damals so vorkommen, als sei selbst dieser Preis noch zu niedrig.

Dreimal umkreisten sie das riesige Tier, bevor sie zum Seen-Distrikt weiterflogen, der Ebene jenseits der Gebirgskette, wo eine ganze Platte diamantklarer Gewässer den fetten Leib des Kontinents umgürtete. Gegen Mittag waren sie am Rand eines lieblichen Waldes aus Immergrün gelandet. Boardman hatte die Fürstensuite des Hotels gemietet – in der es von Bildschirmen und Überwachungsgeräten wimmelte. Er ergriff Mullers Handgelenk zum Salut und umarmte Marta mit unverfrorener Lüsternheit. Sie ging auf Distanz und hielt ihn von sich ab. Unübersehbar betrachtete sie diesen Ausflug als reine Zeitverschwendung.

„Haben Sie Hunger?" fragte Boardman. „Erst das Essen, dann die Arbeit!"

Er servierte den beiden auf seinem Zimmer Aperitifs: bernsteinfarbenen Wein in Pokalen, die aus einem blauen, auf Ganymed gewonnenen Felskristall gehauen waren. Danach bestiegen sie einen Speisegleiter und verließen das Hotel, um während der Mahlzeit über Wälder und Seen zu fliegen. Sie nahmen in Pneumosesseln vor einem Panoramafenster Platz. Währenddessen rollte die Mahlzeit aus einem Container auf sie zu: frischer Salat, gegrillter einheimischer Fisch, importiertes Gemüse; zerriebener Streukäse von Centauri; Flaschen mit eiskaltem Reisbier; ein würziger grüner Likör zum Nachtisch. Völlig passiv und eingeschlossen in ihrer fliegenden Kapsel ließen sie sich das Essen, die Getränke und die Aussicht vorsetzen, atmeten die prickelnde Luft, die von außen hereingepumpt wurde, und beobachteten bunte Vögel, die an ihnen vorbeiflatterten und sich dann zwischen den weichen, fallenden Nadeln der in dichtem Grün stehenden Bäume in den Wäldern verloren. Boardman hatte alles sorgfältig vorbereitet, um eine bestimmte Stimmung zu erzeugen. Aber bei Muller waren diese Anstrengungen umsonst. So leicht ließ er sich nicht einlullen. Das hieß nicht, daß er Boardmans Auftrag, wie immer der auch aussehen mochte, nicht annehmen würde. Aber dann keinesfalls deswegen, weil man ihn durch bestimmte Tricks beeindrucken konnte.

Marta langweilte sich. Sie zeigte das mit der gleichgültigen Miene, mit der sie Boardmans auffordernd lüsternen Blicken begegnete. Das schimmernde Tageskleid, das sie trug, war mehr auf Enthüllen als auf Verbergen angelegt. Während die langgezogenen Moleküle kaleidoskopartig in einem bestimmten Muster über den Stoff zogen, gaben sie immer wieder kurze, freizügige Blicke auf ihre Oberschenkel und Brüste, ihren Unterleib und ihre Taille, auf ihre Hüften und auf ihren Hintern frei. Boardman wußte diese Vorstellung zu würdigen und schien bereit, in Martas scheinbare Bereitwilligkeit zu investieren. Aber sie ignorierte seine wortlosen Avancen völlig. Muller amüsierte das. Boardman nicht.

Nach dem Lunch landete der Gleiter am Ufer eines juwelengleichen Sees mit tiefem und klarem Wasser. Eine Seitenwand öffnete sich, und Boardman sagte: „Vielleicht möchte die junge Dame schwimmen gehen, während wir hier rasch die trockenen Geschäfte hinter uns bringen?“

„Eine ausgezeichnete Idee“, sagte Marta gleichgültig.

Sie stand auf und öffnete dabei die Schnalle an ihrer Schulter. Das Kleid glitt bis zu den Knöcheln hinab. Boardman zog eine große Show ab, indem er das Stück auffing und über eine Ablage hängte. Sie schenkte ihm ein mechanisches Lächeln, drehte sich um und ging zum Rand des Sees. Eine nackte, braungebrannte Gestalt, auf deren geschmeidigem Rücken und sanft gerundetem Hintereil die Reflexe der durch die Bäume scheinenden Sonne spielten. Mit den Waden im Wasser blieb sie einen Moment stehen. Dann sprang sie nach vorn und teilte den Wasserspiegel mit kräftigen und gleichmäßigen Stößen.

„Sie ist ganz nett, Dick!“ sagte Boardman. „Wer ist sie?“

„Ein Mächen, noch ziemlich jung, glaube ich.“

„Jünger jedenfalls als die übliche Sorte, würde ich sagen. Und etwas schnippisch. Kennen Sie sie lange?“

„Seit letztem Jahr, Charles. Interesse?"

„Natürlich."

„Ich werde es ihr sagen", erklärte Muller. „Irgendwann einmal."

Boardman lächelte ihn mit der Großzügigkeit und Freundlichkeit eines Buddhas an und deutete auf die gleitereigene Bar. Muller schüttelte den Kopf. Marta schwamm rücklings auf dem See. Die rosigen Spitzen ihrer Brüste waren gerade noch über der glatten Wasseroberfläche sichtbar. Die beiden Männer sahen sich an. Sie schienen im gleichen Alter zu sein, in den Fünfzigern. Boardman feist, kräftig und ergraut, Muller dagegen mager, kräftig und ergraut. Im Sitzen schienen sie sogar die gleiche Körpergröße zu haben. Aber dieser erste Anschein war falsch: Boardman war eine Generation älter, Muller knapp zwanzig Zentimeter größer. Sie kannten sich seit über dreißig Jahren.

In gewisser Weise gingen sie auch einer ähnlichen Arbeit nach. Beide gehörten zum Personal des Stabes, der nicht in der Verwaltung tätig war, gehörten zu den Männern und Frauen, die die Struktur der menschlichen Gesellschaft, die über die ganze Galaxis verstreut lebte, zusammenhielten. Keiner von ihnen besaß einen Dienstgrad oder offiziellen Rang. Beiden gemeinsam waren eine gewisse Einsatzfreude und der Wunsch, ihre Fähigkeiten in den Dienst der Menschheit zu stellen.

Muller respektierte Boardman für die Art, mit der er diese Fähigkeiten während einer langen und beeindruckenden Karriere eingesetzt hatte. Aber er wußte nicht, ob er den älteren Mann mochte. Er wußte, daß Boardman gerissen, skrupellos und dem Wohlergehen der Menschheit bedingungslos ergeben war. Und er wußte auch, daß diese Kombination von Ergebenheit und Skrupellosigkeit immer gefährlich war.

Boardman zog einen Visionswürfel aus einer Tasche seiner Robe und legte ihn vor Muller auf den Tisch. Dort lag er wie ein Spielstein aus einem kniffligen Spiel. Er war an jeder Seite sechs oder sieben Zentimeter lang und von sanftgelber Farbe, die sich von der polierten, schwarzen Marmoroberfläche des Tisches abhob. „Legen Sie ihn ein", sagte Boardman freundlich. „Der Rekorder steht direkt neben Ihnen."

Muller ließ den Würfel in den Eingabeschlitz ein. Aus der Tischmitte erhob sich ein großer Sichtwürfel mit einer Seitenlänge von fast einem Meter. Bilder erwachten in ihm. Muller sah einen wolkenumhüllten Planeten von mattgrauer Farbe. Es hätte die Venus sein können. Der Planet kam näher, und in dem Grau tauchten dunkelrote Streifen auf. Also nicht die Venus. Das Spionauge durchstieß die Wolkendecke und zeigte eine fremdartige Welt. Der Boden sah feucht und schwammig aus, gummiartige Bäume von der Form gigantischer Giftpilze erhoben sich aus ihm. Es war schwierig, ein Maß für die Größe zu finden, aber die Bäume wirkten tatsächlich riesig. Ihre blassen Stämme waren von spröden Fasern bedeckt und zwischen Boden und Wipfel wie ein Bogen gespannt. Tassenartiger Bewuchs umgab die Bäume an ihren Wurzeln und umringte sie bis zu etwa einem Fünftel der Stammeshöhe.

Die Kronen wiesen weder Äste noch Blätter auf, sondern nur breite, flache Kappen, deren Unterseiten runzelig und besprenkelt waren. Während Muller zusah, traten drei fremdartige Gestalten aus einem dichten Gehölz. Sie besaßen einen unnatürlich langen, insektenähnlichen Körper. Bündel aus acht oder zehn miteinander verbundenen Extremitäten entsprangen ihren schmalen Schultern. Die Köpfe liefen spitz zu und waren rundum mit Augen besetzt. Die Nase bestand aus vertikalen Schlitzen, die sich von der Haut abhoben. Die Münder öffneten sich an den Seiten. Die Fremden gingen aufrecht auf zierlichen Beinen, die in kleinen, halbkugelförmigen Sockeln ausliefen. Obwohl sie bis auf einige wohl als Schmuck gedachte Stoffstreifen zwischen dem zweiten und dritten Gelenk nackt waren, konnte Muller nirgends Anzeichen für Geschlechtsmerkmale erkennen. Ihre Haut war unpigmentiert, wies das gleiche Grau auf, wie es auf dieser Welt vorzuherrschen schien, und war von rauher Beschaffenheit. Sie war mit einer Schicht kleiner und diamantförmiger Schuppengrate überzogen.

Mit wunderbarer Grazie traten die Gestalten an drei der riesigen Giftpilzbäume und kletterten an ihnen hoch, bis sie oben auf dem untertassenförmigen Gürtel standen. Aus dem Extremitätenbündel kam ein Arm hervor, der über eine spezielle Bestimmung zu verfügen schien. Im Gegensatz zu den anderen, die mit fünf rankenartigen, kreisförmig arrangierten Fingern bestückt waren, endete dieses Glied in einem nadelspitzen Organ. Mit Leichtigkeit drang es tief in den weichen, gummiartigen Baumstamm. Ein langer Augenblick verstrich, und es sah ganz so aus, als saugten die Fremden Saft aus den Bäumen. Dann stiegen sie wieder hinab und setzten – äußerlich unverändert – ihre Wanderung fort.

Einer von ihnen blieb plötzlich stehen, bückte sich und sah angestrengt auf den Boden. Er hob das Spionauge hoch, das die ganze Zeit über ihre Aktivitäten verfolgt hatte. Auf dem Bildschirm entstand ein Chaos. Muller vermutete, daß das Spionauge von einem zum anderen gereicht wurde. Plötzlich verdunkelte sich der Schirm. Das Spionauge war zerstört worden. Der Würfel war abgelaufen.

Nach einem Moment des Schweigens sagte Muller: „Sie haben sehr überzeugend ausgesehen."

„Das sollten sie auch. Sie waren nämlich echt."

„Wurden diese Aufnahmen bei einer extragalaktischen Expedition aufgenommen?"

„Nein", sagte Boardman, „in unserer eigenen Milchstraße."

„Etwa auf Beta Hydri IV?"

„Ja."

Muller unterdrückte ein Schaudern. „Kann ich den Würfel noch einmal abspielen, Charles?"

„Aber sicher."

Er aktivierte den Rekorder ein zweites Mal. Wieder stieg das Spionauge durch die Wolkendecke nach unten. Wieder die gummiartigen Bäume; wieder erschien das Trio der drei Außerirdischen, nahm von den Bäumen Nahrung auf, entdeckte das Spionauge und zerstörte es. Muller studierte fasziniert diese Bilder. Noch nie zuvor hatte er intelligente fremde Lebewesen zu sehen bekommen. Soweit er wußte, hatte das bis zu diesem Augenblick auch sonst noch niemand.

Die Bilder auf dem Schirm erloschen.

„Das wurde vor knapp einem Monat aufgenommen", sagte Boardman. „Wir stationierten einen Drohnenträger in fünfzigtausend Meter Höhe über dem Planeten und haben etwa tausend Sonden auf Beta Hydri IV herabregnen lassen. Mindestens die Hälfte von ihnen ist im Meer gelandet und bis auf den Grund gesunken. Von den übrigen kamen die meisten an unbewohnten oder sonstwie uninteressanten Stellen auf. Dieses Spionauge ist das einzige gewesen, das Aufnahmen von den Einheimischen machen konnte."

„Warum entschied man, die von uns über diese Welt verhängte Quarantäne zu durchbrechen?"

Boardman atmete langsam aus. „Wir waren der Ansicht, es wäre an der Zeit, mit ihnen Kontakt aufzunehmen, Dick. Zehn Jahre lang haben wir sie nur beschnüffelt und uns nicht einmal vorgestellt. Das ist wohl kaum als gute Nachbarschaft zu bezeichnen. Und da die Hydrier und wir die einzigen intelligenten Wesen in der ganzen verdammten Galaxis sind – außer, jemand hat es irgendwo verstanden, sich erfolgreich vor uns zu verstecken –, sind wir zu der Ansicht gelangt, wir sollten endlich freundschaftliche Beziehungen aufnehmen."

„Ich halte Ihren Schmus für nicht sehr überzeugend, Charles", sagte Muller schroff. „Eine ordentliche Ratsentscheidung ist nach einer Debatte von einem vollen Jahr getroffen worden. Und sie besagte, die Hydrier sollten mindestens ein Jahrhundert in Ruhe gelassen werden; außer sie machten sich selbst daran, ins All vorzustoßen. Wer hat diese Entscheidung rückgängig gemacht? Und warum, und wann?"

Boardman lächelte verschlagen. Aber Muller wußte, daß die einzige Möglichkeit, ihm nicht ins Netz zu gehen, in einem Frontalangriff bestand. Langsam sagte Boardman: „Ich wollte nicht den Eindruck erwecken, mit doppelter Zunge zu sprechen, Dick. Die Entscheidung wurde durch einen Ratsbeschluß vor acht Monaten rückgängig gemacht. Sie befanden sich gerade auf dem Flug nach Rigel."

„Und der Grund dafür?"

„Eine unserer extragalaktischen Sonden kehrte mit einem überzeugenden Beweis zurück, daß mindestens eine hochintelligente und uns überlegene Spezies in einem der Nachbarsternhaufen zu Hause ist."

„Und wo?"

„Das spielt im Moment keine Rolle, Dick. Verzeihen Sie, aber darüber kann und werde ich Ihnen im Augenblick nichts sagen."

„Gut."

„Lassen Sie mich Ihnen nur so viel verraten: Nach dem, was wir bis jetzt von ihnen wissen, sind sie uns haushoch überlegen. Sie haben einen Antrieb, der es ihnen ermöglicht, die Kluft zwischen den Galaxien zu überwinden, und wir können mit einiger Sicherheit davon ausgehen, daß sie uns in einem der nächsten Jahrhunderte besuchen werden. Und wenn sie kommen, stehen wir vor einer Menge Probleme. Daher hat man die Entscheidung getroffen, vorzeitig mit den Bewohnern von Beta Hydri IV Beziehungen aufzunehmen . . . sozusagen als Rückversicherung für jenen Tag."

„Wollen Sie damit sagen", fragte Muller, „daß wir sicherstellen wollen, mit der zweiten intelligenten Spezies in dieser Galaxis auf gutem Fuß zu stehen, bevor die anderen auftauchen?"

„Ganz genau."

„Jetzt möchte ich gerne einen Drink", sagte Muller.

Boardman lud ihn mit einer Handbewegung ein, sich selbst zu

bedienen. Muller betätigte mehrere Knöpfe auf der Konsole und erhielt ein hochprozentiges Getränk. Er kippte es in einem Zug hinunter und ließ sich gleich danach noch ein Glas einschenken. Auf einmal hatte er große Schwierigkeiten, das alles zu verdauen. Er wandte den Blick von Boardman ab, nahm den Würfel vom Tisch und betastete ihn vorsichtig, so als handele es sich dabei um eine geheiligte Reliquie.

Einige Jahrhunderte lang hatte die Menschheit die Sterne erforscht, ohne auf Spuren einer zweiten Rasse zu stoßen. Es gab massenhaft Planeten, von denen auch etliche bewohnbar waren. Und eine erstaunlich hohe Anzahl war sogar erdähnlich. Aber man hatte ohnehin mit einer größeren Menge kolonisierbarer Welten gerechnet. Der Himmel war voll von Sonnen im Mittelbereich, unter denen es unzählige Sterne vom F- und G-Typ gab, die Leben hervorbringen konnten. Der Prozeß der Planetengenese ist nichts Außergewöhnliches. Die meisten dieser Sonnen besaßen im Schnitt zwischen fünf und zwölf Planeten. Einige dieser Welten besaßen sogar die richtige Größe, Masse und Dichte, um eine Atmosphäre zu entwickeln und zu behalten, und auch die anderen Voraussetzungen, die zur Entstehung und Evolution von Leben führten. Und von diesen Planeten bewegten sich einige in der geeigneten Umlaufbahn, in der sie vor extremen Temperaturen geschützt waren. Somit wimmelte es in der Galaxis von Leben – sehr zur Freude der Zoologen.

Doch bei seinem ungestümen Ausbruch aus dem eigenen System und seiner Expansion ins All war der Mensch nur auf Spuren von früheren intelligenten Rassen gestoßen. Tiere tummelten sich heute in den Ruinen von unvorstellbar alten Zivilisationen. Der spektakulärste Fund war das alte Labyrinth auf Lemnos. Doch auch andere Welten besaßen ihre Stadtruinen, verwitterten Bauwerke, Friedhöfe und verstreuten Scherbenhaufen. Somit wurde das All auch zur Fundgrube für die Archäologen. Die Sammler und Erfasser außerirdischer Tierarten und die Erforscher uralter Relikte blieben auf lange Zeit beschäftigt. Ganz neue Wissenschaftsdisziplinen schossen wie Pilze aus dem Boden. Man bemühte sich nun, Zivilisationen, die geblüht hatten, als auf der Erde noch keine Pyramiden standen, zu rekonstruieren.

Aber über all diese fremden Rassen in der Galaxis schien ein seltsamer Fluch gekommen zu sein, der sie ausgelöscht hatte. Offensichtlich waren ihre Zivilisationen schon vor so langer Zeit untergegangen, daß nicht einmal degenerierte Nachfahren bis heute überlebt hatten. Sie waren wie Ninive oder Tyrus ausgelöscht worden, waren einfach verschwunden. Genauere Überprüfungen hatten ergeben, daß die jüngste dieser etwa zwölf bekannten, extrasolaren Kulturen vor etwa achttausend Jahren untergegangen war.

Doch die Galaxis ist groß, und so suchten die Menschen weiter, ließen sich von einer sonderbaren Mischung aus Neugierde und Grauen weiter dazu treiben, nach Gefährten im All Ausschau zu halten. Aber obwohl der Warpantrieb rasche Flüge an alle Orte im Universum ermöglichte, reichten weder das zur Verfügung stehende Personal noch die vorhandenen Schiffe aus, die Erforschung der ungeheuren kosmischen Weite planvoll anzugehen. Etliche Jahrhunderte nach ihrem Vorstoß ins All machte die Menschheit tagtäglich immer noch neue Entdeckungen, manche sogar nicht weit vom Sol-System entfernt. Der Stern Beta Hydri besaß sieben Planeten. Und auf dem vierten lebte eine zweite intelligente Spezies.

Die Menschen landeten nicht auf dieser Welt. Die Möglichkeit der Entdeckung einer weiteren Spezies war schon lange vor dem eigentlichen Ereignis beraten und vorausgeplant worden. Man hatte einen Maßnahmenkatalog erstellt, der darauf abzielte, alle Fehler und Schnitzer bei einer ersten Begegnung zu vermeiden, aus denen unabsehbare Konsequenzen erwachsen könnten. Die Beobachtung von Beta Hydri IV war von oberhalb der Wolkendecke durchgeführt worden. Ausgeklügelte Geräte hatten die Aktivitäten unter der störenden grauen Maske gemessen. Die hydrische Energieproduktion war bis auf eine Fehlermarge von einigen wenigen Millionen Kilowatt bekannt. Ansiedlungen und Städte auf dem Planeten waren kartographiert und die Bevölkerungszahl daraus geschätzt worden. Der Stand der hydrischen industriellen Entwicklung war auf Grund von Messungen der thermischen Ausstrahlung errechnet worden. Eine tatkräftige, ständig wachsende und leistungsfähige Zivilisation befand sich unter der Wolkendecke, deren technischer Entwicklungsstand dem der Erde am Ausgang des zwanzigsten Jahrhunderts ähnlich war. Es gab nur einen deutlichen Unterschied: Die Hydrier hatten nie damit begonnen, ins All vorzustoßen. Das lag an der alles verdeckenden Wolkenschicht. Eine Rasse, die nie am Himmel die Sterne sehen konnte, entwickelte kaum den Wunsch, zu ihnen zu reisen.

Muller war Zeuge der hitzigen Debatten gewesen, die der Entdekkung der Hydrier gefolgt waren. Er kannte die Gründe, warum ihre

Welt unter Quarantäne gelegt worden war. Er begriff nun, daß außerordentlich wichtige Gründe vorliegen mußten, diese Sperre aufzuheben. Da die Erde sich nicht ganz im klaren darüber war, wie und ob sie die Aufnahme von Beziehungen zu Fremdwesen meistern könne, hatte man beschlossen, die Hydrier einstweilen noch in Ruhe zu lassen. Aber nun war dieses Vorhaben umgestürzt worden.

„Und wie soll es jetzt weitergehen?" fragte Muller. „Wird eine Expedition ausgesandt?"

„Jawohl."

„Und wie bald?"

„Innerhalb des nächsten Jahres, schätze ich."

In Muller zog sich alles zusammen. „Unter wessen Führung?"

„Vielleicht unter Ihrer, Dick."

„Warum ‚vielleicht'?"

„Vielleicht haben Sie kein Interesse daran."

„Als ich achtzehn war", erklärte Muller, „lag ich einmal mit einem Mädchen in einem Wald – auf der Erde, in einer Schonung. Wir haben uns dort geliebt. Es war für mich nicht das erste Mal, aber erst dort hat es in jeder Beziehung hundertprozentig geklappt. Danach lagen wir auf dem Rücken und sahen zu den Sternen hinauf. Und ich sagte ihr, ich wollte zu ihnen und sie besuchen. Sie sagte ‚Oh, wie wunderbar, Dick'. Aber im Grunde hatte ich gar nichts Besonderes gesagt. Jeder Junge in diesem Alter sagt so etwas, wenn er zu den Sternen hinaufsieht. Ich erklärte ihr weiter, daß ich das All erforschen wollte und spätere Generationen sich an mich erinnern würden, wie an Kolumbus, Magellan oder die ersten Astronauten. Ich sagte, ich würde immer in der ersten Reihe stehen, ganz gleich, um was es ging. Und daß ich mich wie ein Gott zwischen den Sternen bewegen wollte. Ich redete unaufhörlich. Etwa zehn Minuten lang sprudelte es aus mir heraus, bis wir beide ganz vom Zauber dieser Vorstellung gefangen waren. Ich drehte mich zu ihr, und sie zog mich auf ihren Körper. Und ich streckte den Sternen meinen nackten Hintern entgegen und beschäftigte mich damit, sie am Erdboden festzunageln. Dies war die Nacht, in der meine Pläne und Ambitionen erwachten." Muller lachte auf. „Mit achtzehn kann man Dinge sagen, die später unmöglich sind."

„Man kann mit achtzehn auch Dinge tun, die man später nicht mehr vollbringen kann", sagte Boardman. „Nun, Dick? Sie haben mittlerweile die Fünfzig überschritten, nicht wahr? Und Sie haben die Sterne besucht. Fühlen Sie sich wie ein Gott?"

„Manchmal."

„Wollen Sie nach Beta Hydri IV gehen?"

„Sie wissen genau, daß ich das will."

„Allein?"

Muller dachte, der Erdboden würde sich unter ihm auftun.

Und plötzlich stand in seinem Bewußtsein die Erinnerung an seinen ersten Ausflug in den freien Raum, wo er auch ungehemmt durch das Universum gefallen war.

*„Allein?"*

„Wir haben die ganze Angelegenheit durchgecheckt und sind zu dem Schluß gekommen, daß es zu diesem Zeitpunkt ein Fehler wäre, ein ganzes Rudel Menschen hinabzuschicken. Die Hydrier haben eindeutig und unmißverständlich auf unsere Spionaugen reagiert. Das konnten Sie selbst feststellen: Sie haben sie aufgehoben und zerstört. Uns ist es im Augenblick nicht möglich, ihre Psyche auszuloten, weil wir es noch nie zuvor mit Außerirdischen zu tun gehabt haben. Daher halten wir es für das Sicherste – sowohl was die möglichen Ausfälle an Menschen betrifft als auch was die möglichen Auswirkungen auf ihre Gesellschaft angeht –, ihnen einen einzelnen Botschafter entgegenzuschicken. Ein einziger Mensch, der sich ihnen in friedlicher Absicht nähert, ein gewitzter und erfahrener Mensch, der sich in einer ganzen Palette von außergewöhnlichen Situationen bewährt hat und der von alleine auf die richtigen Methoden kommt, mit ihnen Kontakt aufzunehmen.

Dieser Mann findet sich vielleicht dreißig Sekunden, nachdem er diesen Kontakt initiiert hat, zu Hackfleisch verarbeitet wieder. Aber wenn er andererseits überlebt, wird er etwas absolut Einzigartiges in der menschlichen Geschichte vollbracht haben. Die Entscheidung liegt bei Ihnen."

Wie sollte er dem widerstehen können? Als Botschafter der Menschheit zu den Hydriern! Allein und auf sich gestellt über fremden Boden zu schreiten und den kosmischen Nachbarn den ersten Gruß der Menschheit zu überbringen . . .

Das war seine Eintrittskarte zur Unsterblichkeit. Sein Name würde auf ewig zwischen den Sternen geschrieben stehen.

„Wie hoch sind die Überlebenschancen berechnet worden?" fragte Muller.

„Wir gehen von einer Chance von eins zu fünfundsechzig aus, diese Mission unversehrt zu überleben, Dick. Sie dürfen nicht vergessen, daß Sie ein Lebenserhaltungssystem mitführen müssen, da jene Welt der Erde nicht sonderlich ähnlich ist. Und Sie sind nicht gegen einen frostigen Empfang gefeit. Wie steht's? Eins zu fünfundsechzig."

„Nicht allzu schlecht."

„Ich persönlich würde mich nie auf ein solches Verhältnis einlassen", sagte Boardman und grinste.

„Nein, Sie nicht, aber ich möglicherweise." Er trank sein Glas bis zum letzten Tropfen aus. Die Durchführung dieser Mission verhieß unsterblichen Ruhm. Zu versagen, selbst von den Hydriern abgeschlachtet zu werden, war unter diesen Voraussetzungen nicht so schlimm. Er hatte bisher ein gutes Leben geführt. Und es gab schlimmere Schicksalsschläge, als bei dem Versuch zu sterben, das Banner der Menschheit auf einer fremden Welt zu pflanzen. Der in seinem Innern pulsierende Stolz, sein Hunger nach Anerkennung, die kindische Sehnsucht nach immerwährendem Ruhm, der er seit seiner Jugend nicht entwachsen war, ließen keine Ablehnung zu. Und so schlecht sahen seine Chancen ja gar nicht aus.

Marta kehrte zurück. Sie war ganz naß, ihr nackter Körper glitzerte. Das nasse Haar klebte an ihrem schlanken Nacken. Die Brüste hoben und senkten sich in rascher Folge, kleine Halbkugeln aus Fleisch, an deren Spitze gekräuselte, rosafarbene Warzen standen. Sie könnte durchaus als etwas frühreife Vierzehnjährige durchgehen, dachte Muller, während er auf ihre schmalen Hüften und schlanken Oberschenkel sah. Boardman schob ihr einen Trockenapparat zu. Sie schaltete ihn ein, trat in das gelbe Feld und drehte sich einmal um sich selbst. Dann nahm sie ihr Kleid von der Ablage und zog sich ohne übertriebene Eile an. „Es war großartig", erklärte sie. Ihr Blick traf Muller zum ersten Mal seit ihrer Rückkehr. „Dick, was ist mit dir los? Du siehst so seltsam aus . . . wie benommen. Ist alles in Ordnung?"

„Alles bestens."

„Was ist geschehen?"

„Mr. Boardman hat mir einen Vorschlag gemacht."

„Sie können ihr alles erzählen, Dick. Wir haben nicht vor, die Sache streng geheim zu halten. Es soll ohnehin bald auf allen von Menschen bewohnten Welten bekanntgegeben werden."

„Man will auf Beta Hydri IV landen", sagte Muller mit heiserer Stimme. „Ein Mann soll hinab. Ich. Wie soll das überhaupt aussehen, Charles? Wird ein Schiff im Orbit stationiert, und dann fliege ich mit einem Beiboot hinab, das auch rückflugtauglich ist?"

„Ja."
„Das ist Wahnsinn, Dick", sagte sie. „Bitte geh nicht. Du wirst es dein Leben lang bereuen."
„Falls es schiefgeht, Marta, bringt mir das einen raschen Tod ein. Und ich habe mich schon größeren Gefahren ausgesetzt."
„Ach was. Ich will dir einmal etwas sagen, Dick. Manchmal habe ich so etwas wie ein zweites Gesicht. Ich kann in die Zukunft sehen." Sie lachte nervös auf. Ihre coole, intellektuelle Haltung war mit einem Schlag zunichte gemacht. „Ich glaube nicht, daß du das Leben verlierst, wenn du dorthin gehst. Aber ich weiß auch, daß du danach nicht mehr lange leben wirst. Bitte sag, daß du nicht gehst. Sag es, Dick."
„Sie haben bislang noch nicht offiziell zugesagt", erklärte Boardman.
„Das weiß ich", sagte Muller. Er stand auf und stieß dabei beinahe mit dem Kopf gegen das niedrige Dach des Speisegleiters. Er trat auf Marta zu, legte die Arme um sie und erinnerte sich an das andere Mädchen in jener Nacht vor so langer Zeit in Kalifornien. Er dachte wieder an den wilden Ansturm von Macht, der über ihn gekommen war, als er sich von den strahlenden Sternen abgewandt und dem warmen, willigen Fleisch der geöffneten Schenkel unter sich gewidmet hatte. Muller drückte Marta fest an sich. Sie sah ihn erschrocken an. Er küßte sie auf die Nasenspitze und das linke Ohrläppchen. Sie fuhr vor ihm zurück, stolperte dabei und wäre beinahe Boardman in den Schoß gefallen. Boardman fing sie auf und ließ sie nicht mehr los. Muller sagte: „Du weißt, wie meine Antwort ausfallen muß."

An diesem Nachmittag erreichte ein Sondierungsroboter die Zone F. Sie hatten immer noch ein gutes Stück vor sich. Aber Muller wußte, daß es nicht mehr lange dauern konnte, bis sie das Herz des Labyrinths erreicht hatten.

# Vier

„Da ist er ja“, sagte Rawlins. „Endlich!“

Durch die Augen der Drohne sah er auf den Mann in der Stadt. Mit verschränkten Armen lehnte Muller lässig an einer Mauer, ein großer, wettergebräunter Mann mit einem brutalen Kinn und einer keilförmigen Nase. Er schien durch die Anwesenheit des Roboters nicht aus der Ruhe gebracht worden zu sein.

Rawlins schaltete die Akustik der Drohne ein und hörte, wie Muller sagte: „Hallo, Robot. Warum störst du mich?“

Die Drohne konnte natürlich von sich aus keine Antwort geben. Auch Rawlins schwieg, obwohl er über den Roboter eine Botschaft hätte durchgeben können. Er stand nur etwas gebeugt vor dem Terminal, um besser sehen zu können. Die Lider seiner erschöpften Augen zuckten. Sie hatten neun Tage Planetenzeit gebraucht, um eine Drohne durch das ganze Labyrinth ins Zentrum zu bringen. Dieser Erfolg hatte sie fast hundert Drohnen gekostet. Beim Auffinden der sicheren Route war etwa alle zwanzig Meter ein Roboter auf der Strecke geblieben. Aber dieses Ergebnis war gar nicht einmal so schlecht, wenn man daran dachte, daß die Wahrscheinlichkeit, in diesem Irrgarten Fehlentscheidungen zu treffen, sehr hoch war. Aber mit viel Glück, dem sorgfältigen Gebrauch des Schiffscomputers und dem Einsatz einer ganzen Batterie von Sensorgeräten war es ihnen gelungen, den offensichtlichen Fallen und auch denen, die etwas raffinierter angelegt waren, aus dem Weg zu gehen. Und jetzt hatten sie es geschafft, sie waren im Zentrum.

Rawlins fühlte sich erschöpft. Er hatte die ganze Nacht am Terminal zugebracht und in dieser kritischen Phase, dem Eindringen in Zone A, die Steuerung übernommen. Hosteen war schon vor einiger Zeit zu Bett gegangen. Boardman schließlich auch. Einige wenige Mannschaftsmitglieder hatten immer noch außerhalb des Schiffes Dienst. Rawlins war als einziger Zivilist noch wach.

Er fragte sich, ob es vorgesehen gewesen war, daß Muller in seiner

Schicht aufgespürt wurde. Wahrscheinlich nicht. Boardman würde nicht riskieren wollen, daß ein Unerfahrener in solch einem wichtigen Moment alles vermasselte. Nun, das war ihr Pech. Boardman und Hosteen hatten ihn bei seinem Dienst allein gelassen, und er hatte seine Drohne die letzten Meter hineingeführt. Und jetzt sah er direkt auf Muller.

Er suchte nach Anzeichen der inneren Qualen, die der Mann durchzustehen hatte.

Aber sie ließen sich nicht so leicht an seinem Äußeren ausmachen. Muller lebte hier schon seit so vielen Jahren allein, sollte ihm das etwa nicht aufs Gemüt, auf die Seele geschlagen sein? Und diese andere Sache, mit der die Hydrier ihm so übel mitgespielt hatten... das mußte doch noch an seinen Zügen abzulesen sein. Aber so weit Rawlins das erkennen konnte, war nichts zu bemerken.

Sicher, seine Augen wirkten traurig, und die Lippen waren zu dünnen, schmalen Strichen zusammengepreßt. Aber Ned hatte eigentlich etwas Dramatischeres erwartet, etwas Phantastischeres, eine Widerspiegelung von Agonie in seinem Gesicht. Statt dessen sah er in die runzeligen, indifferenten und irgendwie doch ausdrucksstark wirkenden Züge eines harten, belastbaren Mannes in der zweiten Hälfte der mittleren Jahre. Mullers Haar war ergraut, seine Kleidung sah recht abgewetzt aus. Er selbst wirkte etwas verbraucht und abgenutzt. Aber das war bei einem Mann, der neun Jahre in diesem Exil zugebracht hatte, auch nicht anders zu erwarten. Rawlins vermißte etwas Pittoreskeres, ein abgemagertes, verhärmtes Gesicht vielleicht oder dunkle Augen, hinter denen ein dunkles Geheimnis steckte.

„Was willst du hier?" fragte Muller die Drohne. „Wer hat dich geschickt? Warum verschwindest du nicht wieder?"

Rawlins wagte nicht zu antworten. Er hatte keine Vorstellung von dem Spiel, das Boardman in diesem Moment spielen wollte. Kurz entschlossen schaltete er die Drohne auf passives Verhalten um und rannte zu der Kuppel, unter der Boardman schlief.

Der alte Mann ruhte unter einem Baldachin aus lebenserhaltenden Anlagen. Immerhin war er mit seinen knapp achtzig Jahren nicht mehr der Jüngste – obwohl er ganz und gar nicht wie ein Greis aussah. Eine Möglichkeit, sich das nicht ansehen zu lassen, bestand darin, sich jede Nacht an ein Regenerationssystem anzuschließen. Rawlins genierte sich ein wenig, Boardman, der so vollständig in sein Zubehör eingebettet war, stören zu müssen. An der Stirn des alten Mannes befanden sich Elektroden, die an sein Gehirn angeschlossen waren und ihm während der verschiedenen Schlafstufen eine ausreichende und alle Bereiche betreffende Wiederauffrischung garantierten, indem sie alle Erschöpfungsgifte aus seinem Verstand wuschen. Ein Ultraschall-Schröpfkopf filterte Ablagerungen und Fettrückstände aus Boardmans Adern. Hoch über seiner Brust hing ein verwirrendes Geflecht aus Leitungen und Schläuchen, die seinen Hormonspiegel kontrollierten. Die ganze Anlage war mit dem Schiffscomputer verbunden und wurde von dort auch gesteuert. In dem vollkommenen Regenerationssystem sah Boardman unwirklich und wächsern aus. Seine Atmung erfolgte langsam aber regelmäßig. Die weichen Lippen hingen schlaff herab. Die Wangen wirkten geschwollen und kraftlos. Die Augäpfel bewegten sich rasch unter den Lidern. Er träumte also im leichten Schlaf. Konnte er in diesem Augenblick unbedenklich geweckt werden?

Rawlins wagte nicht, das zu riskieren. Auf alle Fälle nicht mit der direkten Methode. Er bewegte sich leise hinaus und aktivierte den Terminal am Eingang. „Gib Charles Boardman einen Traum ein“, ordnete er an. „Laß ihn wissen, daß wir Muller gefunden haben. Er soll unverzüglich aufwachen. Sag ihm: ‚Charles, Charles, wach auf, wir brauchen dich!‘ Verstanden?“

„Registriert“, gab das Schiffsgehirn zurück.

Der Impuls floß von der Kuppel zum Schiff, wurde dort in eine dem Auftrag gemäße Form umgewandelt und dann in die Kuppel zurückgeschickt. Neds Befehl sickerte durch die Elektroden auf der Stirn in Boardmans Bewußtsein. Rawlins sagte sich, er habe seine Sache gut gemacht, betrat wieder Boardmans Schlafraum und wartete dort.

Der alte Mann rührte sich. Seine Hände wurden zu Klauen, die leicht an der Maschinerie kratzten, in deren Armen er lag.

„Muller . . .“, murmelte er.

Seine Augen öffneten sich, konnten einen Augenblick lang jedoch nichts erkennen. Aber der Weckprozeß hatte eingesetzt, und das Lebenssystem rüttelte Boardmans Metabolismus solange auf, bis er wieder einsatzfähig war. „Ned?“ krächzte er schließlich. „Was tun Sie denn hier? Ich habe gerade geträumt, daß . . .“

„Es war kein richtiger Traum, Charles. Ich habe ihn Ihnen eingegeben. Wir sind bis in Zone A vorgestoßen. Und wir haben Muller gefunden.“

Boardman entledigte sich der Anschlüsse zum Regenerationssystem und setzte sich auf, ganz wach und bei vollem Bewußtsein. „Wie spät ist es?“

„Der Morgen graut gerade.“

„Wie lange ist es her, seit Sie ihn gefunden haben?“

„Vielleicht fünfzehn Minuten. Ich habe die Drohne auf ‚Passiv‘ umgestellt und bin direkt zu Ihnen gekommen. Aber ich wollte Sie nicht wachrütteln, da ...“

„Ist schon in Ordnung. Alles okay.“ Boardman schwang sich bei den letzten Worten aus dem Bett. Als er aufstand, schwankte er ein wenig. Seine volle Tatkraft hatte er noch nicht wiedergewonnen, fiel Rawlins auf. Jetzt zeigte sich sein wahres Alter. Ned fand etwas, worauf er sich statt dessen konzentrieren konnte. Er studierte angestrengt die Regenerationsanlage, um nicht die Falten und Fettrollen an Boardmans Körper betrachten zu müssen.

Wenn ich in seinem Alter bin, sagte sich Rawlins, werde ich für regelmäßige Schönheitsoperationen an meinem Körper sorgen. Das ist im Grunde keine Frage der Eitelkeit, sondern hat etwas mit Höflichkeit gegenüber seinen Mitmenschen zu tun. Wir müssen nicht alt und erschlafft aussehen, wenn wir das nicht wollen. Warum also Anlaß zum Anstoß geben?

„Gehen wir“, sagte Boardman. „Aktivieren Sie die Drohne wieder. Ich will ihn auf der Stelle sehen.“

Rawlins trat an den Terminal in der Kuppel und schaltete den Roboter wieder ein. Auf dem Bildschirm erschien die Zone A des Labyrinths. Sie wirkte freundlicher als die äußeren Bezirke. Muller war nicht zu sehen. „Schalten Sie auf Tonempfang“, sagte Boardman.

„Ist eingeschaltet.“

„Wohin ist er verschwunden?“

„Er muß den Sichtbereich verlassen haben“, erklärte Rawlins. Er ließ die Drohne sich um dreihundertsechzig Grad drehen. Die Robotaugen schwenkten an niedrigen, würfelförmigen Häusern, hochgewölbten Bögen und gestuften Mauern vorbei. Ein kleines, katzenartiges Tier lief davon. Doch von Muller war nichts zu sehen.

„Er stand direkt dort drüben“, beharrte Ned unglücklich. „Er ...“

„Ist schon gut. Er brauchte ja nicht auf der Stelle stehenzubleiben, während Sie damit beschäftigt waren, mich zu wecken. Lassen Sie den Roboter weiterrollen.“

Rawlins betätigte einige Knöpfe und ließ die Drohne langsam über die Straße rollen. Instinktiv tat er das mit großer Vorsicht, weil er jeden Moment mit einer neuen Falle rechnete.

Auf der anderen Seite sagte er sich mehrere Male, daß die Erbauer des Labyrinths sicher nicht ihre eigenen Wohnbezirke mit trügerischen Hinterhalten bestückt hatten. Plötzlich trat Muller aus einem fensterlosen Gebäude und stellte sich direkt vor die Drohne.

„Da bist du ja wieder“, sagte er. „Wieder zum Leben erwacht, was? Warum sprichst du nicht? Von welchem Schiff kommst du? Und wer hat dich geschickt?“

„Sollen wir antworten?“ fragte Rawlins.

„Nein.“

Boardmans Gesicht war fest gegen den Bildschirm gepreßt.

Er schob Rawlins’ Finger von den Kontrollen und arbeitete selbst solange an der Feineinstellung, bis Muller scharf und deutlich zu erkennen war. Boardman ließ den Roboter sich weiterbewegen, hielt ihn ständig vor Muller in Bewegung, um die Aufmerksamkeit des Mannes nicht erlahmen zu lassen und ihn davon abzuhalten, wieder zu verschwinden.

Mit leiser Stimme sagte Boardman schließlich: „Es ist erschrekkend. Wie sein Gesicht aussieht ...“

„Mir kam es ziemlich normal vor.“

„Was wissen Sie denn schon? Ich *erinnere* mich an den Mann. Ned, das ist das Gesicht eines Mannes, der die Hölle durchgemacht hat. Seine Wangenknochen zeichnen sich doppelt so scharf ab wie damals. Und seine Augen sind furchtbar. Sehen Sie, wie sein Mund ein wenig nach unten hängt, dort, der linke Mundwinkel? Vielleicht hat er einen leichten Schlaganfall gehabt. Aber ich muß zugeben, er hat sich insgesamt recht gut gehalten.“

Verdutzt suchte Ned nach Anzeichen von Mullers Leiden. Vorhin war ihm nichts aufgefallen, und jetzt erging es ihm genauso. Aber natürlich hatte er keine deutliche Erinnerung daran, wie Muller einmal ausgesehen hatte. Und andererseits war Boardman selbstverständlich viel geeigneter dazu, die Veränderungen an und in ihm zu erkennen.

„Es wird nicht einfach werden, ihn dort herauszulocken“, sagte der alte Mann. „Er wird dortbleiben wollen. Aber wir brauchen ihn, Ned. Wir sind auf ihn angewiesen.“

Muller hielt mit dem Sondierungsroboter Schritt und sagte plötzlich mit tiefer, unfreundlicher Stimme: „Du hast dreißig Sekunden, mir zu erzählen, was du hier willst. Danach drehst du dich besser wieder um und rollst dorthin zurück, wo du hergekommen bist."

„Wollen Sie nicht endlich mit ihm reden?" fragte Ned. „Er wird die Drohne zerstören!"

„Soll er nur", sagte Boardman. „Der erste, der mit ihm spricht, wird ein Wesen aus Fleisch und Blut sein. Und wird ihm von Angesicht zu Angesicht gegenüberstehen. Das ist die einzige Methode, die Aussicht auf Erfolg hat. Uns bleibt nichts anderes übrig, als ihm persönlich Honig um den Bart zu schmieren, Ned. Dazu sind die Lautsprecher einer Drohne kaum geeignet."

„Noch zehn Sekunden", sagte Muller.

Er griff in seine Tasche und zog eine glänzende, schwarze Metallkugel heraus, an deren einer Seite sich ein kleines Fenster befand. Die Kugel besaß etwa die Größe eines Apfels. Rawlins hatte noch nie etwas Ähnliches gesehen. Vielleicht handelte es sich um eine Waffe der Außerirdischen, die Muller in der Stadt gefunden hatte. Muller hob rasch die Kugel und zielte mit dem Fenster auf den Kopf des Sondierungsroboters.

Der Bildschirm wurde dunkel.

„Sieht so aus, als hätten wir eine weitere Drohne verloren", sagte Rawlins.

Boardman nickte. „Ja, und dies war die letzte Drohne, die wir verloren haben. Ab jetzt werden wir Menschen verlieren."

## *2*

Der Zeitpunkt war gekommen, an dem Menschen ihr Leben im Labyrinth riskieren mußten. Der Zeitpunkt kam unvermeidlich. Boardman bedauerte das, so, wie er es bedauerte, Steuern zu zahlen, alt zu werden, sich seiner Abfallprodukte zu entledigen oder dem Zug der Schwerkraft ausgesetzt zu sein. Steuern, Altern, Stuhlgang und Gravitation waren allesamt permanente Aspekte der Bedingungen, denen sich der Mensch ständig auszusetzen hatte, ganz gleich, wie sehr sie auch vom medizinischen Fortschritt gelindert worden sein mochten. Ebenso verhielt es sich mit dem Damoklesschwert des Todes, das ständig über ihm schwebte. Die Sondierungsroboter hatten ihnen hier eine Menge genutzt und wahrscheinlich das Leben von einem Dutzend

Menschen geschont. Aber jetzt war der Moment gekommen, wo der Verlust von Menschenleben nicht mehr ausgeschlossen werden konnte. Boardman bedauerte das. Aber nicht sehr lange und auch nicht sonderlich tief. Seit Jahrzehnten schon hatte er Menschen dazu aufgefordert, ihr Leben aufs Spiel zu setzen, und etliche von ihnen waren dabei auch umgekommen. Er war bereit, auch sein eigenes nicht zu verschonen. Aber zum richtigen Zeitpunkt und für die richtige Sache.

Kartographisch war das Labyrinth nun vollständig erfaßt.

Im Zentralcomputer auf dem Schiff war die sichere Route durch den Irrgarten gespeichert, mit allen entdeckten Fallen. Boardman war davon überzeugt, daß er Roboter hineinschicken konnte, die mit einer Wahrscheinlichkeitsrate von fünfundneunzig Prozent unbeschädigt Zone A erreichen würden. Ob ein Mensch die gleiche Route ebenso sicher durchqueren konnte, blieb abzuwarten. Selbst mit einem Computer im Hintergrund, der einem jeden einzelnen Schritt zuflüsterte, mußte ein Mensch doch alle Informationen durch ein fehlbares, zur Erschöpfung neigendes Gehirn filtern und mochte vielleicht nicht alles so aufnehmen wie die seelenlose, automatisch bewegte Maschine. Er mochte auch zu eigenen Erkenntnissen und Schlüssen kommen, die sich als fatal erweisen konnten. Daher mußten die Daten, die sie bislang gesammelt hatten, zuerst sorgfältig überprüft werden, bevor er oder Ned Rawlins sich in den Irrgarten wagen konnten.

Dafür waren die Freiwilligen da.

Sie gingen in dem Bewußtsein, ohne größere Schwierigkeiten den Tod zu finden. Niemand hatte versucht, das zu beschönigen oder ihnen etwas vorzumachen. Sie wußten genau, was ihnen bevorstand. Man hatte ihnen erklärt, daß es eine für die Menschheit entscheidende Frage war, Richard Muller zu bewegen, freiwillig das Labyrinth zu verlassen. Und das konnte am ehesten gelingen, wenn bestimmte Menschen – Charles Boardman und Ned Rawlins – persönlich mit Muller sprachen. Da Boardman und Rawlins unersetzlich waren, war es für die anderen unausweichlich, vor ihnen und für sie die Route zu erproben. So sah es eben aus. Die Freiwilligen standen bereit, wußten, daß sie ersetzbar waren. Sie wußten auch, daß die ersten tödlichen Unfälle in ihren Reihen durchaus von Nutzen sein mochten. Jeder Tod brachte neue Informationen und Erkenntnisse. Erfolgreich durchquerte, mit mehr Glück behaftete Passagen dagegen keine, zumindest zu diesem Zeitpunkt noch nicht.

Sie zogen Lose.

Der dabei ermittelte erste Mann war ein Lieutenant namens Burke. Er wirkte sehr jung, und das war er wahrscheinlich auch, denn Militärpersonen unterzogen sich nur selten chirurgischen Verjüngungsoperationen, solange sie nicht in die höchsten Ränge gelangt waren. Burke war klein, kräftig und hatte dunkle Haare. Er bewegte sich so, als könne er theoretisch von den Reproduktionsanlagen des Schiffes ersetzt werden, was natürlich praktisch undurchführbar war.

„Sobald ich Muller gefunden habe“, erklärte Burke – er sagte nicht *wenn* –, „erzähle ich ihm, ich sei Archäologe. Richtig? Und falls es ihm nichts ausmacht, würde ich gern ein paar Freunde ins Labyrinth mitbringen.“

„Gut“, sagte Boardman. „Und denken Sie immer daran, je weniger professionelles Zeugs Sie von sich geben, desto eher wird er Ihnen Glauben schenken.“

Burke würde nicht lange genug leben, um Muller überhaupt etwas sagen zu können. Das wußten alle. Aber er winkte ihnen fröhlich, wenn auch etwas aufgesetzt zum Abschied zu und marschierte in Richtung Irrgarten los. Über ein Empfängergerät auf dem Rücken war er mit dem Schiffscomputer verbunden. Die Datenbank würde ihm genaue Anweisungen für seine Route geben und gleichzeitig den Zurückgebliebenen im Camp ein Bild von seinem Vormarsch projizieren.

Er bewegte sich geschickt und gewandt an den Fallen von Zone H vorbei. Natürlich verfügte er nicht über das Sensorenarreal, mit dem die Drohnen plötzlich nachgebende Platten und darunter befindliche Todesgruben, verborgene Energiekanonen, zuschnappende Türrahmen und all die anderen Alptraumfallen vorab ausmachen konnten. Dafür führte er jedoch etwas wesentlich Nützlicheres mit: das gesammelte Wissen um diese Schrecken, die auf Kosten von einer Unmenge Sondierungsroboter zusammengetragen worden waren, die sie nicht rechtzeitig genug erkannt hatten. Boardman saß vor seinem Bildschirm und sah auf die mittlerweile vertraut gewordenen Säulen, Pfeiler und Bastionen, auf die zierlichen Brücken, die Knochenhaufen und die gelegentlichen Reste einer zerstörten Drohne. Stumm drängte er den Lieutenant weiter, wußte, daß er in wenigen Tagen selbst diese Route gehen mußte. Boardman fragte sich, wieviel Burke sein eigenes Leben bedeuten mochte.

Der Lieutenant benötigte knapp vierzig Minuten, um von Zone H in

Zone G zu gelangen. Er ließ sich nicht vom Stolz übermannen, als er die Grenze überschritt. Jeder wußte, daß G beinahe ebenso gefährlich war wie H. Aber bis jetzt funktionierte die Computerführung problemlos. Burke führte eine Art mörderisches Ballett auf: Er tänzelte an den Hindernissen vorbei, zählte sorgfältig seine Schritte, sprang hier, drehte sich dort zur Seite und machte dann einen gewaltigen Schritt über eine tückische Stelle im Straßenpflaster. Er kam gut voran. Aber der Computer konnte ihn nicht vor dem kleinen, mit gefährlichen Zähnen bewaffneten Tier warnen, das vierzig Meter innerhalb von Zone G auf einer verzierten Mauerkrone auf ihn lauerte. Das Raubtier gehörte nicht zum Arsenal des Labyrinths.

Es war eine zufällige, selbständige Falle, die nur auf eigene Rechnung arbeitete. Burke standen nur die Erfahrungen früherer Expeditionen zur Verfügung, auf Neues war er nicht vorbereitet.

Das Tier war kaum größer als eine kräftige Katze, aber seine Fänge waren lang und die Krallen scharf. Das Kameraauge in Burkes Rückentornister sah es, als es sprang . . . aber da war es auch schon zu spät. Der Lieutenant wußte eigentlich nicht, warum er seitlich auswich und nach seiner Waffe griff. Doch da saß das Tier bereits auf seiner Schulter und fuhr ihm an die Kehle.

Die Schnauze öffnete sich verblüffend weit. Der Computer übertrug tierische Kiefer, auf deren Anblick Boardman gern verzichtet hätte: Hinter einer Außenreihe nadelscharfer Zähne befand sich eine zweite Reihe, und dahinter noch eine dritte. Vielleicht konnte das Raubtier damit seine Opfer besser zerkauen. Oder es besaß mehrere Zahnreihen, um Ersatz für ausgebrochene Zähne zu haben. Auf jeden Fall sah man sich bei diesem Tier mit einem ganzen Zahnwald konfrontiert. Einen Moment später schlossen sich die Kiefer.

Burke stürzte zu Boden und krallte sich an den Angreifer. Blut spritzte. Mensch und Tier wälzten sich zweimal herum, gerieten in eine verborgene Falltür und verschwanden in einer Wolke öligen Rauchs. Als die Sicht wieder klar wurde, war von beiden nichts mehr zu sehen.

Wenig später meinte Boardman: „Wir haben also wieder etwas Neues gelernt. Die Tiere zeigen kein Interesse, die Drohnen anzugreifen. Wir lassen die nächsten Männer nur noch in Gruppen marschieren und geben ihnen einen Massedetektor mir."

So wurde es beim nächsten Versuch gemacht. Ein sehr hoher Preis hatte für diese Erkenntnis bezahlt werden müssen, aber dafür wußten sie nun, daß sie nicht nur mit dem Schrecken der uralten Erbauer fertig werden mußten, sondern auch Angriffe von wilden Tieren abzuwehren hatten. Zwei Männer, Marshall und Petrocelli, gingen als nächste gemeinsam und bewaffnet ins Labyrinth. Sie sahen sich nach allen Seiten um. Kein Tier konnte sich an sie anschleichen, ohne daß seine Wärmeausstrahlung von den Infrarotsensoren des Massedetektors entdeckt werden würde. Die Männer erschossen vier Tiere, eins davon war ein wahrer Koloß, stießen in dieser Beziehung jedoch auf keine weiteren Schwierigkeiten.

Tief in Zone G gelangten sie an die Stelle, wo das Störfeld alle Datensammelgeräte nutzlos machte.

Wie mochte dieses Feld funktionieren? fragte sich Boardman. Er kannte irdische Verzerrer, die direkt auf die menschlichen Sinne einwirkten, indem sie sich wie normale sensorische Wahrnehmungen gaben und dann im Gehirn mit dem Ziel für Verwirrung sorgten, alle Korrelationen zunichte zu machen. Aber dieses Feld mußte anders sein. Es konnte nicht das Nervensystem der Sondierungsroboter angreifen, weil die so etwas gar nicht besaßen und ihre mechanischen Augen nur das übermittelten, was wirklich vorhanden war. Und dennoch hatten die Roboter in diesem Feld etwas gesehen und auch an den Computer weitergegeben, was mit der wirklichen Geometrie des Irrgartens an dieser Stelle nichts zu tun hatte. Andere Drohnen, die außerhalb der Feldreichweite standen, hatten völlig andere und verläßlichere Informationen über das vor ihnen liegende Terrain übermittelt. Also mußte das Feld nach irgendeinem direkten optischen Prinzip arbeiten, die Perspektiven in seiner Umgebung unmittelbar verändern, die Umrisse verzerren oder verbergen und aus normalen Konfigurationen falsche machen. Jedes Sehorgan, das in den Bereich dieses Felds geriet, würde ein Bild der Umgebung aufnehmen, an dem es keinen Grund zu zweifeln hatte, weil die Täuschung so perfekt war. Ob es sich dabei um einen menschlichen Verstand oder eine seelenlose Maschine handelte, spielte keine Rolle, der Effekt war derselbe. Eine interessante Erfindung, sagte sich Boardman. Vielleicht bekam man ja einmal die Gelegenheit, die Mechanismen dieser Anlage zu erforschen und zu verstehen. Später, irgendwann einmal.

Er hatte nicht die geringste Vorstellung, was Marshall und Petrocelli sahen, als sie in den Einflußbereich des Feldes gerieten. Anders als die Drohnen, die alles genauestens weitervermittelten, was ihre Augenlinsen aufnahmen, waren die beiden Menschen nicht direkt mit dem Computer verbunden. Eine Darstellung des Bildes, das sich ihren Augen bot, war nicht möglich. Bestenfalls konnten sie es beschreiben. Und das paßte weder zu dem, was das Kameraauge in ihrer Ausrüstung übertrug, noch zu den wirklichen Konfigurationen, die von außerhalb des Einflußbereichs sichtbar waren.

Die beiden Männer folgten strikt den Anweisungen des Computers. Sie setzten den Fuß auf Stellen, wo sich vor ihren eigenen Augen gähnende Abgründe zeigten. Sie beugten sich nieder, um durch einen Tunnel zu kriechen, an dessen Decke ausgefahrene Guillotineklingen aufblitzten. Aber der Tunnel existierte nicht. „Jeden Augenblick habe ich damit gerechnet", sagte Petrocelli, „daß eine dieser Klingen fällt und mich in Stücke schneidet." Aber es gab auch keine Klingen. Am Ende des Tunnels wandten sie sich gehorsam nach links zu einem riesigen Dreschflegel, der mit furchtbaren Schlägen den Boden bearbeitete. Aber auch das war nur eine Täuschung. Widerwillig wandten sie sich von einem einladend aussehenden Transportband ab, das aus dem Gefahrenbereich des Felds zu führen schien, denn auch dieses bestand nur in der Einbildung. In ihrem Zustand konnten die Männer das Säurebecken nicht sehen, das sich in Wirklichkeit dort befand.

„Sie sollten am besten einfach die Augen schließen", sagte Boardman. „So ähnlich, wie das die Drohnen gemacht haben, ohne Sichtkontakt nach außen."

„Sie sagen, dazu hätten sie zuviel Angst", antwortete Hosteen.

„Was ist ihnen lieber: überhaupt keine visuellen Informationen oder falsche?" entgegnete Boardman. „Sie können den Anweisungen des Computers genausogut mit geschlossenen Augen folgen. Und sie brauchten dabei nicht mehr zu befürchten, daß . . ."

Petrocelli schrie auf. Auf dem einen Schirm sah Boardman die wirkliche Konfiguration – ein flaches, harmloses Stück Straße. Und auf dem anderen, wo die entstellten, die Phantasieabbildungen übertragen wurden, sah er, wie direkt vor ihren Füßen plötzlich ein Flammengeysir aufschoß.

„Bleiben Sie dort stehen, wo Sie gerade sind!" befahl Hosteen barsch. „Da ist nichts!"

Petrocelli brachte mit äußerster Selbstüberwindung das Bein wieder auf die Erde, das wie erstarrt in der Luft gehangen hatte. Marshall reagierte nicht ganz so schnell. Er hatte sich gerade umgedreht, um dem Flammenstoß zu entgehen, als Hosteens Befehl kam. Und er führte die Drehung zu Ende, bevor er einhalten konnte. Er befand sich jetzt nur zehn Zentimeter zu weit von der sicheren Straße entfernt. Ein glitzerndes Metallband flog aus einer Steinplatte und wand sich um seine Knöchel. Es schnitt sie ohne Schwierigkeiten bis auf die Knochen durch. Marshall stürzte, und ein blitzender, goldener Pfahl heftete ihn an die Wand.

Ohne sich umzublicken, durchquerte Petrocelli unversehrt die Flammensäule. Er stolperte zehn Schritte weiter und blieb dann außerhalb des Wirkungsbereiches vom Störfeld stehen. „Dave?" krächzte er. „Dave, ist bei dir alles in Ordnung?"

„Er kam vom Weg ab", erklärte Boardman. „Es ging alles ganz schnell."

„Was soll ich nun tun?"

„Bleiben Sie, wo Sie sind, Petrocelli. Bleiben Sie ganz ruhig und unterlassen Sie es, sich zu bewegen. Ich schicke Chesterfield und Walker hinter Ihnen her. Warten Sie dort, wo Sie gerade sind, auf sie."

Petrocelli zitterte. Boardman erteilte dem Schiffscomputer die Anweisung, ihm eine Spritze zu geben. Der Tornister injizierte dem Mann ein Beruhigungsmittel. Verkrampft und mit dem eisernen Willen, sich nicht nach seinem unglücklichen Gefährten umzudrehen, blieb Petrocelli still stehen und wartete auf die anderen.

Chesterfield und Walker benötigten annähernd eine Stunde, um das Störfeld zu erreichen, und eine knappe weitere Viertelstunde, um die wenigen Quadratmeter mit vorsichtigen Schritten zu durchqueren, die den Einflußbereich ausmachten. Sie hatten dabei die Augen geschlossen, und das gefiel ihnen ganz und gar nicht. Doch konnten die Phantome des Labyrinths Blinde nicht schrecken. Schließlich hatten die beiden den kritischen Bereich hinter sich. Petrocelli hatte sich bereits deutlich beruhigt. Wachsam setzten die drei ihren Weg ins Herz des Irrgartens fort.

Irgend etwas mußte unternommen werden, dachte Boardman, um Marshalls Leiche zu bergen. Aber nicht jetzt und heute. Später.

## *3*

Die längsten Tage im Leben von Ned Rawlins waren die vor vier Jahren gewesen. Er hatte sie auf der Reise nach Rigel verbracht, um den Leichnam seines Vaters nach Hause zu überführen. Aber diese

Tage auf Lemnos waren noch länger. Vor dem Bildschirm zu stehen, tapfere Männer sterben zu sehen, jeden einzelnen Nerv nach stundenlangem Warten nach Erleichterung schreien zu hören . . .

Aber sie waren im Begriff, die Schlacht gegen das Labyrinth zu gewinnen. Vierzehn Männer waren bislang eingedrungen. Vier hatten schon den Tod gefunden. Walker und Petrocelli hatten in Zone E ein Lager aufgeschlagen. Fünf andere Männer hatten in Zone F eine Basisstation errichtet. Drei andere bewegten sich im Augenblick gerade am Störfeld in Zone G vorbei und würden sie bald erreicht haben. Sie hatten das Schlimmste bereits hinter sich. Auf Grund der Erkundungen der Drohnen war bekannt, daß hinter F die Gefahren deutlich nachließen. Und in den inneren Zonen gab es so gut wie überhaupt keine Fallen mehr. Sobald F und E erfolgreich überwunden waren, sollte es kaum noch Schwierigkeiten bereiten, ins Zentrum vorzustoßen, wo Muller teilnahmslos und abweisend wartete, lauerte.

Rawlins glaubte, das Labyrinth mittlerweile in- und auswendig zu kennen. Mehr als hundert Mal hatte er es indirekt und mittelbar durchquert: zuerst durch die Augen der Drohnen, dann mit den Übertragungen der Menschen. Nachts sah er in seinen Alpträumen die dunklen Gebäude, die gewundenen Mauern und die geisterhaften Türme. Eingeschlossen in seinem Schädel durchwanderte er immer wieder die ganze Strecke durch den Irrgarten und begegnete dabei tausend Male dem Tod. Er und Boardman würden die Nutznießer der hart errungenen Erfahrungen sein, wenn sie an der Reihe waren, das Labyrinth zu betreten.

Und bis dahin war es gar nicht mehr lange.

An einem kühlen Morgen stand er mit Boardman unter dem eisengrauen Himmel direkt am Rand des Labrinths, an dem hochragenden Erdwall, der den äußeren Rand der Stadt umgab. In den wenigen Wochen, die sie hier verbracht hatten, war das Jahr überraschend schnell zu seinem Ende gekommen. Winter herrschte auf Lemnos, so wenig er auch mit dem irdischen gemein hatte. Von insgesamt zwanzig Stunden schien die Sonne nur noch sechs am Tag. Denen folgten zwei Stunden trübes Zwielicht. Die Dämmerung war düster und scheinbar endlos. Die wirbelnden Monde tanzten fortwährend am Himmel und spielten mit den Schatten merkwürdige Spiele.

Mittlerweile war Rawlins geradezu begierig darauf, selbst den Gefahren des Labyrinths gegenüberzutreten. Eine seltsame, angespannte Hohlheit, die seiner schrecklichen Ungeduld und Unruhe entsprang, beherrschte seine Eingeweide. Er hatte lange genug gewartet, hatte nur in Bildschirme gestarrt, während andere Männer, manche kaum älter als er, ins Labyrinth gegangen waren und dabei ihr Leben riskiert hatten. Manchmal schien es ihm so, als habe er sein ganzes Leben lang nur auf das Stichwort gewartet, um diese Bühne zu betreten.

Auf dem Bildschirm beobachteten sie Muller im Zentrum des Irrgartens. Die fliegenden Spionaugen hielten ihn unter ständiger Beobachtung und verzeichneten seine Wege auf der großen Hauptkarte. Sie waren nicht immer gleich. Muller hatte die Zone A seit der Begegnung mit der Drohne nicht verlassen. Aber täglich änderte er seine Position innerhalb des Zentrums, zog von einem Haus zum nächsten, so als fürchte er sich davor, zweimal im gleichen zu schlafen. Boardman hatte dafür Sorge getragen, daß es zu keinem Kontakt mehr mit Muller kam, nachdem er der Drohne begegnet war. Nicht selten hatte Rawlins den Eindruck, Boardman pirsche sich an ein seltenes und empfindliches Tier heran.

Boardman klopfte auf den Bildschirm und sagte: „Heute Nachmittag gehen wir hinein, Ned. Wir werden die Nacht in der Basisstation verbringen. Morgen ziehen Sie weiter, um sich in Zone E Walker und Petrocelli anzuschließen. Übermorgen marschieren Sie allein ins Zentrum und suchen Muller."

„Warum gehen Sie auch ins Labyrinth, Charles?"

„Um Ihnen zu helfen."

„Sie könnten auch von hier draußen mit mir in Verbindung bleiben", sagte Rawlins. „Sie brauchen Ihr Leben nicht aufs Spiel zu setzen."

Boardman zupfte gedankenverloren an seinem Halsspeck. „Was ich tue, ist ohnehin auf das kleinstmögliche Risiko angelegt."

„Wie?"

„Falls Sie in Schwierigkeiten geraten", erklärte Boardman, „dann muß ich rasch zu Ihnen gelangen können, um Ihnen aus der Patsche zu helfen. Und da möchte ich lieber in Zone F bereitstehen, statt im Notfall durch das ganze Labyrinth eilen zu müssen, um Sie zu erreichen. Verstehen Sie, was ich meine? Von F aus kann ich rasch und ohne größere Gefahr zu Ihnen kommen. Aber nicht von hier draußen."

„In welche Patsche könnte ich denn geraten?"

„Es könnte Probleme mit Mullers Dickköpfigkeit geben. Er hat keinerlei Grund, mit uns zusammenarbeiten zu wollen, und man ist auch früher schon nicht leicht mit ihm fertiggeworden. Ich kann mich noch an die Monate nach seiner Rückkehr von Beta Hydri IV erinnern. Wir hatten keine ruhige Minute mit ihm. Eine besonders ausgeglichene Persönlichkeit war er eigentlich nie, aber nach seinen Erlebnissen bei den Fremden war er wie ein brodelnder Vulkan. Damit wir uns nicht falsch verstehen, Ned, ich drehe ihm daraus keinen Strick. Er hat alles Recht auf seiner Seite, das ganze Universum zu hassen. Aber er hat etwas Unangenehmes an sich. Er verbreitet Unglück. Wer nur in seine Nähe kommt, wird gewissermaßen vom Pech verfolgt. Sie werden alle Hände voll zu tun haben."

„Warum kommen Sie dann nicht einfach mit mir?"

„Unmöglich", sagte Boardman. „Unser ganzer Plan wäre im Eimer, wenn er nur wüßte, daß ich mich auf dieser Welt befinde. Vergessen Sie nicht, daß ich es gewesen bin, der ihn zu den Hydriern geschickt und ihn quasi auf Beta Hydri IV ausgesetzt und seinem Schicksal überlassen hat. Ich glaube, er würde mir sofort an die Gurgel springen, wenn er mich noch einmal sehen könnte."

Rawlins wollte das nicht glauben. „Nein. So barbarisch ist er nicht geworden."

„Sie kennen ihn nicht. Wissen nicht, wie er früher war. Und was aus ihm geworden ist."

„Wenn er so voller Boshaftigkeit steckt, wie Sie behaupten, wie soll ich dann jemals sein Vertrauen gewinnen?"

„Gehen Sie einfach zu ihm. Machen Sie ein argloses und vertrauenswürdiges Gesicht. Da brauchen Sie sich gar nicht groß anzustrengen, Ned. Sie haben schon von Natur aus ein unschuldiges Gesicht. Erzählen Sie ihm, Sie seien Teilnehmer einer archäologischen Forschungsexpedition. Und lassen Sie sich mit keiner Miene anmerken, daß Sie bereits vorher von seiner Anwesenheit wußten. Sagen Sie ihm, Sie hätten das erst festgestellt, als unsere Drohne über ihn gestolpert ist. In diesem Augenblick hätten sie ihn wiedererkannt, sich an die Zeit erinnert, als er und Ihr Vater gute Freunde gewesen sind."

„Ich soll also meinen Vater erwähnen?"

„Aber in jedem Fall. Eröffnen Sie ihm, wer Sie sind. Eine andere Möglichkeit gibt es nicht. Erzählen Sie ihm, daß Ihr Vater verstorben ist, und fügen Sie hinzu, daß dies Ihre erste größere Reise in den Weltraum sei. Wecken Sie vor allem seine Sympathie, Ned. Rufen Sie väterliche Gefühle in ihm wach."

Rawlins schüttelte den Kopf. „Seien Sie mir bitte nicht böse, Charles, aber mir gefällt das alles nicht – dieses Lügen."

„Lügen?" Boardmans Augen blitzten auf. „Ist es eine Lüge, wenn Sie sagen, Sie seien der Sohn Ihres Vaters und dies Ihre erste größere Expedition in den Weltraum ?"

„Daß ich ein Archäologe bin?"

Boardman zuckte die Achseln. „Wollen Sie ihm lieber erzählen, Sie wären als Teilnehmer eines Suchtrupps nach Lemnos gekommen, der hinter Richard Muller her ist? Meinen Sie, damit sein Vertrauen gewinnen zu können? Denken Sie doch einmal über Ihre Aufgabe nach, Ned."

„Sicher, der Zweck, der die Mittel heiligt. Schon verstanden."

„Wirklich?"

„Wir sind hierher gekommen, um Muller zu einer Zusammenarbeit zu bewegen, weil wir glauben, daß er der einzige ist, der uns vor einer schrecklichen Gefahr erretten kann", sagte Ned. Seine Stimme klang gleichgültig, emotionslos und unbewegt. „Daher müssen wir uns aller Mittel bedienen, die Erfolg versprechen könnten."

„Richtig. Und ich wünschte, Sie würden sich nicht so zieren, wenn Sie das sagen."

„Tut mir leid, Charles, aber mir wird verdammt übel, wenn ich daran denke, wie ich ihn täuschen soll."

„Wir brauchen ihn, Ned."

„Sicher, aber ein Mann, der schon so viel durchgemacht hat . . ."

„Wir brauchen ihn trotzdem."

„Also gut, Charles."

„Ich brauche Sie auch, Ned", sagte Boardman. „Wenn ich eine Möglichkeit sähe, die Sache selbst zu übernehmen, würde ich das sofort tun. Aber sobald er mich entdeckte, wäre es um mich geschehen. In seinen Augen bin ich ein Ungeheuer. Und genauso verhält es sich mit allen anderen, die früher mit ihm gearbeitet haben. Aber Sie stehen anders da. Es kann durchaus sein, daß er Ihnen Vertrauen schenkt. Sie sind jung, Sie sehen so verdammt tugendhaft aus, und Sie sind der Sohn eines seiner besten Freunde. Sie könnten es schaffen."

„Ich soll ihm eine faustdicke Lüge nach der anderen auftischen, bis er auf unser Spielchen hereinfällt."

Boardman schloß die Augen. Er schien sich nur mit Mühe beherrschen zu können.

„Hören Sie auf, Ned."

„Fahren Sie fort. Was soll ich ihm erzählen, nachdem ich mich vorgestellt habe?“

„Versuchen Sie, Freundschaft mit ihm zu schließen. Und nehmen Sie sich Zeit dafür. Bringen Sie ihn so weit, daß Ihre Besuche zum festen Bestandteil seines Lebens werden.“

„Und was, wenn ich seine Nähe nicht ertragen kann?“

„Lassen Sie sich nichts anmerken. Ich weiß, das ist der schwierigste Teil am ganzen Unternehmen.“

„Das schwierigste ist die verdammte Lügengeschichte, Charles.“

„Wie Sie meinen. Trotzdem, zeigen Sie ihm, daß Sie seine Gesellschaft ertragen können. Strengen Sie sich an. Plaudern Sie mit ihm. Geben Sie ihm zu erkennen, daß Sie Zeit von Ihrer wissenschaftlichen Arbeit für ihn aufwenden und die Schinder und Sklavenantreiber, die Ihre Expedition leiten, nicht wollen, daß Sie sich so oft mit ihm treffen, Sie sich jedoch aus Mitleid und Sympathie zu ihm hingezogen fühlen und sich keinen Deut darum scheren, was die Vorgesetzten sagen. Erzählen Sie ihm alles über sich: Ihre Ambitionen, Ihre Erfahrungen mit Frauen, Ihre Hobbies, was immer Sie wollen. Plappern Sie munter drauflos. Das kann nur dabei helfen, bei ihm den Eindruck zu verstärken, es mit einem naiven jungen Mann zu tun zu haben.“

„Soll ich die Galaktiker erwähnen?“ wollte Rawlins wissen.

„Nun ja, aber fallen Sie nicht mit der Tür ins Haus. Erwähnen Sie sie kurz am Rande, wenn Sie ihm zum Beispiel erzählen, was sich in der Zwischenzeit alles getan hat. Aber erzählen Sie bloß nicht zuviel. Und erst recht nichts darüber, was für eine Gefahr sie für uns darstellen. Und kein Sterbenswörtchen darüber, daß wir ihn dringend brauchen, verstanden? Wenn er den Eindruck gewinnt, wir wollten ihn nur benützen, sind wir erledigt.“

„Wie soll ich ihn dazu bewegen, das Labyrinth zu verlassen, wenn ich ihm nicht sagen darf, was wir von ihm wollen?“

„Machen Sie sich darüber jetzt noch keine Gedanken“, antwortete Boardman. „Ich werde Sie schon auf die nächste Etappe vorbereiten, sobald Sie die erste bewältigt und sein Vertrauen gewonnen haben.“

„Mit anderen Worten“, sagte Rawlins, „Sie wollen, daß ich ihm eine Lüge erzähle, die so schmutzig und gemein ist, daß Sie es jetzt nicht wagen, sie mir zu nennen, aus Furcht, ich würde die Hände zum Himmel recken und das Unternehmen platzen lassen.“

„Ned...“

„Tut mir leid. Aber verstehen Sie bitte, Charles, warum müssen wir ihn mit einem *Trick* herauslocken? Warum können wir ihm nicht einfach sagen, die Menschheit brauche ihn? Oder ihn mit Gewalt aus dem Irrgarten holen?“

„Halten Sie das für moralisch weniger verwerflich?“

„Irgendwie käme es mir ehrlicher vor. Ich hasse diese hinterhältigen Ränke und Tricks. Ich würde lieber dabei helfen, Muller k. o. zu schlagen, ihn dann aus dem Labyrinth ins Freie zu bringen und ihm dann zu erklären, was wir wollen. Ich stünde bereit, es mit der gewaltsamen Methode zu versuchen, weil wir ihn wirklich dringend benötigen. Und über genügend Helfer verfügen wir ohnehin.“

„Tun wir nicht“, sagte Boardman. „Wir können ihn nicht mit Gewalt herausholen. Das ist alles, was ich dazu zu sagen habe. Es ist riskant. Er könnte sich in dem Moment selbst töten, in dem wir ihn zu packen versuchten.“

„Eine Betäubungswaffe“, beharrte Rawlins. „Ich könnte es selbst tun. Ich brauchte nur in seine Nähe zu kommen und ihn niederzustrekken. Dann tragen wir ihn aus dem Labyrinth nach draußen, und wenn er wieder aufwacht, erzählen wir ihm . . .“

Boardman schüttelte mit allem Nachdruck den Kopf. „Ihm standen neun Jahre zur Verfügung, das Labyrinth auszukundschaften. Wir wissen nicht, welche Tricks er von ihm gelernt oder welche Verteidigungsfallen er zusätzlich eingebaut hat. Solange er dort drin ist, werde ich mich hüten, etwas gegen ihn zu unternehmen, was nach Gewalt aussehen könnte. Er ist viel zu wertvoll, wir dürfen kein leichtfertiges Risiko eingehen. Wer von uns weiß denn schon, ob er nicht den ganzen Laden so programmiert hat, daß er in dem Augenblick in die Luft fliegt, in dem einer die Waffe gegen ihn erhebt? Er muß aus freiem Willen den Irrgarten verlassen, Ned. Und das heißt, wir müssen ihn mit einem Trick herauslocken. Ich weiß, die Sache stinkt. Manchmal stinkt das ganze Universum. Ist Ihnen das nie aufgefallen?“

„Es *braucht* nicht zu stinken!“ sagte Rawlins stur und laut. „Ist das die Lektion, die Sie in all den Jahren gelernt haben? Das Universum stinkt nicht, sondern die Menschen darin! Und die Menschen tun das auch noch freiwillig, weil sie lieber stinken, als Schweiß zu riechen! Wir *müssen* nicht lügen. Wir *müssen* nicht betrügen. Wir könnten uns für Wahrhaftigkeit und Würde und . . .“ Rawlins hielt abrupt inne. Mit gedämpfter Stimme sagte er dann: „Ich komme Ihnen sicher sehr grün hinter den Ohren vor, was, Charles?“

„Sie dürfen Fehler machen“, sagte Boardman. „Das ist das Vorrecht der Jugend.“

„Sie glauben also wirklich und sind sogar davon überzeugt, das Geschick des Universums wird von irgendeiner kosmischen Boshaftigkeit gelenkt?“

Boardman preßte die Spitzen seiner dicken, kurzen Finger aneinander. „Ich würde es so nicht ausdrücken wollen. Es gibt keinen Fürst der Finsternis, der schaltet und waltet; genausowenig wie es sein Gegenstück gibt, das personifizierte Gute. Das Universum ist nichts als eine riesige, unpersönliche Maschine. Ihre Funktion bringt es mit sich, daß sie dazu neigt, immer wieder einmal kleinere Teile von sich zu überbeanspruchen. Diese Teile verschleißen dann, und das Universum schert sich einen Dreck darum, weil es unbegrenzt Ersatz herstellen kann. Es ist nichts Unmoralisches an einem solchen Verschleiß. Nur wenn man es vom Gesichtspunkt dieses überbeanspruchten Teils aus sieht, muß man zugeben, daß die Sache stinkt. Es begab sich, daß zwei kleinere Teile der Universumsmaschine zusammenstießen, als wir Dick Muller auf dem Planeten der Hydrier absetzten. Wir mußten ihn dorthin befördern, weil es in unserer Natur liegt, Nachforschungen anzustellen und den Dingen auf den Grund zu gehen. Und die Hydrier haben ihm dann das angetan, was sie ihm angetan haben, weil eben das Universum gewisse Teile überbeansprucht. Und das Resultat dieses Zusammenstoßes: Dick Muller verließ Beta Hydri IV als schwer angegriffenes Teil. Er war zwischen die Räder der Universumsmaschine geraten und ist dort zermahlen worden. Nun stehen wir vor einem zweiten Zusammenstoß der Teile. Ein ebenso unvermeidbares Aufeinandertreffen. Und wir müssen Muller ein zweites Mal zwischen die Räder geraten lassen. Er wird höchstwahrscheinlich ein zweites Mal zermahlen – und das stinkt sicher. Um ihn in eine Position zu bringen, von der wir ihn in die Maschine stoßen können, müssen wir beide, Sie und ich, ein wenig unsere Seele beflecken – was, zugegeben, ebenfalls stinkt. Und andererseits bleibt uns wirklich absolut keine Wahl in dieser Angelegenheit. Wenn wir uns nicht selbst kompromittieren und Muller hereinlegen, geben wir damit vielleicht den Anstoß zu einer neuen Überbelastung eines Teils. Das könnte in diesem Fall die Menschheit sein, die dann vernichtet würde – und das wird sicher am allermeisten stinken. Ich bitte Sie um nicht mehr und nicht weniger, als eine unerfreuliche Sache für einen lauteren Zweck zu tun. Sie sträuben sich natürlich dagegen, dafür habe ich auch Verständnis, aber ich versuche Ihnen hier nur klarzumachen, daß die persönliche Lauterkeit des Charakters nicht immer der allerwichtigste Faktor ist. Im Krieg schießt der Soldat, um jemanden zu töten, weil das Universum ihn in eine solche Situation versetzt. Es mag ein ungerechter Krieg sein, und es mag sogar sein eigener Bruder sein, auf den er da zielt – aber der Krieg ist real, und er spielt darin seine ihm zugewiesene Rolle."

„Und wo ist in diesem mechanischen Universum Raum für den freien Willen, die Selbstentscheidung, Charles?"

„Der ist nicht vorhanden. Deshalb sage ich ja auch, das ganze Universum stinkt."

„Wir haben also nicht die geringste Freiheit?"

„Wir haben die Freiheit, ein wenig am Haken zu zappeln."

„Haben Sie schon immer so gedacht?"

„Fast mein ganzes Leben lang", sagte Boardman.

„Auch schon, als Sie in meinem Alter waren?"

„Schon viel früher."

Rawlins wandte den Blick ab. „Ich halte Ihre Weltsicht für völlig falsch. Aber ich will nicht meinen Atem damit verschwenden, Sie vom Gegenteil zu überzeugen. Mir fehlen für so etwas die Argumente, mir mangelt es an den Worten. Und davon abgesehen, würden Sie mir sowieso nicht zuhören."

„Ich fürchte, da muß ich Ihnen recht geben, Ned. Aber wir können über dieses Thema später immer noch diskutieren. Sagen wir, in etwa zwanzig Jahren, von jetzt an gerechnet. Einverstanden?"

Rawlins bemühte sich zu grinsen und sagte: „Klar doch. Wenn ich mir vorher nicht wegen der Schuldgefühle in dieser Sache das Leben genommen habe."

„Das werden Sie schon nicht."

„Wie soll ich noch weiterleben, wie noch in den Spiegel sehen können, nachdem ich Dick Muller aus seinem Schneckenhaus geködert habe?"

„Warten Sie's ab. Sie werden später feststellen, daß Sie genau das Richtige getan haben. Oder zumindest das am wenigsten Falsche. Glauben Sie mir das, Ned. Im Moment mögen Sie vielleicht annehmen, Ihre Seele trage einen nicht wiedergutzumachenden Schaden davon. Aber dazu wird es gar nicht kommen."

„Warten wir's ab", sagte Rawlins leise. Boardman wirkte noch aalglatter, wenn er diese Miene vom guten Onkel aufsetzte. Der Tod im Labyrinth war die einzige Möglichkeit, sagte sich Rawlins, eine Verstrickung in diesem moralischen Sumpf zu vermeiden. Aber kaum war ihm diese Idee gekommen, da verwarf er sie auch entsetzt wieder. Er starrte auf den Bildschirm. „Gehen wir hinein", sagte er. „Ich bin des Wartens müde."

# Fünf

Muller sah, wie sie immer näher kamen. Er konnte nicht verstehen, warum er das so gelassen aufnahm. Sicher, er hatte diesen Roboter zerstört, und danach hatten sie es unterlassen, weitere zu schicken. Aber seine Monitoranlage zeigte ihm, daß die Menschen in den äußeren Zonen kampierten. Ihre Gesichter konnte er nicht erkennen. Er konnte auch nicht ausmachen, was sie dort draußen trieben. Er zählte ein Dutzend; es mochten zwei mehr oder weniger sein. Einige hatten sich in Zone E niedergelassen. Eine etwas größere Gruppe in F. Muller hatte beobachten können, wie einige von ihnen in den äußeren Zonen ums Leben gekommen waren.

Er verfügte über Möglichkeiten, sich zur Wehr zu setzen. Wenn er das wollte, konnte er Zone E mit dem Reservoir vom Aquädukt überfluten. Aus Versehen hatte er das schon einmal gemacht. Die Stadt hatte fast einen ganzen Tag benötigt, alles wieder sauberzumachen. Muller erinnerte sich, wie Zone E während der Überflutung abgeriegelt worden war. Wie sich überall Schotte hinabgelassen hatten, um das Wasser nicht zu verschwenden. Wenn die Eindringlinge nicht gleich in der Flutwelle ertranken, so würden sie sicher voller Panik in die Fallen laufen. Muller konnte auch andere Dinge tun, um sie davon abzuhalten, ins Zentrum der Stadt einzudringen.

Aber er tat nichts. Er wußte, daß der Grund für seine Passivität in seinem Verlangen lag, seine Jahre der Isolation zu durchbrechen. Sosehr Muller die Menschen auch haßte, sosehr er sie fürchtete, sosehr er die Aufhebung seiner Zurückgezogenheit scheute, er ließ es einfach zu, daß die Menschen sich zu ihm vorarbeiteten. Ein Treffen war nun unausweichlich. Sie wußten, er war hier. (Wußten sie auch, wer er war?) Sie würden ihn aufspüren, zu ihrem und zu seinem Leidwesen. Er würde erfahren, ob das lange Exil ihn von seinem Leiden befreit oder es zumindest gelindert hatte, damit er wieder mit Menschen zusammenkommen konnte. Aber Muller war sich der Antwort darauf ziemlich sicher.

Er hatte den Gutteil eines Jahres bei den Hydriern verbracht. Als er eines Tages festgestellt hatte, daß er nichts erreichen konnte, war er wieder in sein Beiboot gestiegen, in den Himmel geflogen und in das große Schiff im Orbit zurückgekehrt. Sollten die Hydrier so etwas wie Mythen haben, würde er vermutlich einen Platz darin einnehmen.

Im Schiff bereitete Muller die Rückkehr zur Erde vor. Als er den Schiffscomputer von seiner Ankunft unterrichtete, sah er in der hochpolierten Metallplatte über dem Eingabeterminal sein Spiegelbild. Und es erschreckte ihn ein wenig. Bei den Hydriern gab es keine Spiegel. Muller entdeckte tiefe Furchen in seinem Gesicht, die ihn nicht sonderlich störten, und einen fremden Ausdruck in den Augen, was ihm erheblich mehr Sorgen machte. Meine Muskeln sind noch zu verkrampft, beruhigte er sich. Er beendete die Rückflugprogrammierung und ging dann in die medizinische Abteilung, wo er sich vierzig Einheiten eines nervenberuhigenden Mittels, ein heißes Bad und eine gründliche Massage verabreichen ließ. Als er das hinter sich hatte, wirkten seine Augen immer noch befremdlich. Darüber hinaus hatte sich im Gesicht ein Muskelzucken entwickelt. Letzteres ließ sich ohne großen Aufwand wieder beseitigen, aber bei den Augen war er machtlos.

Augen haben keinen Ausdruck, sagte er sich. Es sind nur die Lider, die ihnen einen Ausdruck verleihen. Und meine Lider sind einfach gestreßt, weil ich so lange in diesem Schutzanzug gewesen bin. Das wird sich schon wieder geben. Es waren ein paar harte Monate, aber jetzt ist alles wieder gut.

Das Schiff saugte vom nächsten Spenderstern Energie auf. Sein Antrieb wirbelte an den Achsen des Warpraums entlang, und Muller, der sich in seiner Schutzkammer aus Metall und Plastik befand, wurde aus dem Normaluniversum hinaus in den Zwischenraum befördert, um die kürzere Route zu durchfliegen. Aber selbst im Warpraum kommt es zu einem Verlust der absoluten Zeit, wenn das Schiff das normale Kontinuum verläßt und wieder in es eintaucht. Muller wußte sich die Zeit zu vertreiben: Er las, schlief viel, hörte sich Musikbänder an oder spielte einen Mädchenwürfel ab, wenn das Verlangen in ihm zu stark geworden war. Er redete sich ein, daß die Steifheit sich bereits aus seinen Zügen verliere, er aber wohl doch eine leichte Verjüngungsbehandlung benötigte, wenn er auf die Erde zurückgekehrt war. Dieser Auftrag hatte ihn um einige Jahre altern lassen.

Seine Anwesenheit war für die Flugmanöver nicht erforderlich. Er hatte daher keinen Dienst zu tun. Programmäßig fiel das Schiff im vorgeschriebenen Grenzbereich aus dem Warpraum und kehrte einhunderttausend Kilometer vor der Erde ins normale Kontinuum zurück. Bunte Lichter leuchteten auf der Kommunikationsanlage auf, als das Schiff von der nächsten Verkehrsstation angerufen wurde. Muller instruierte das Schiff, den Anweisungen der Station zu folgen.

„Passen Sie Ihre Geschwindigkeit der unseren an, Mr. Muller", erklärte der Kontrollbeamte in der Station, „und wir schicken Ihnen einen Lotsenpiloten an Bord, der Sie zur Erde bringt."

Das Schiff bremste ab. Die kupferfarbene Kugel der Verkehrsstation kam in Sicht. Eine Zeitlang schwebte sie vor dem Schiff, bis dieses längsseits gekommen war.

„Wir haben eine Übertragung von der Erde für Sie", sagte der Kontrollbeamte. „Charles Boardman will Sie sprechen."

„Senden Sie", sagte Muller.

Boardmans Gesicht füllte den Bildschirm aus. Er wirkte gepflegt und frisch verjüngt, sah gesund und ausgeruht aus. Boardman lächelte und streckte eine Handfläche vor. „Dick", rief er. „Mann, ist das schön, Sie wiederzusehen!"

Muller aktivierte den Tastsensor und legte seine Handfläche auf den Schirm. Er spürte Boardmans Hand. „Hallo, Charles. Eins zu fünfundsechzig, was? Nun, da bin ich wieder."

„Soll ich Marta Bescheid geben?"

„Marta", sagte Muller leise und gab sich einen Moment seinen Gedanken hin. Ja, dieses aufregende Mädchen mit den blauen Haaren, dem eleganten Hüftschwung und den tollen Beinen. „Ja, benachrichtigen Sie Marta. Es wäre nett, wenn sie mich am Landeplatz abholt. Mädchenwürfel sind auf die Dauer auch nicht das Wahre."

Boardman brach in Gelächter aus, als wolle er sagen, du sprichst ein wahres Wort gelassen aus, mein Junge. Dann wurde er schlagartig wieder ernst und fragte: „Wie ist es denn gegangen?"

„Miserabel."

„Haben Sie denn Kontakt herstellen können?"

„Ich habe die Hydrier gefunden, und sie haben mich nicht umgebracht."

„Haben sie sich feindselig benommen?"

„Sie haben mich nicht umgebracht."

„Ja, aber ..."

„Ich lebe, Charles." Muller spürte, wie das Zucken in sein Gesicht zurückkehrte. „Ich habe ihre Sprache nicht erlernen können. Ich weiß nicht, ob ich einen guten Eindruck auf sie gemacht habe. Sie schienen ein gewisses Interesse zu haben, denn sie studierten mich lange und gründlich. Aber sie haben kein Wort gesagt."

„Was sind sie denn, Telepathen?"

„Das weiß ich nicht, Charles."

Boardman schwieg einen Moment lang. Dann: „Was haben sie mit Ihnen angestellt, Dick?"

„Nichts."

„Das stimmt nicht."

„Was Sie sehen, stammt von den Anstrengungen der Reise", erklärte Muller. „Ich bin in guter Verfassung, höchstens ein wenig nervlich überbelastet. Ich möchte endlich wieder frische Luft atmen, richtiges Bier trinken, echtes Fleisch essen. Und ich möchte jemanden in meinem Bett haben. Danach werde ich wieder hundertprozentig der alte sein. Vielleicht kann ich dann ein paar interessante Vorschläge machen, wie eine Kontaktaufnahme mit den Hydriern vonstatten gehen sollte."

„Wie ist der Empfang bei Ihnen, Dick?"

„Wie bitte?"

„Sie kommen viel zu laut hier an", sagte Boardman.

„Das liegt doch wohl an der Relaisstation. Herr im Himmel, Charles, was hat denn der Empfang mit uns zu tun?"

„Ich weiß es nicht so recht", antwortete Boardman. „Ich versuche nur festzustellen, warum Sie mich anbrüllen."

„Ich brülle nicht", schrie Muller.

Kurz danach brachen sie das Gespräch ab. Muller erhielt von der Verkehrsstation die Nachricht, daß sie bereit seien, den Piloten hinüberzuschicken. Muller öffnete die Luke und ließ den Lotsen herein. Er war ein strohblonder, sehr junger Mann mit vogelartigen Zügen und einer blassen Gesichtsfarbe. Sobald er den Helm abgenommen hatte, sagte er: „Ich heiße Les Christiansen, Mr. Muller, und ich möchte Ihnen sagen, daß ich es als außerordentliche Ehre und besonderes Privileg für mich betrachte, der Lotse für den ersten Menschen zu sein, der eine außerirdische Spezies besucht hat. Ich hoffe, ich verletze nicht die Sicherheitsbestimmungen, wenn ich Sie bitte, mir während des Flugs ein bißchen mehr über die Sache zu erzählen. Ich meine, das ist doch ein historischer Moment, ich als erster, der Ihnen nach Ihrer Rückkehr leibhaftig gegenübertreten darf. Und wenn das nicht zu aufdringlich klingt, würde ich Ihnen sehr dankbar sein, wenn Sie mir etwas von den Höhepunkten . . . Ihrer . . . von . . . den . . ."

„Ich denke schon, daß ich Ihnen ein wenig berichten darf", sagte Muller leutselig. „Also, zuallererst: Haben Sie den Würfel von den Hydriern gesehen? Ich meine, er sollte öffentlich vorgeführt werden und . . ."

„Macht es Ihnen etwas aus, wenn ich mich einen Moment hinsetze, Mr. Muller?"

„Tun Sie sich keinen Zwang an. Sie haben sie also gesehen, die großen, spindeldürren Wesen mit den vielen Armen . . .?"

„Ich fühle mich auf einmal so benebelt", sagte Christiansen. „Ich weiß gar nicht, was mit mir los ist." Sein Gesicht war auf einmal krebsrot angelaufen. Schweißperlen glitzerten auf seiner Stirn. „Ich glaube, ich werde krank. Ich . . . wissen Sie, das dürfte eigentlich nicht vorkommen . . ." Der Lotse taumelte und fiel in einen Netzschaumsessel. Er kauerte dort wie ein Seekranker und bedeckte das Gesicht mit den Händen. Muller, dessen Stimme vom langen Schweigen während seiner Mission immer noch rauh und heiser klang, stand hilflos daneben. Endlich packte er den Jungen am Ellenbogen und führte ihn in die medizinische Abteilung. Christiansen fuhr vor ihm zurück, als ob ihn glühendes Metall berührt hätte. Durch die Ruckartigkeit seiner Bewegung verlor er die Balance und stürzte kopfüber zu Boden. Er rappelte sich auf die Knie hoch und kroch so weit von Muller weg, wie das nur eben möglich war. Mit erstickter Stimme fragte er: „Wo ist sie?"

„Diese Tür dort."

Christiansen stürzte mit überraschender Eile auf sie zu, schloß hinter sich ab und rüttelte noch einmal an der Tür, um sicherzugehen, daß sie auch wirklich verschlossen war. Zu seiner großen Überraschung hörte Muller würgende Geräusche und dann etwas, was wie trockenes Schluchzen klang. Er wollte gerade die Verkehrsstation davon verständigen, daß der Lotse erkrankt sei, als die Tür sich einen Spalt öffnete und Christiansen mit schwacher Stimme sagte: „Könnten Sie mir bitte meinen Helm reichen, Mr. Muller?"

Muller kam der Bitte nach.

„Ich kehre am besten zur Station zurück, Mr. Muller."

„Es tut mir leid, daß es zu so etwas kommen mußte. Lieber Gott, ich hoffe nur, ich habe keine ansteckende Krankheit mitgebracht."

„Ich... ich bin nicht krank. Ich fühle mich einfach... einfach elend." Christiansen befestigte rasch den Helm an der Halswinde. „Es ist mir ein Rätsel, am liebsten würde ich mich irgendwo verkriechen und drauflosheulen. Bitte, lassen Sie mich gehen, Mr. Muller. Es... ich... das geht... ich kann es nicht länger aushalten. Ja, genauso geht es mir!" Er rannte zur Luke. Bestürzt sah Muller zu, wie er den leeren Raum zur nahen Verkehrsstation durchquerte.

Muller trat an das Funkgerät. „Senden Sie mir keinen zweiten Piloten", erklärte er dem Kontrollbeamten. „Christiansen brach sofort hilflos zusammen, als er den Helm abnahm. Möglicherweise habe ich einen Krankheitserreger eingeschleppt. Wir wollen uns lieber vergewissern."

Der Kontrollbeamte machte eine unglückliche Miene, stimmte aber zu. Er bat Muller, in die medizinische Abteilung zu gehen, sich dort an den Diagnostat anzuschließen und so bald wie möglich die Ergebnisse durchzugeben. Wenig später erschien das ernste, schokoladenfarbene Gesicht des Stationsarztes auf Mullers Bildschirm. Er sagte: „Sehr, sehr merkwürdig, Mr. Muller."

„Was denn?"

„Ich habe Ihre Diagnostatergebnisse in unsere Anlage eingespeist. Keinerlei unübliche Symptome sind zu erkennen. Ich habe auch Christiansen untersuchen lassen – mit dem gleichen Ergebnis. Er behauptet, sich jetzt wieder gut zu fühlen. Er sagte mir, daß er in dem Augenblick, als er Ihnen gegenübertrat, von akuten Depressionen befallen worden sei, die sich rasch zu einer Art Paralyse des ganzen Metabolismus ausgeweitet hätten. Mit anderen Worten, er habe sich so scheußlich gefühlt, daß er sich kaum noch auf den Beinen halten konnte."

„Neigt er zu solchen Depressionen?"

„Nein, eigentlich nie", antwortete der Mediziner. „Ich würde mich gern selbst davon überzeugen. Darf ich zu Ihnen kommen?"

Der Arzt brach nicht wie Christiansen vor Schmerz zusammen. Aber er blieb auch nicht lange, und als er ging, rannen ihm Tränen über das Gesicht. Die Sache verblüffte ihn genauso wie Muller. Als der neue Pilot zwanzig Minuten später erschien und dem Schiff den richtigen Kurs für die Landung auf der Erde eingab, legte er den Helm nicht ab. Er saß stocksteif an den Kontrollen und kehrte Muller den Rücken zu. Er sprach während des ganzen Fluges kein einziges Wort und schien Mullers Anwesenheit kaum wahrzunehmen. Wie die

Vorschriften es verlangten, bremste er das Schiff in einer großen Schleife ab, bis es in den Wirkungsbereich des auf der Erde stehenden Landungsregulators gekommen war. Danach verließ er unverzüglich das Schiff. Muller sah das Gesicht des Mannes: angespannt, schweißglänzend, zusammengepreßte Lippen. Der Lotse nickte kurz und verschwand durch die Luke. Ich muß einen scheußlichen Geruch ausströmen, dachte Muller, daß er mich selbst durch einen Schutzanzug hindurch riechen kann.

Die Landung wurde automatisch vorgenommen und war reine Routine.

Am Raumhafen gelangte er rasch durch die Kontrollen. Die Entscheidung über seine Einreiseerlaubnis wurde schon nach einer halben Stunde gefällt. Muller, der solche Computeruntersuchungen schon hunderte Male mitgemacht hatte, sagte sich, daß er mit dreißig Minuten so etwas wie einen neuen Rekord aufgestellt hatte. Er hatte befürchtet, das riesige Raumhafendiagnostat würde auf das seltsame Leiden stoßen, das sein eigenes Gerät und der Arzt auf der Verkehrsstation nicht hatten entdecken können. Aber er durchlief ohne Schwierigkeiten die Anlage: Er ließ sich mit Schallwellen duschen und sich diverse Proben entnehmen, aber nach einiger Zeit hatte er diese Untersuchung hinter sich gebracht, ohne daß Klingeln schrillten oder Warnlämpchen zu blinken anfingen. *Genehmigt.* Als nächstes trat er vor den Zollautomaten. Woher kommen Sie? Welches Reiseziel? *Genehmigt.* Seine Papiere waren in Ordnung. Ein Schlitz in der Wand erweiterte sich zu einem normalen Durchlaß. Durch ihn gelangte er in ein weiteres Zimmer, wo ihn zum ersten Mal seit der Landung ein Mensch erwartete.

Boardman war zu seiner Begrüßung erschienen. Und er brachte Marta mit. Ein dicker brauner Mantel, der von matten Metallfäden durchwirkt war, hüllte Boardman fast vollständig ein. Die vielen Ringe an seinen Fingern schienen ihn zu Boden zerren zu wollen. Seine mächtigen Augenbrauen waren so dicht wie dunkles Tropenmoos. Marta trug ihr Haar kurz und seegrün gefärbt. Sie hatte silbernen Lidstrich aufgetragen und den langen, schlanken Hals golden gefärbt. Sie sah aus wie eine schmuckbehangene Statuette ihrer selbst. Muller, der sich noch erinnern konnte, wie sie nackt und naß aus dem kristallklaren See gekommen war, gefielen diese „Verschönerungsversuche“ nicht. Und er bezweifelte, daß sie ihm zuliebe gemacht worden waren. Aber er wußte, Boardman gefielen Frauen in solcher Aufmachung. Es konnte kaum ein Zweifel daran bestehen, daß die beiden zusammen ins Bett gestiegen waren. Muller hätte ein solches Geständnis kaum überrascht; im Gegenteil, er wäre sogar etwas schockiert gewesen, wenn es nicht dazu gekommen wäre.

Boardmans Hand umschloß Mullers Handgelenk zum Gruß. Der Schreck des Nichtwahrhabenwollens ließ die Finger jedoch Sekundenbruchteile später schon wieder erschlaffen. Die Hand wurde rasch eingezogen, bevor Muller den Griff erwidern konnte. „Wie schön, Sie wiederzusehen, Dick", sagte Boardman ohne Überzeugungskraft, während er ein paar Schritte zurücktrat. Seine Wangen schienen einzufallen, so als stünden sie unter starker Gravitation. Marta trat zwischen die beiden und drückte sich an Richard. Muller umarmte sie, berührte ihre Schulterblätter und ließ die Finger sanft bis zu ihrem kleinen, aber festen Hintern hinabwandern. Aber er küßte sie nicht. Ihre Augen blendeten ihn, als er in sie sah, und er kam sich zwischen den zurückprallenden Spiegelbildern seiner selbst verloren vor. Ihre Nasenflügel bebten. Sie versuchte, sich aus seinem Griff zu befreien. Er spürte, wie ihre Muskeln sich unter dem dünnen Fleisch anspannten. „Dick", flüsterte sie. „Ich habe jede Nacht für dich gebetet. Du kannst dir gar nicht vorstellen, wie sehr ich dich vermißt habe." Sie kämpfte noch stärker gegen seine Umarmung an. Er ließ die Hände auf ihre Hüften sinken und preßte sie so heftig an sich, daß er glaubte, die Biegungen und Verrenkungen ihres Beckens spüren zu können. Seine Beine zitterten, und er fürchtete, sie würde hinfallen, wenn er sie losließe. Sie drehte den Kopf zur Seite. Er legte seine Wange an ihr zartes Ohr. „Dick", wisperte sie, „ich fühle mich so seltsam . . . Ich bin so froh, dich wiederzusehen, daß in meinem Innern alles durcheinandergeraten ist . . . Laß mich los, Dick, ich fühle mich so, als müßte ich mich übergeben . . ."

Ja, sicher. Natürlich. Er ließ sie los.

Boardman schwitzte und fuhr sich nervös mit einem Tuch über das Gesicht. Er schluckte rasch ein Beruhigungsmittel, konnte trotzdem seiner Nervosität nicht Herr werden und marschierte unruhig auf und ab. Muller hatte noch nie zuvor ein solches Verhalten bei ihm bemerkt. „Ich glaube, ich lasse Euch beide jetzt ein paar Minuten allein, was?" meinte Boardman schließlich. Seine Stimme klang eine halbe Oktave höher als gewöhnlich. „Dieser ständige Wetterwechsel macht mir doch zu schaffen, Dick. Wir sehen uns morgen und reden. Für Ihre Unterbringung ist bestens vorgesorgt worden." Boardman floh geradezu. Muller spürte jetzt zum ersten Mal, wie Panik in ihm aufstieg.

„Wo gehen wir hin?“ fragte er.

„Draußen wartet ein Kokongleiter – automatisch, natürlich. Wir haben ein Zimmer im Starport Inn. Hast du kein Gepäck?“

„Ist noch an Bord des Schiffes“, antwortete Muller. „Aber es kann warten.“

Marta biß sich unablässig auf die Unterlippe. Er nahm ihre Hand, und sie verließen auf dem Gleitband die Empfangshalle in Richtung Parkplatz. Nun mach schon, dachte Muller, sag mir, daß du dich im Moment nicht wohl fühlst. Erzähl mir endlich, daß du ganz urplötzlich von einer sonderbaren Übelkeit befallen worden bist.

„Warum hast du dir das Haar schneiden lassen?“

„Das ist eines der weiblichen Vorrechte. Gefällt dir meine neue Frisur nicht?“

„Nicht besonders.“ Sie stiegen in den Kokongleiter. „Es war vorher so lang, hatte einen tiefblauen Tonfall und sah so aus wie das Meer an einem stürmischen Tag.“ Der Gleiter schoß auf einer Quecksilberspur davon. Sie hielt deutlichen Abstand von ihm und preßte sich an ihre Tür. „Und erst dein Make-up. Tut mir leid, Marta, ich wünschte, es würde mir besser gefallen.“

„Ich wollte mich nur für deine Heimkehr hübsch machen.“

„Warum läßt du deine Unterlippe nicht in Ruhe?“

„Wieso, was tue ich denn?“

„Nichts“, sagte er. „Wir sind schon da. Ist das Zimmer schon gebucht?“

„Ja, auf deinen Namen.“

Sie betraten das Hotel. Muller legte die Handfläche auf die Registrationsplatte. Sie leuchtete grün auf. Die beiden gingen zum Fahrstuhl. Das Hotel begann auf dem fünften Sublevel und reichte fünfzig Stockwerke tief in die Erde. Ihr Zimmer befand sich in einer der tiefsten Etagen. Das Beste ist gerade gut genug, dachte Muller, wahrscheinlich die Fürstensuite. Sie traten in ein Zimmer mit kaleidoskopartigen Wandbehängen und einem breiten Bett mit allem erdenklichen Komfort. Die Beleuchtung war taktvoll matt. Muller dachte an die langen Monate, die er allein mit den Mädchenwürfeln verbracht hatte, und schon begann es in seinem Unterleib zu pochen. Er wußte, daß er Marta nichts zu erklären brauchte. Sie verließ ihn und verschwand im Umkleideraum. Sie blieb sehr lange dort. Muller zog sich aus.

Nackt kam sie wieder herein. Das falsche Make-up war verschwunden, die Haare waren wieder blau.

„Wie das Meer“, sagte sie. „Tut mir leid, daß ich es dort drin nicht waschen lassen konnte. Unglücklicherweise war die dortige Anlage nicht auf so etwas programmiert.“

„Es sieht viel besser aus“, erklärte er ihr.

Sie standen zehn Meter auseinander. Sie kehrte ihm die Seite zu, und er bewunderte die Konturen ihres zerbrechlichen, aber festen Körpers, die kleinen, hochstehenden Brüste, den knabenhaften Po und die geschwungenen Hüften.

„Die Hydrier haben entweder fünf Geschlechter oder gar keins“, sagte Muller, „ich bin nicht sicher, was davon zutrifft. Daran kann schon ermessen werden, wie gut ich während meines dortigen Aufenthalts mit ihnen vorangekommen bin. Aber wie sie es dort auch treiben mögen, ich glaube, sie haben mehr Spaß daran als wir. Warum bleibst du so weit von mir weg, Marta?“

Schweigend trat sie auf ihn zu. Er legte einen Arm um ihre Schultern und umfaßte mit der anderen Hand eine ihrer Brüste. Bei früheren Liebkosungen dieser Art hatte er gespürt, wie unter der Hand ihre Brustwarze vor Verlangen steinhart geworden war. Nicht so dieses Mal. Sie zitterte leicht, wie eine Stute, die vor dem Decken durchgehen will. Er drückte seine Lippen auf die ihren. Doch sie waren trocken, angespannt und abweisend. Als er ihr mit den Fingern über den Unterkiefer strich, schien sie Schüttelfrost zu bekommen. Er zog sie nach unten, und sie saßen nebeneinander auf dem Bett. Ihre Hand kam ihm fast widerstrebend näher. Er sah Schmerz in ihren Augen.

Sie rollte von ihm weg, ihr Kopf prallte geradezu auf das Kissen. Er beobachtete ihr Gesicht, das sich vor kaum zu unterdrückenden Qualen verzerrte. Dann nahm sie seine Hände in die ihren und zog ihn zu sich heran. Sie legte die Knie an und öffnete die Oberschenkel.

„Nimm mich, Dick“, sagte sie in etwas übertriebenem Tonfall. „Jetzt!“

„Warum solche Eile?“

Sie versuchte, ihn mit aller Kraft auf sich zu zerren, in sich hinein zu ziehen. Aber so wollte er es nicht haben. Er machte sich von ihr los und setzte sich auf. Sie war krebsrot im Gesicht und am Hals. Tränen glitzerten auf ihren Wangen. Er wußte jetzt, was los war, kannte die Wahrheit. Aber er konnte nicht anders, er mußte sie fragen.

„Sag mir, was nicht stimmt, Marta?“

„Ich weiß nicht."
„Du benimmst dich, als ob du krank wärst."
„Ich glaube, das bin ich auch."
„Seit wann fühlst du dich denn unwohl?"
„Ich ... ach, Dick, was soll diese Fragerei? Bitte, komm zu mir, komm ganz nahe."
„Das willst du doch gar nicht wirklich, nicht wahr? Du bemühst dich nur, nett zu mir zu sein."
„Ich ... ich versuche, dich glücklich zu machen, Dick. Es ... es ist entsetzlich ... so entsetzlich."
„Was denn?"
Aber sie wollte ihm darauf keine Antwort geben. Sie begann, mit dem Becken zu kreisen und ihn an sich heranzuziehen. Er sprang aus dem Bett.
„Dick, o Dick! Ich habe dich gewarnt, dorthin zu gehen! Ich habe dir erklärt, ich besäße so etwas wie das zweite Gesicht. Und daß dir dort etwas zustoßen könnte, du aber nicht getötet würdest."
„Sag mir, was dir Schmerzen bereitet."
„Ich kann nicht. Ich ... ich weiß es nicht."
„Das ist eine Lüge ... Wann hat es angefangen?"
„Heute morgen, als ich aufgestanden bin."
„Schon wieder eine Lüge. Ich muß die Wahrheit wissen!"
„Bitte, laß uns miteinander schlafen, Dick. Ich kann nicht länger warten. Ich kann ..."
„Was?"
„Ich kann es ... nicht aushalten ..."
„Was kannst du nicht aushalten?"
„Nichts. Gar nichts." Sie war auch aus dem Bett gesprungen und preßte sich gegen ihn wie eine zusammengerollte Katze. Muskeln zuckten in ihrem Gesicht. Die Augen waren weit aufgerissen.
Er packte sie an den Handgelenken und zog sie zu sich heran.
„Marta, sag mir jetzt, was du nicht mehr aushalten kannst?"
Sie keuchte. Er zog stärker. Sie drängte so weit wie möglich von ihm weg. Ihr Kopf war weit nach hinten zurückgeworfen, und die Brüste standen fast senkrecht hoch. Ihr Körper glänzte ölig vor Schweiß. Ihre Nacktheit machte ihn wahnsinnig, ließ sein Verlangen unerträglich werden.
„Sag es mir", befahl er, „du kannst es nicht ertragen ..."
„... in deiner Nähe zu sein", schluchzte sie.

# Sechs

Im Labyrinth war die Luft etwas wärmer und angenehmer. Die Mauern halten den Wind ab, sagte sich Rawlins. Behutsam setzte er einen Fuß vor den anderen und hörte dabei auf die Stimme in seinem Ohr.

*Nach links... drei Schritte... rechten Fuß neben den schwarzen Streifen auf dem Bodenbelag... Umdrehen... nach links... vier Schritte... Neunzig-Grad-Drehung nach rechts... Sofort danach eine weitere Drehung um neunzig Grad nach rechts.*

Er kam sich vor wie bei einem Kinderspiel auf der Straße – Hüpfen oder etwas in der Art. Nur ging es hier um einen höheren Einsatz. Vorsichtig bewegte er sich weiter und spürte dabei, wie ihm unablässig der Tod auf den Fersen folgte. Was mußten das für Wesen gewesen sein, die eine solche Stätte erbaut hatten? Vor ihm schoß eine Energieflamme über den Weg. Der Computer zählte für ihn die Sekunden ab. *Eins, zwei, drei, vier, vorwärts!* Rawlins rannte los.

In Sicherheit.

Auf der anderen Seite blieb Ned außer Atem stehen und sah sich um. Boardman hielt mit ihm Schritt. Sein Alter war ihm nicht anzumerken. Boardman winkte und zwinkerte ihm zu. Er mußte die gleiche Prozedur befolgen. *Eins, zwei, drei, vier, vorwärts!* Boardman rannte an der Stelle vorbei, aus der normalerweise der Energiestoß kam.

„Sollen wir hier einen Moment Pause machen?" fragte Rawlins.

„Behandeln Sie mich nicht wie einen Tattergreis, Ned. Immer voran. Ich bin noch nicht müde."

„Uns steht ein hartes und schweres Stück bevor."

„Dann nichts wie hinein."

Rawlins konnte sich nicht dagegen wehren, auf die Knochen zu starren. Vertrocknete Skelette, Äonen alt. Und auch Leichen, die sehr jungen Ursprungs waren. Wesen vieler Spezies hatten hier ihr Ende gefunden.

Und wenn ich in den nächsten zehn Minuten sterbe?

Blendende Lichter flammten nun im mehrfachen Wechsel pro Sekunde auf. Boardman, der sich fünf Meter hinter ihm befand, wurde zu einer unheimlichen Gestalt, die sich mit unzusammenhängenden Schritten voranbewegte. Er fuhr sich mit der Hand über die Augen, um die stoßweisen Bewegungen zu erkennen. Es kam ihm so vor, als sei jeder zweite Bruchteil einer Sekunde aus seiner Wahrnehmung gestrichen worden.

Der Computer sagte ihm: Nach zehn Schritten stehenbleiben. Eins. Zwei. Drei. Zehn Schritte gehen und stehenbleiben.

Eins. Zwei. Drei. Zehn Schritte gehen und stehenbleiben.

Eins. Zwei. Drei. Rasch weitergehen bis zum Ende der Rampe.

Rawlins konnte sich nicht mehr daran erinnern, welche Gefahr ihm hier drohte, sollte er vom Weg abkommen. Hier in Zone H waren die Schrecken so zahlreich gesät, daß er sich ihre richtige Reihenfolge nicht merken konnte. War das die Stelle, wo auf den Unachtsamen eine Tonne Gestein fiel? Oder wo die Wände gegeneinander krachten? Wo eine hauchdünne Scheinbrücke die Opfer in einen Feuersee beförderte?

Seine Lebenserwartung betrug noch zweihundertfünf Jahre. Er wollte den Großteil dieser Jahre ausleben. Ich bin noch viel zu unreif, um jetzt schon zu sterben, sagte sich Ned Rawlins.

Er tanzte zur Melodie des Computers am Feuersee und an den zusammenprallenden Wänden vorbei.

## *2*

Ein Etwas mit langen Zähnen lauerte auf der Schwelle der vor ihnen liegenden Tür. Vorsichtig zog Charles Boardman das Gewehr aus seinem Tornister und stellte den Zielsucher ein. Er justierte die Waffe auf eine Masse von maximal dreißig Kilogramm und auf eine Entfernung von fünfzig Metern. „Alles klar“, erklärte er Rawlins und schoß.

Die Energielanze prallte gegen die Wand. Schimmernd grüne Blitze durchfuhren das vorherrschende Purpurrot. Das Tier sprang hoch und streckte im Todesschmerz alle Glieder aus. Dann stürzte es zu Boden. Wie aus dem Nichts erschienen drei kleine Aasfresser, die das Opfer in Stücke rissen.

Boardman kicherte. Man brauchte nicht besonders geschickt zu sein, um mit einem so ausgerüsteten Gewehr sein Opfer zu treffen, wie er sich selbst eingestand. Aber es war schon sehr lange her, seit er das letzte Mal auf die Jagd gegangen war. Damals war er dreißig gewesen. Eine volle Woche hatte er mit einer Jagdgesellschaft aus acht Geschäftsleuten und Regierungsbeamten im Saharareservat verbracht. Er hatte mitgemacht, weil das für seine Karriere von Nutzen sein konnte. Aber er haßte alles an dieser Reise: die glühend heiße Luft in seinen Lungen, das Sengen der Sonne, die gelbbraunen Tiere, die tot im Sand lagen, die Prahlereien, die sinnlose Lust am Töten. Mit dreißig bringt man für die geistlosen Beschäftigungen der Älteren wenig Toleranz auf. Aber er war damals geblieben, weil er sich gedacht hatte, es wäre nützlich für ihn, diese Männer als seine Freunde zu gewinnen. Und seine Bemühungen *hatten* sich bezahlt gemacht. Aber er war nie wieder auf die Jagd gegangen. Hier, im Labyrinth, sah die Sache jedoch ganz anders aus, selbst mit einem Masse/Zielsuch-Gewehr. Hier war es kein Sport mehr.

## *3*

Bilder spiegelten sich auf einer goldenen Scheibe, die an einer Wand nahe dem inneren Ende von Zone H angebracht war. Rawlins sah, wie sich plötzlich die Züge seines Vaters auf der Scheibe herausbildeten. Sie verschmolzen mit einem unterliegenden Muster aus Streben und Kreuzen und gingen schließlich in Flammen auf. Die Scheibe war auf visuelle Ausstrahlung ausgerichtet. Sie zeigte das, was das jeweilige Auge des Betrachters zu sehen glaubte. Die Drohnen, die hier vorbeigekommen waren, hatten nur eine blanke Scheibe ausmachen können. Rawlins entdeckte, wie ein Mädchen auf ihr erschien. Maribeth Chambers, sechzehn Jahre alt und im zweiten Jahr auf der High School „Maria, die Gnadenreiche“ in Rockford, Illinois. Maribeth Chambers lächelte Ned schüchtern an und begann, sich zu entkleiden. Ihr Haar war sanft und weich wie Seide, ein goldener Glorienschein. Die Augen waren blau und die Lippen voll und feucht. Sie öffnete ihren Büstenhalter und enthüllte zwei feste, hochstehende weiße Kugeln mit flammenden Spitzen. Sie waren groß und standen dicht beieinander, so als sei die Schwerkraft für sie aufgehoben. Das

Tal zwischen ihnen war fünfzehn Zentimeter tief und einen halben Zentimeter breit. Maribeth Chambers errötete und entkleidete auch die untere Hälfte ihres Körpers. Sie trug ein winziges Höschen, das die Grübchen über ihrem runden, rosafarbenen Hintern bedeckte. An einer goldenen Kette um die Hüften trug sie ein Elfenbeinkruzifix. Rawlins bemühte sich, nicht auf die Scheibe zu sehen. Der Computer gab ihm den weiteren Weg vor. Gehorsam bewegte er sich.

„Ich bin das Leben und die Auferstehung", sagte Maribeth Chambers mit rauchiger, leidenschaftlicher Stimme.

Sie winkte ihm zu. Deutete ihm an, wo sie jetzt am liebsten mit ihm hinwollte. Sie flüsterte süße Obszönitäten.

Dreh dich um und komm hierher, du großer Junge, du! Laß mich dir etwas ganz, ganz Tolles zeigen . . .

Sie kicherte. Sie ließ die Hüften kreisen. Sie zog die Schultern zurück und ließ die Brüste wie Kirchenglocken zur Osternacht baumeln.

Ihre Haut verfärbte sich dunkelgrün. Die Augen wanderten in ihrem Gesicht herum. Ihre Unterlippe schob sich vor, bis sie das Aussehen einer Schaufel gewonnen hatte. Ihre Oberschenkel schmolzen. Ein Flammenmuster tanzte auf der Scheibe. Rawlins hörte tiefe, dröhnende Akkorde von einer unsichtbaren Orgel. Er konzentrierte sich auf das Geflüster des Computers, der ihn leitete und unbeschadet an der Scheibe vorbeiführte.

## *4*

Die Scheibe zeigte abstrakte Muster: die Geometrie der Energie, scharfe, bewegte Linien und eingefrorene Figuren. Charles Boardman blieb einen Moment stehen, um das Bild zu begutachten. Dann setzte er sich wieder in Bewegung.

## *5*

Ein ganzer Wald wirbelnder Messer an der Innengrenze von Zone H.

## 6

Die Hitze wurde auf sonderbare Weise immer intensiver. Man konnte nur auf Zehenspitzen über den Straßenbelag gehen. Das war mehr als ärgerlich, weil niemand, der zuvor diesen Weg gegangen war, etwas Ähnliches erlebt hatte. War die richtige Route Variationen unterworfen? Konnte die Stadt Variationen hervorrufen? Wie heiß würde es noch werden? Wo und wann würde diese Hitzezone enden? Lag dahinter eine Frostzone? Würden sie Zone E lebend erreichen? War das das Werk von Richard Muller, um sie am Eindringen zu hindern?

## 7

Vielleicht hat er Charles Boardman erkannt und versucht jetzt, ihn zu töten. So abwegig ist diese Möglichkeit gar nicht. Muller hat allen Grund, Boardman zu hassen, und ihm stand keine Möglichkeit offen, vor Gericht Gerechtigkeit zu bekommen. Vielleicht sollte ich etwas schneller gehen und eine größere Lücke zwischen mir und Boardman lassen. Es scheint noch heißer geworden zu sein. Andererseits würde Charles mich als Feigling beschimpfen. Und mir mangelnden Kameradschaftsgeist vorwerfen.

Maribeth Chambers hatte so etwas doch noch nie getan. Rasieren sich Nonnen eigentlich immer noch die Schädel?

## 8

Boardman hielt das Störfeld tief in der Zone G für die gefährlichste Falle. Er fürchtete nicht die tödlichen Gefahren in ihrer Umgebung. Er hatte viel mehr Angst davor, an einen Ort zu gelangen, wo das, was seine Sinne aufnahmen, nicht mehr mit dem realen Universum übereinstimmte. Boardman war auf seine Sinne angewiesen. Mittlerweile trug er schon die dritten Netzhäute. Man konnte keine richtigen Einschätzungen des Universums treffen, wenn man sich nicht sicher war, ob man es deutlich sah.

Nun befand er sich im Verzerrungsfeld.

Parallellinien trafen sich hier. Dreieckige Figuren, die sich von den feuchten, wallenden Wänden abhoben, bestanden aus lauter stumpfen Winkeln. Ein Fluß strömte seitwärts durch das Tal. Die Sterne standen ganz nah beieinander, und die Monde umkreisten einander.

Nun ist es nötig, die Augen zu schließen und uns nicht täuschen zu lassen.

*Linker Fuß. Rechter Fuß. Linker Fuß. Rechter Fuß. Ein wenig nach links bewegen – mit dem Fuß weiterrutschen. Mehr. Noch ein Stück. Noch ein kleines Stück. Nach rechts zurück. Genau so. Jetzt wieder weitergehen.*

Verbotene Früchte sollten ihn in Versuchung bringen. Sein ganzes Leben lang hatte er sich darum bemüht, klar zu sehen. Das Locken der Täuschungen war unwiderstehlich. Boardman hielt inne. Stellte beide Füße fest auf den Boden. Wenn du hier herauskommen willst, sagte er sich, dann hältst du am besten die Augen fest geschlossen. Mit offenen Augen wirst du in eine Falle rennen und dabei zu Tode kommen. Und du hast kein Recht, hier leichtsinnig dein Leben aufs Spiel zu setzten, wo so viele Männer bereits alles gegeben haben, um dir den richtigen Weg zum Überleben zu zeigen.

Boardman blieb weiter unbeweglich stehen. Die leise Stimme des Computers hörte sich etwas ungeduldig an, während sie ihn zum Weitergehen drängte.

„Einen Moment noch", sagte Boardman ruhig. „Ich kann mich doch etwas umsehen, solange ich mich nicht bewege. Das ist doch der ganze Trick an der Sache, *sich nicht zu bewegen.* Es besteht überhaupt keine Gefahr, wenn man sich nicht bewegt."

Das Schiffsgehirn erinnerte ihn an den Feuergeysir, der Marshall das Leben gekostet hatte.

Boardman öffnete die Augen.

Er achtete sorgfältig darauf, nicht die geringste Bewegung zu machen. Überall um sich herum sah er die Negation der Geometrie. Dies war die Umkehrung der Kleinschen Lupe, durch die er verzerrt nach draußen sah. Abscheu stieg wie eine Quecksilbersäule in ihm auf.

Du bist achtzig Jahre alt und solltest wissen, wie das Universum auszusehen hat. Schließ jetzt die Augen, C. B. Schließ die Augen und geh weiter. Du gehst unnötige Risiken ein.

Zuerst suchte er Ned Rawlins. Der Junge befand sich zwanzig Meter vor ihm und bewegte sich langsam und vorsichtig aus dem Störfeld hinaus. Hatte er die Augen geschlossen? Natürlich. Alle beide, fest zu. Ned war ein gehorsamer Junge. Oder ein überängstlicher. Er möchte das hier überleben, deshalb verzichtet er darauf, einen Blick auf das verzerrte Universum zu werfen. Ich hätte gern einen Sohn wie ihn. Aber mittlerweile hätte ich ihn sicher bereits verdorben.

Boardman hob das rechte Bein, riß sich rechtzeitig zusammen und setzte es wieder zurück. Direkt vor ihm sprangen Wogen goldenen Lichtes in die Luft, nahmen einmal die Form eines Schwans an und ein anderes Mal die eines Baums. Die linke Schulter von Ned Rawlins verzog sich zu weit nach oben. Ein Buckel entwickelte sich auf seinem Rücken. Ein Bein trat nach vorn und das andere nach hinten. Durch einen goldenen Nebel sah Boardman den Leichnam von Marshall, der an eine Wand gepfählt war. Marshalls Augen waren weit aufgerissen. Gab es denn auf Lemnos keine Fäulnisbakterien? Als Boardman in diese Augen sah, bemerkte er dort die verzerrte Widerspiegelung seiner selbst: das ganze Gesicht eine einzige Nase, aber kein Mund. Boardman schloß die Augen.

Erleichtert dirigierte der Computer ihn weiter.

## *9*

Ein Blutmeer. Eine Tasse Blutwasser.

## *10*

Zu sterben, ohne jemals geliebt zu haben . . .

## *11*

Dies ist das Tor zu Zone F. Ich verlasse nun das andere Königreich des Todes. Wo ist mein Paß? Brauche ich ein Visum? Ich habe nichts zu verzollen. Nichts. Nein, nichts. Nein, gar nichts.

*3*

Ein frostiger Wind bläst aus dem Morgen.

*7*

Die Jungs, die in F ein Camp errichtet haben, sollten laut Plan herauskommen, sich mit uns treffen und uns durch das Tor führen. Ich hoffe, sie stören uns nicht. Wir finden den Weg auch ohne sie. Wir müssen nur an dem Störfeld vorbeikommen, und schon liegt das Schlimmste hinter uns.

*5*

So oft habe ich von dieser Route geträumt. Und jetzt hasse ich sie, obwohl sie wunderschön ist. Man kommt nicht umhin, es zuzugeben: Sie ist einmalig schön. Und wahrscheinlich sieht sie im Augenblick meines Todes am schönsten aus.

*3*

Maribeth Chambers hat kleine Falten am Hintern. Bevor sie dreißig wird, sieht sie schon wie eine fette Matrone aus.

*10*

Man tut alles Mögliche, wenn es nur der eigenen Karriere nutzt. Ich hätte längst damit aufhören sollen. Ich habe niemals Rousseau gelesen. Ich habe niemals Zeit für Donne gehabt. Ich weiß nichts über Kant. Falls ich das hier überlebe, will ich mich sofort daran machen, sie zu lesen. Ich leiste diesen Eid bei vollem Bewußtsein, bei völliger

Gesundheit und im Alter von achtzig Jahren. Ich, Ned Rawlins werde Ich Richard Muller werde lesen Ich will Ich Ich Ich will lesen Ich Charles Boardman.

## *13*

## *14*

Jenseits des Tores hielt Ned Rawlins kurz an und fragte den Computer, ob er sich gefahrlos hier hinhocken und einen Moment verschnaufen könne. Die Datenanlage bejahte. Behutsam ging Ned in die Knie, blieb einen Augenblick hocken und berührte mit dem Knie den kühlen, kieselbelegten Straßenbelag. Er sah zurück. Hinter ihm waren kolossale Steinblöcke fünfzig Meter hoch aufgetürmt, ohne Mörtel, aber fugenlos zusammengesetzt. Sie flankierten eine schmale Öffnung, durch die sich nun die massige Gestalt von Charles Boardman schob. Der alte Mann sah verschwitzt und verwirrt aus. Rawlins konnte den Blick nicht von ihm wenden. Er hatte den alten Fuchs noch nie so ohne aalglatte Selbstgefälligkeit gesehen. Aber sie waren auch noch nie zusammen durch dieses Labyrinth gegangen.

Rawlins selbst fühlte sich auch nicht mehr allzu frisch. Stoffwechselgifte kochten in seinem Körper. Er war so durchgeschwitzt, daß seine Kleidung Überstunden machen mußte, um die Feuchtigkeit wieder loszuwerden. Sie destillierte die Nässe und verdunstete das Substrat aus chemischen Reststoffen. Es war noch zu früh, um sich zu freuen. Brewster war hier in Zone F gestorben, weil er geglaubt hatte, die Gefahren seien nun vorüber, nachdem er der Zone G entronnen war. Nun, immerhin hatten sie es so weit geschafft.

„Ein kleines Päuschen?" fragte Boardman. Seine Stimme klang dünn und unsicher.

„Warum nicht? Ich habe einiges geleistet, Charles." Rawlins grinste matt. „Ebenso wie Sie. Der Computer sagt, man kann hier gefahrlos eine kleine Weile verschnaufen. Setzen Sie sich neben mich, ich rücke ein Stück zur Seite."

Boardman trat heran und ließ sich nieder. Rawlins mußte ihn

stützen, als er beim Hinknien das Gleichgewicht zu verlieren drohte.

„Muller ist auch diesen Weg gekommen und hat es geschafft“, sagte Ned.

„Muller war immer schon außergewöhnlich.“

„Was glauben Sie, wie er es geschafft hat?“

„Warum fragen Sie ihn nicht selbst?“

„Das werde ich auch“, verkündete Rawlins. „Vielleicht sitze ich ihm schon morgen um diese Zeit gegenüber und rede mit ihm.“

„Vielleicht. Wir sollten jetzt weitergehen.“

„Wenn Sie meinen.“

„Sie werden bald kommen, um uns zu treffen. Mittlerweile sollten sie uns ausgemacht haben. Ihre Massedetektoren zeigen uns sicher schon an. Auf, Ned, kommen Sie.“

Sie erhoben sich. Wieder übernahm Rawlins die Führung.

Zone F war etwas freier, nicht so dicht bebaut. Doch auch hier war die Architektur nicht weniger phantastisch. Von den Gebäuden ging eine ungemütliche Stimmung aus, in der eine bestimmte Note dominant war, die ein Spannungsverhältnis zwischen den einzelnen Objekten hervorrief, die nicht zueinander passen wollten. Obwohl Rawlins wußte, daß die Fallen hier weniger dicht gesät waren, konnte er sich immer noch nicht des Gefühls erwehren, daß der Boden sich jeden Moment unter seinen Füßen auftun konnte. In Zone F war die Luft kühler. Sie trug denselben scharfen Geruch mit sich, wie draußen auf der Ebene. An jeder Straßenkreuzung standen riesige Betontröge, in denen ausgezackte, fedrige Bäume wuchsen.

„Was war für Sie bisher die schwierigste Stelle?“ wollte Rawlins wissen.

„Das Verzerrungsfeld“, antwortete Boardman.

„Das war doch gar nicht einmal so schlimm . . . außer, wenn man etwas dagegen hat, mit geschlossenen Augen durch so eine gefährliche Gegend zu laufen. Wissen Sie, eines von diesen kleinen Raubtieren hätte uns dort anfallen können. Und wir hätten solange nichts davon bemerkt, bis wir seine Zähne im Nacken gespürt hätten.“

„Ich habe einen Blick riskiert“, erklärte Boardman.

„Im Verzerrungsfeld?“

„Nur einen kurzen Moment lang. Ich konnte einfach nicht widerstehen, Ned. Ich will gar nicht erst versuchen zu beschreiben, was ich gesehen habe. Aber es war eine der sonderbarsten Erfahrungen, die ich je gemacht habe.“

Rawlins lächelte. Er hätte Boardman am liebsten dafür beglückwünscht, etwas so Dummes und Gefährliches, aber auch Menschliches getan zu haben. Doch er traute sich nicht. Statt dessen sagte er: „Wie war das denn? Sind Sie nur dort stehengeblieben, haben sich kurz umgesehen und sind dann weitergegangen? Sind Sie dabei nicht in Gefahr geraten?“

„Nur einmal. Ich vergaß mich und hätte beinahe einen Schritt in die falsche Richtung getan. Aber ich konnte mich im letzten Moment zurückhalten. Ich hielt die Füße fest auf dem Boden und sah mich um.“

„Vielleicht versuche ich das auch einmal auf dem Rückweg“, sagte Rawlins. „Ein kurzer Blick kann ja nicht schaden.“

„Woher wollen Sie wissen, daß das Feld auch nach der anderen Richtung hin wirksam ist?“

Rawlins runzelte die Stirn. „Daran habe ich noch gar nicht gedacht. Wir haben bisher noch gar nicht versucht, durch das Labyrinth nach *draußen* zu gelangen. Was ist, wenn dann ganz andere Fallen auf uns warten? Für diese Route besitzen wir weder Karten noch sonstige Unterlagen. Was, wenn wir alle bei dem Versuch umkommen, wieder hinaus zu gelangen?“

„Wir setzen halt wieder Drohnen ein“, sagte Boardman. „Darüber würde ich mir jetzt noch keine Sorgen machen. Wenn es so weit ist, lassen wir einen Trupp Sondierungsroboter ins Camp in Zone F kommen und erproben den Rückweg genauso wie den Hinweg.“

Nach einer Weile sagte Rawlins: „Warum sollte es eigentlich auf dem Weg hinaus Fallen geben? Das hieße doch, die Erbauer des Irrgartens hätten ebenso versucht, Feinde auszuschließen wie sich einzuschließen. Warum sollte jemand so etwas tun wollen?“

„Wer will das wissen, Ned? Es waren schließlich Außerirdische, deren Gedankengänge wir nicht kennen.“

„Ja, deren Gedanken wir nicht kennen.“

## *15*

Boardman erinnerte sich daran, daß die Konversation von seiner Seite noch nicht beendet war. Er bemühte sich um Freundlichkeit. Schließlich waren sie im Angesicht solch tödlicher Gefahren Kameraden. So sagte er: „Und welche Stelle war für Sie bisher die schrecklichste?“

„Jene Scheibe, ein Stück zurück“, sagte Rawlins. „Dort, wo einem das schreckliche, kranke Zeug gezeigt wird, das im eigenen Bewußtsein zu Hause ist.“

„Welche Scheibe meinen Sie?“

„Nahe dem Zentrum von Zone H. Eine goldene Scheibe, die mit Metallbändern an einer hohen Mauer befestigt ist. Als ich hineinblickte, sah ich dort ein paar Sekunden lang die Züge meines Vaters. Und danach ein Mädchen, das ich einmal gekannt habe. Sie ist später Nonne geworden. Die Scheibe zeigte sie, wie sie sich entkleidete. Ich glaube, das sagt einiges darüber aus, was in meinem Unterbewußtsein so vor sich geht, was? Sodom und Gomorrha. Aber bei wem von uns ist das nicht so?“

„Ich habe nichts dergleichen gesehen.“

„Aber Sie konnten die Scheibe doch gar nicht verfehlen. Sie befand sich, äh . . . etwa fünfzig Meter von der Stelle entfernt, wo Sie das Tier erschossen haben. Ein Stück weiter links, in halber Höhe der Wand, eine rechtwinklige Scheibe . . . nein, eher trapezförmig, mit einer leuchtend weißen Metallumrahmung. Farben wirbelten durcheinander, und Formen . . . „

„Ach ja, die Scheibe. Ich habe geometrische Formen gesehen.“

„Ich sah, wie Maribeth sich auszog“, meinte Rawlins mit verdutzter Stimme, „und Sie haben nur geometrische Formen gesehen?“

## *16*

Auch Zone F konnte tödlich sein. Eine kleine, perlartige Blase öffnete sich am Boden, und ein Strom glitzernder Kugeln rollte heraus. Sie kamen auf Rawlins zu. Sie bewegten sich mit der bösartigen Entschlossenheit von hungrigen Soldatenameisen. Sie stachen in sein Fleisch. Ned zertrampelte einige von ihnen, kam aber in seinem Ärger und Eifer fast einem aufblitzenden blauen Licht zu nahe. Er kickte drei Kugeln in das Licht, und sie zerschmolzen.

## *17*

Boardman hatte bereits mehr als genug.

## *18*

Seit ihrem Eintritt ins Labyrinth waren erst eine Stunde und achtundvierzig Minuten vergangen. Aber es kam den beiden Männern viel länger vor. Der Weg durch Zone F führte in einen Raum mit rosafarbenen Wänden, wo aus verborgenen Ventilen pfeilförmige Dampfwolken abgelassen wurden. Am anderen Ende des Raums befand sich ein irisierender, schlitzartiger Durchgang. Durchquerte man ihn nicht genau im richtigen Moment, wurde man zerquetscht. Die Öffnung bot Zugang zu einer Passage mit niedriger Decke, in der es bedrückend eng und stickig war. Die Wände waren blutrot und pulsierten in nervenaufreibendem Rhythmus. Hinter der Passage lag ein offener Platz, an dessen Ende sechs weiße Metallsäulen standen. Sie sahen aus, wie zum Zuschlagen bereite Schwerter. Ein Springbrunnen jagte Wasserfontänen hundert Meter hoch in die Luft. Der Platz wurde von drei Türmen flankiert, die viele Fenster in allen Formen und Größen besaßen, von denen keine zwei gleich waren. Prismatisches Scheinwerferlicht spielte auf den Scheiben. Kein einziges Fenster war zerbrochen. Auf den Stufen vor einem der Türme lag das Skelett eines Wesens, das zehn Meter groß gewesen war. Eine Kugel, unzweifelhaft ein Schutzhelm, bedeckte den Schädel.

## *19*

Im Camp in Zone F befanden sich Alton, Antonelli, Cameron, Greenfield und Stein. Es diente als rückwärtige Basis für die Gruppe, die sich weiter voraus befand. Antonelli und Stein kehrten zu dem Platz im Zentrum von F zurück und stießen dort auf Rawlins und Boardman.

„Es ist nicht mehr weit“, sagte Stein. „Möchten Sie sich vorher noch etwas ausruhen, Mr. Boardman?“

Boardman warf ihm einen finsteren Blick zu. Sie marschierten weiter.

Antonelli sagte: „Davis, Ottavio und Reynolds sind heute morgen nach E weitergezogen, nachdem Alton, Cameron und Greenfield zu uns gestoßen waren. Petrocelli und Walker erkunden am Rand von E entlang und haben auch schon ein kleines Stück von D erforscht. Sie sagen, es sähe dort viel besser aus."

„Ich reiße ihnen den Schädel vom Rumpf, wenn sie weiter hineingehen", sagte Boardman.

Antonelli lächelte nervös.

Das Basiscamp bestand aus zwei Kuppeln, die nebeneinander auf einem kleinen, freien Stück am Rande eines Gartens errichtet worden waren. Man hatte das Stück Land sorgfältig untersucht und erwartete dort jetzt keine Überraschungen mehr. Rawlins trat in eins der Zelte und zog seine Schuhe aus. Cameron reichte ihm ein Reinigungsmittel. Greenfield gab ihm ein Nahrungspack. Rawlins fühlte sich unter diesen Männern nicht recht wohl. Ihnen hatten im Leben nicht so viele Möglichkeiten offengestanden wie ihm. Sie hatten keine so ausgezeichnete Erziehung genossen wie er. Sie würden nicht solange leben wie er, selbst wenn sie allen Gefahren entgehen konnten, denen sie ausgesetzt wurden. Keiner von ihnen hatte blonde Haare oder blaue Augen, und wahrscheinlich konnten sie sich chirurgische Verschönerungsoperationen auch gar nicht leisten, die ihnen ein solches Aussehen verliehen hatten. Und trotzdem schienen sie glücklich und zufrieden. Vielleicht, weil sie sich nicht den Kopf über die moralischen Implikationen zerbrechen mußten, Richard Muller mit Tricks aus dem Irrgarten zu locken.

Boardman kam in das Zelt. Ned konnte nur bewundern, wie ausdauernd und unermüdlich der alte Mann war. Boardman lachte und sagte: „Sagen Sie Captain Hosteen, daß er die Wette verloren hat. Wir haben es doch geschafft."

„Was für eine Wette?" fragte Antonelli.

„Wir glauben, daß Muller unser Vorankommen irgendwie verfolgt", sagte Greenfield. „Seine letzten Bewegungen waren eigentlich sehr regelmäßig. Er befindet sich momentan im rückwärtigen Quadranten von Zone A ... so weit vom Eingang entfernt wie möglich. Falls das der Eingang ist, den auch er benutzt. Er bewegt sich in einem kleinen Bogen, um ja alles vom Vortrupp mitzubekommen."

„Hosteen hat drei zu eins gewettet, wir würden es nicht bis hierher schaffen“, sagte Boardman. „Ich habe es genau gehört.“ Boardman wandte sich an Cameron, den Nachrichtentechniker: „Halten Sie es für möglich, daß Muller über eine Monitoranlage verfügt?“

„Ausgeschlossen wäre es nicht.“

„Meinen Sie, er kann damit unsere Gesichter erkennen?“

„Vielleicht unter günstigen Bedingungen. Aber woher sollen wir das genau wissen? Er hat viel Zeit gehabt, sich in diesem Labyrinth hier zurechtzufinden, Sir.“

„Sobald er mein Gesicht gesehen hat“, sagte Boardman, „können wir sofort wieder nach Hause fliegen und das alles hier abbrechen. Ich hätte nie gedacht, daß er uns über einen Monitor überwachen könnte. Wer ist hier für das Thermoplast zuständig? Ich brauche sofort ein neues Gesicht.“

## *20*

Er brauchte nichts zu erklären. Als er fertig war, hatte er eine lange, scharfe Nase, dünne, herabhängende Lippen und ein Kinn wie eine Hexe. Kein sonderlich attraktives Gesicht. Aber auch nicht mehr das von Charles Boardman.

## *21*

Nach einer unruhigen Nacht machte sich Ned Rawlins am nächsten Morgen zu einem Marsch nach dem Camp in Zone E bereit. Boardman würde ihn ab jetzt nicht mehr begleiten. Aber sie würden in ständiger Verbindung stehen. Boardman würde sehen können, was Rawlins sah, und ebenso alles hören. Über ein winziges Mikrophon würde Boardman in der Lage sein, Ned Instruktionen zu geben.

Der Morgen war trocken, aber eiskalt. Sie testeten die Kommunikationsverbindung. Rawlins trat aus dem Zelt und ging zehn Schritte weit. Von dort aus begutachtete er den Weg vor sich und starrte fasziniert auf das orangefarbene Glühen des Sonnenaufgangs auf einer verwittert wirkenden, porzellanartigen Wand. Die Wände standen tiefschwarz unter dem strahlenden Grün des Himmels.

„Heben Sie die rechte Hand, wenn Sie mich verstehen können, Ned", sagte Boardman.

Rawlins hob die Rechte.

„Sagen Sie etwas."

„Wo, sagten Sie, ist Richard Muller geboren?"

„Auf der Erde. Ich kann Sie sehr gut verstehen."

„Wo auf der Erde?"

„Irgendwo im Nordamerikanischen Direktorat."

„Da stamme ich auch her", sagte Ned.

„Ja, das weiß ich. Ich glaube, Muller kommt vom westlichen Teil des Kontinents. Aber ich weiß es nicht hundertprozentig. Ich bin nur wenige Jahre auf der Erde gewesen, Ned, und kann mich nicht mehr so genau an ihre Geographie erinnern. Falls es sich als wichtig herausstellen sollte, kann ich immer noch den Schiffscomputer befragen."

„Ja, vielleicht später", sagte Rawlins. „Soll ich losmarschieren?"

„Zuerst möchte ich Ihnen noch etwas sagen. Wir haben außerordentliche Anstrengungen vollbracht, um in diesen Irrgarten zu gelangen. Und ich möchte Sie daran erinnern, daß alles, was wir bis jetzt getan haben, nur die Vorarbeit für unsere eigentliche Aufgabe war. Wir sind hier, um Muller zu bekommen, denken Sie bitte immer daran."

„Wie sollte ich das vergessen?"

„Bislang haben wir uns hauptsächlich mit Fragen des persönlichen Überlebens beschäftigt. Das könnte leicht die eigene Perspektive verzerren, daß nämlich allein die Frage im Vordergrund steht, ob man selbst, ob man als Individuum überlebt oder stirbt. Doch von nun an erweitert sich unsere Perspektive. Was Muller besitzt, sei es nun Gabe oder Fluch, ist von allerhöchstem Wert für uns. Und es ist Ihr Job, Ned, ihn für uns zu gewinnen. Das Schicksal ganzer Galaxien hängt davon ab, was sich in den nächsten Tagen zwischen Ihnen und Muller abspielt. Ganze Äonen anstehender Geschichte werden von Ihnen vorgeschrieben. Das Leben von Milliarden Ungeborenen kann sich durch das, was sich hier in den nächsten Tagen ereignen wird, zum Guten oder zum Schlechten wenden."

„Das hört sich übertrieben ernst an, Charles."

„Mir ist es auch verdammt ernst. Irgendwann kommt immer einmal der Moment, wo all die hochtönenden, anscheinend hohlen und oft gehörten Phrasen einen Sinn ergeben. Und dies ist ein solcher Moment. Sie stehen am Scheideweg der galaktischen Geschichte,

Ned. Und deshalb werden Sie jetzt auch dort hineingehen und lügen und betrügen und Meineide schwören und Halbwahrheiten von sich geben. Ich erwarte, daß Ihr Gewissen sich einige Zeit lang hundsmiserabel fühlen wird und Sie sich dafür abgrundtief hassen werden. Aber ich weiß auch, Sie werden schließlich begreifen, was Sie da getan haben. Und dann werden Sie es als heroische Tat ansehen. Der Test der Kommunikationsgeräte ist damit beendet. Jetzt kommen Sie wieder zu uns herein, damit wir alles zusammenpacken können."

## *22*

Diesmal brauchte er nur ein kurzes Stück allein zu gehen. Stein und Alton begleiteten ihn bis zum Eingang von Zone E. Es gab keine Zwischenfälle. Sie zeigten ihm die richtige Richtung, und er trat durch einen wirbelnden Schauer aus blitzenden, azurblauen Funken auf den dahinterliegenden, schmucklosen Friedhof zu. Als er die aufsteigende Rampe zum Eingang hinaufstieg, fiel ihm eine Kuppel ins Auge, die auf einer aufrecht stehenden Steinsäule angebracht war. Inmitten ihres dunklen Inneren bewegte sich etwas leicht Glühendes, das irgendwie an ein Auge erinnerte.

„Ich glaube, ich habe einen Bestandteil von Mullers Überwachungssystem gefunden", meldete Rawlins. „Da ist ein Gerät in der Wand, das mich beobachtet."

„Sprühen Sie etwas darüber", schlug Boardman vor.

„Ich fürchte, er würde das als feindseligen Akt auffassen. Warum sollte ein Archäologe ein solch hochinteressantes Stück beschädigen wollen?"

„Ja, da haben Sie recht. Machen Sie weiter."

Die Stimmung in Zone E war weit weniger bedrohlich. Dieser Teil des Labyrinths bestand aus dunklen, kompakten, niedrigen Gebäuden, die wie Turteltauben aneinanderklebten. Rawlins konnte ein Stück voraus andere Strukturen erkennen: hohe Mauern und leuchtende Türme. Jede einzelne Zone unterschied sich so sehr von allen anderen, daß Ned allmählich glaubte, sie seien gar nicht zur gleichen Zeit erbaut worden. Im Zentrum die Wohnbezirke, und dann waren allmählich die fallenbestückten Außenringe hinzugekommen, um eines ständig drohenden Feindes Herr zu werden. Ein Archäologe mochte zu solchen Schlüssen kommen. Ned notierte sich das in Gedanken. Das ließ sich sicher später noch verwenden.

Er marschierte ein Stück weiter und bemerkte dann, wie die schattenverdunkelte Gestalt Walkers auf ihn zukam. Walker war hager, starrköpfig und unnahbar. Er behauptete, mehrere Male mit derselben Frau verheiratet gewesen zu sein. Er war etwa vierzig, ein Karrieretyp.

„Fein, daß Sie es geschafft haben, Rawlins. Passen Sie auf die linke Seite auf, die Wand ist beweglich."

„Ist hier alles in Ordnung?"

„Mehr oder weniger. Wir haben vor etwa einer Stunde Petrocelli verloren."

Rawlins erstarrte. „Aber es hieß doch, diese Zone sei ungefährlich!"

„Anscheinend nicht. Sie ist tückischer als F und fast so schlimm wie G. Wir haben sie unterschätzt, nachdem wir die Drohnen hindurchgejagt haben. Es gibt ja eigentlich auch keinen vernünftigen Grund, warum die inneren Zonen sicherer sein *müssen* als die äußeren, oder? Ich möchte behaupten, diese hier ist eine der schlimmsten."

„Um uns einzulullen", sagte Ned, „um uns ein falsches Gefühl der Sicherheit zu geben."

„Da sagen Sie etwas, Mann. Kommen Sie nun. Folgen Sie mir, und strengen Sie Ihren Gehirnkasten nicht allzusehr an. Es geht hier nicht um Witz oder Esprit. Sie bleiben schon auf dem einzigen sicheren Weg, oder Sie haben alles hinter sich."

Rawlins folgte ihm. Er konnte nirgends eine Gefahr erkennen, aber er sprang dort, wo Walker sprang, und machte dort einen Umweg, wo Walker einen machte. Nicht weit entfernt befand sich das innere Camp. Er stieß dort auf Davis, Ottavio und Reynolds; und auch auf die obere Hälfte von Petrocelli. „Wir warten noch auf die Anweisung, ihn zu bestatten", erklärte Ottavio. Unterhalb der Gürtellinie war von Petrocelli nichts mehr übrig. „Ich wette, Hosteen ordnet an, ihn hinaufzuschaffen."

„Decken Sie ihn doch wenigstens zu", sagte Rawlins.

„Sie wollen also heute noch in die Zone D?" fragte Walker.

„Ich denke schon."

„Gut, dann sagen wir Ihnen, worauf Sie zu achten haben. Da gibt es nämlich etwas Neues. Dort, wo es Petrocelli erwischt hat, knapp hinter dem Eingang zu D, vielleicht fünf Meter weiter innen. Man tritt auf irgendeine Platte, und schon wird man in der Mitte durchgeschnitten. Die Drohnen haben offensichtlich den Mechanismus nicht ausgelöst."

„Oder es schneidet alles entzwei, was darauf tritt, bis auf Drohnen", meinte Rawlins.

„Muller hat es auch nichts getan", sagte Walker. „Aber Ihnen wird nichts geschehen, wenn Sie es umgehen. Wir zeigen es Ihnen."

„Und was liegt dahinter?"

„Das müssen Sie schon selbst herausfinden."

## 23

„Wenn Sie müde sind", sagte Boardman, „dann bleiben Sie die Nacht über im Camp."

„Ich möchte lieber weiter."

„Sie sind dann ganz auf sich allein gestellt, Ned. Warum wollen Sie sich nicht vorher ausruhen?"

„Lassen Sie den Computer eine Untersuchung an mir vornehmen und feststellen, wo die Grenze meiner Belastbarkeit liegt. Ich bin jedenfalls zum Weitermarsch bereit."

Boardman veranlaßte eine Diagnose. Mittels Telemetern wurde Rawlins durchgecheckt. Der Computer kannte seinen Puls, seinen Atemrhythmus, seinen Hormonspiegel und viele andere Werte. Die Datenbank sah keinen Grund, warum Rawlins seinen Weg nicht fortsetzen sollte.

„Also gut", sagte Boardman, „dann los."

„Ich stehe kurz davor, in Zone D zu gelangen, Charles. Das ist die Stelle, wo es Petrocelli erwischt hat. Ich kann die trügerische Fuge erkennen, ... doch, sehr gut verborgen, kaum wahrzunehmen. Ich gehe jetzt um sie herum. So ... Jaaa ... Und schon bin ich in Zone D. Ich bleibe jetzt stehen und warte, bis weitere Anweisungen vom Computer kommen. Zone D wirkt etwas freundlicher als E. Die Durchquerung sollte nicht allzuviel Zeit in Anspruch nehmen."

## *24*

Die rotbraunen Flammen, die Zone C umgaben, waren nur optische Täuschungen.

## *25*

Leise sagte Rawlins: „Sagt den Galaxien, daß ihr Schicksal in guten Händen liegt. Ich werde Muller in fünfzehn Minuten gefunden haben.“

# Sieben

Muller war früher oft für längere Zeit allein. Bei der Unterzeichung seines ersten Ehevertrages hatte er auf der üblichen Unterbrechungsklausel bestanden. Lorayn hatte sich nicht dagegen gewehrt, weil sie wußte, daß seine Arbeit ihn gelegentlich an Orte führte, wohin sie ihn nicht begleiten konnte oder wollte. Während der acht Jahre dieser Ehe hatte er die Klausel dreimal in Anspruch genommen, für einen Zeitraum von insgesamt vier Jahren.

Als sie den Ehevertrag ohne Erneuerung hatten auslaufen lassen, hatte das eigentlich kaum an Mullers langer Abwesenheit gelegen. Er hatte in jenen Jahren gelernt, mit der Einsamkeit zurechtzukommen, und wußte, daß sie sogar positiv auf ihn wirkte. Wir entwickeln alles in der Einsamkeit, außer Charakter, hat Stendhal einmal geschrieben. Muller konnte nicht sagen, inwieweit das zutraf, aber sein Charakter war bereits ausgeformt, bevor er Aufträge angenommen hatte, die ihn zu leeren, gefährlichen Welten führten. Er hatte sich freiwillig für diese Aufträge gemeldet. In einem anderen Sinn hatte er sich auch freiwillig hier auf Lemnos eingeschlossen. Dieses Exil war schmerzlicher zu ertragen als die früheren, einsamen Missionen. Doch er fand sich auch hier zurecht. Seine eigene Anpassungsfähigkeit erstaunte und erschreckte ihn zugleich. Er hätte nicht gedacht, daß er so leicht auf Geselligkeit und Gemeinschaft verzichten konnte. Die Sache mit dem Sex war natürlich recht schwierig, aber auch nicht so unlösbar, wie er sich das vorher ausgemalt hatte. Und der Rest, Gespräche und Anregungen, ständig neue Gruppenerlebnisse, das Zusammentreffen unterschiedlicher Persönlichkeiten – der Mangel daran hatte hier für ihn bald schon kein Problem mehr dargestellt. Er hatte genug Kassetten mitgebracht, um sich zu zerstreuen, und die Gefahren, denen er hier im Labyrinth ständig ausweichen mußte, ließen schon keine Langeweile aufkommen. Und dann besaß er auch noch seine Erinnerungen.

Er konnte Erlebnisse auf hundert Welten in sein Gedächtnis

zurückzurufen. Die Menschheit breitete sich nach überallhin aus. Pflanzte den Samen der Erde auf Kolonien unter tausend Sternen. Delta Pavonis VI zum Beispiel: zwanzig Lichtjahre von der Erde entfernt und mit Bewohnern, die sich immer mehr der Mutterwelt entfremdeten. Sie nannten ihre Welt Loki, was Muller als krasse Fehleinschätzung vorkommen wollte; denn der Sage nach war Loki gewandt, verschlagen und schmächtig von Gestalt. Die Siedler von Loki aber huldigten, nach fünfzigjähriger Isolation von der Erde, durch glucostatische Maßnahmen einem Fettleibigkeitskult. Muller hatte der Welt einen Besuch abgestattet, zehn Jahre vor seiner unglücklichen Mission auf Beta Hydri IV. Der Zweck dieser hatte hauptsächlich darin bestanden, Mißverständnisse und Versäumnisse auf einem Planeten auszuräumen, der den Kontakt zur Mutterwelt verloren hatte. Muller erinnerte sich an eine warme Welt, von der nur ein schmaler Streifen mit gemäßigten Temperaturen bewohnbar war. Und er erinnerte sich weiter: die Fahrt auf einem Schwarzen Fluß, vorbei an undurchdringbar dichtem, grünem Dschungel; Tiere mit Rubinaugen, die sich an sumpfigen Uferbänken drängten; endlich die Ankunft in einer Siedlung, wo schwitzende Buddhagestalten, die mehrere hundert Kilogramm wogen, starr und in Meditation versunken vor strohbedeckten Hütten saßen. Noch nie zuvor hatte er so viel Fleisch pro Kubikmeter gesehen. Die Lokiten beschäftigten sich hauptsächlich mit ihren am Körper angebrachten Glucose-Rezeptoren, um eine weitere Körperverfettung zu veranlassen. Eine sinnlose Beschäftigung, die in keiner Weise von irgendeinem Umweltproblem oder sonstigen Eigenarten der Welt herrührte. Es war bei ihnen einfach zur Mode geworden, dick und schwer zu sein. Muller erinnerte sich an Arme, die wie Oberschenkel aussahen, an Oberschenkel wie Säulen, an Bäuche von kolossalem Umfang.

Ihre Höflichkeit und Gastfreundlichkeit hatten ihnen geboten, dem Spion von der Erde eine ihrer Frauen anzubieten. Für Muller war es eine Lektion darüber gewesen, wie relativ kulturelle Werte sein können. Im Dorf lebten zwei oder drei Frauen, die, obwohl sicher nicht mit einer Mannequinfigur versehen, nach örtlichen Maßstäben als knochig und verkümmert angesehen wurden. Für Muller hingegen entsprachen sie gerade so eben noch seinen Vorstellungen von weiblicher Attraktivität. Aber die Lokiten überließen ihm keine von diesen Frauen, ihrer Ansicht nach bedauernswerte, unterentwickelte Geschöpfe, die gerade hundert Kilogramm auf die Waage brachten;

denn es hätte einen unverzeihlichen Bruch der Sitten bedeutet, einem Gast eine kärgliche Bettgefährtin zu geben. Statt dessen „verwöhnten“ sie ihn mit einem blonden Koloß, der Brüste wie Kanonenkugeln und Hinterbacken wie Kontinente aus wabbeligem Fleisch besaß.

Es war ein in jeder Hinsicht unvergeßliches Erlebnis gewesen.

Und es hatte viele solcher Welten gegeben. Er war ein rastloser Wanderer gewesen. Die Feinheiten der politischen und diplomatischen Manipulation hatte er Männern wie Charles Boardman überlassen. Muller besaß auch Fingerspitzengefühl, konnte staatsmännisch handeln und auftreten, aber er sah sich selbst mehr als Entdecker denn als Diplomat. Er hatte in Methanmeeren gefroren, war in unberührten Wüsten von titanischen Ausmaßen gebraten worden, war mit nomadischen Siedlern über eine purpurrote Ebene auf die Suche nach ihrem herumstreunenden arthropodischen Vieh gegangen. Er hatte durch Computerfehler auf atmosphärelosen Welten Schiffbruch erlitten. Er hatte die kupferhaltigen, neunzig Kilometer hohen Klippen auf Damballa gesehen. Er war im schwerkraftlosen Meer von Mordred geschwommen. Er hatte am Ufer eines buntschillernden Baches unter einem Himmel geschlafen, von dem drei Sonnen herabbrannten. Und er war über die Kristallbrücken von Prokyon XIV gegangen. Er hatte viel gesehen und bedauerte davon nur wenig.

Nun hatte er sich ins Zentrum seines Labyrinths verkrochen, beobachtete seine Monitore und wartete darauf, daß der Fremde ihn fand. Eine Waffe lag kühl in seiner Hand.

## *2*

Der Nachmittag verging rasch. Rawlins begann darüber nachzudenken, ob er nicht doch besser auf Boardman gehört und vor seinem Aufbruch zu Muller noch eine Nacht im Camp verbracht hätte. Vielleicht ein dreistündiger Tiefschlaf, um die Spannungen aus seinem Gehirn zu waschen – sich rasch einmal an das Schlafgerät anzuschließen, war immer von Nutzen. Nun, er hatte geglaubt, es auch so zu schaffen. Jetzt hatte er keine andere Wahl mehr. Seine Sensoren zeigten an, daß Muller ganz in der Nähe war.

Moralische Fragen quälten ihn aufs neue, und auch die Frage, wie mutig er eigentlich war.

Er hatte noch nie etwas Vergleichbares tun müssen. Er hatte studiert, hatte in Boardmans Büro Routinearbeiten und -fälle erledigt und nur hin und wieder eine Angelegenheit regeln müssen, die etwas Grips und Fingerspitzengefühl verlangte. Und immer war er der Überzeugung gewesen, seine wirkliche Karriere stünde ihm noch bevor, daß bisher alles nur Ouvertüre gewesen sei. Er hatte auch hier auf Lemnos das Gefühl, daß seine Zukunft ihm noch bevorstand, aber mittlerweile mußte er sich eingestehen, daß er auf der Schwelle stand. Das hier war kein Routinefall mehr. Hier stand er nun, groß, blond, jung und stur und entschlossen zu seiner großen Tat, die – und Boardman hatte in diesem Punkt ganz und gar nicht übertrieben – durchaus dazu angelegt war, den Verlauf der zukünftigen Geschichte zu beeinflussen.

*Ping.*

Ned sah sich um. Die Sensoren hatten wieder angesprochen. Aus dem vor ihm liegenden Schatten löste sich die Gestalt eines Menschen. Richard Muller.

Sie starrten sich über eine Distanz von zwanzig Metern an. Rawlins hatte sich Muller als Riesen vorgestellt. Überrascht stellte er nun fest, daß sie beide von gleicher Größe waren, beide gut zwei Meter groß. Muller trug ein dunkles, speckiges Hemd. Das Sonnenlicht zu dieser Stunde zeigte Mullers Gesicht als Konglomerat von widerstrebenden Falten und hervorstehenden Kanten.

In Mullers Hand befand sich das apfelgroße Gerät, mit dem er die Drohne vernichtet hatte.

Boardmans Stimme ertönte summend in Neds Ohr: „Gehen Sie näher heran. Lächeln Sie. Geben Sie sich schüchtern, unsicher und freundlich. Und zeigen Sie, daß es Ihnen ernst ist. Vor allem aber müssen Sie die Hände so halten, daß er sie ständig sehen kann, und zwar die ganze Zeit."

Rawlins gehorchte. Er fragte sich, wann er wohl die negativen Schwingungen empfangen würde, die Muller aussandte. Er konnte kaum den Blick von der glänzenden Kugel wenden, die wie eine Handgranate in Mullers Hand lag. Als er nur noch zehn Meter von ihm entfernt war, begann er Mullers Ausstrahlung zu verspüren. Ja, das mußte sie sein. Er sagte sich, daß er sie ertragen konnte, wenn es bei dieser Entfernung blieb.

Muller sagte: „*Was wollen Sie . . .*"

Die Worte hörten sich an wie ein heiserer, krächzender Schrei.

Muller hielt inne, und seine Wangen liefen rot an, während er versuchte, seinen Kehlkopf wieder unter Kontrolle zu bekommen. Rawlins nagte an seiner Unterlippe. Er spürte ein unkontrollierbares Zucken in seinem rechten Augenlid. Heftiges Atmen von Charles Boardman ertönte in seinem Ohrempfänger.

Muller versuchte es noch einmal. „Was wollen Sie von mir?“ Diesmal klang seine Stimme wie immer. Sie war tief, und kaum unterdrückte Wut schwang in ihr mit.

„Ich wollte nur mit Ihnen reden, wirklich. Aber ich wollte Ihnen keine Unannehmlichkeiten machen, Mr. Muller.“

„Sie kennen mich!“

„Aber natürlich. Jeder kennt Richard Muller. Ich will sagen, Sie waren schon *der* galaktische Held, als ich noch zur Schule gegangen bin. Wir haben Aufsätze über Sie geschrieben, Klassenarbeiten. Wir . . .“

„Hauen Sie ab! Raus hier!“ Wieder kippte seine Stimme über.

„. . . und Stephen Rawlins war mein Vater. Ich kenne Sie, Mr. Muller.“

Das apfelförmige Gerät richtete sich auf ihn. Das kleine viereckige Fenster in ihm zeigte direkt auf Neds Gesicht. Rawlins erinnerte sich daran, wie urplötzlich die Übertragung der Drohne geendet hatte.

„Stephen Rawlins?“ Die Waffe sank wieder.

„Mein Vater.“ Rawlins' linkes Knie schien zu Pudding geworden zu sein. Verdampfter Schweiß schwebte wie eine Wolke um seine Schultern. Er empfing Mullers Strahlung jetzt intensiver, so als brauche sie einige Minuten, um sich auf seine Wellenlänge einzustellen. Ned spürte jetzt Wirbel von Pein, von Traurigkeit und ein Gefühl wie von gähnenden Abgründen, die friedliche Wiesen zerrissen. „Ich habe Sie vor langer Zeit kennengelernt“, sagte Rawlins. „Sie kehrten gerade von einer Reise nach – Moment, bitte, was war es denn noch gleich, ja, Eridani 82, glaube ich – zurück und waren tiefgebräunt und windgegerbt. Ich glaube, ich war damals acht Jahre alt. Sie haben mich hochgehoben und mich in die Luft geworfen. Sie waren nicht mehr an die irdische Schwerkraft gewohnt und haben mich zu heftig hochgeworfen. Ich stieß gegen die Decke und begann zu weinen. Und Sie haben mir etwas geschenkt, damit ich mit dem Weinen aufhörte . . ., eine kleine Perle, die ständig ihre Farbe änderte . . .“

Mullers Hände hingen schlaff an den Seiten. Die Waffe war irgendwo in einer Hemdfalte verschwunden.

Zwischen zusammengepreßten Lippen sagte er: „Wie war doch gleich dein Name? Fred, Ted, Ed . . ., ja, sicher, Ed. Edward Rawlins.“

„Später hat man mich Ned genannt. Sie erinnern sich also an mich?“

„Ein wenig. An deinen Vater kann ich mich besser erinnern.“ Muller wandte sich ab und hustete. Er steckte eine Hand in die Tasche. Dann hob er den Kopf, und die untergehende Sonne glitzerte unheimlich auf seinem Gesicht und färbte es orangerot. Er machte eine rasche, abgehackte Handbewegung. „Geh fort, Ned. Sag deinen Freunden, daß ich nicht gestört werden möchte. Ich bin ein sehr kranker Mann und möchte allein sein.“

„Krank?“

„Ich leide an einer mysteriösen Krankheit, einer Art Seelenfäulnis. Paß auf, Ned, du bist ein lieber, netter Junge, und ich habe deinen Vater sehr gemocht. Aber ich möchte nicht, daß du in meiner Nähe bist. Du wirst es nämlich bereuen. Ich will dir damit keineswegs drohen, sondern nur eine Tatsache feststellen. Geh weg von mir. Geh ganz weit weg.“

„Lassen Sie sich nicht abweisen“, erklärte ihm Boardman. „Gehen Sie näher an ihn heran. So weit, bis es kaum noch auszuhalten ist.“

Rawlins trat unsicher einen Schritt vor, dachte dabei an die Waffe in Mullers Tasche und erkannte in den Augen seines Gegenübers, daß er sich nicht allzu sehr auf dessen logisches Denkvermögen verlassen durfte. Er verkürzte die Distanz um zehn Prozent. Die Wucht der negativen Strahlen schien sich dadurch zu verdoppeln.

Er sagte: „Bitte schicken Sie mich nicht fort, Mr. Muller. Ich möchte doch bloß freundlich sein. Mein Vater würde es mir nie verziehen haben, wenn er herausgefunden hätte, daß ich Sie hier überraschenderweise getroffen hätte, ohne Ihnen meine Hilfe anzubieten.“

„*Würde nicht? Herausgefunden hätte?* Was ist denn mit Ihrem Vater?“

„Er ist gestorben.“

„Wie? Wann denn und wo?“

„Vor vier Jahren, auf Rigel XXII. Er arbeitete gerade daran mit, eine Kurzstrahl-Verbindung zu errichten, mit der die Rigel-Welten untereinander verbunden werden sollten. Eines Tages kam es zu einer Störung in einem der Verstärker, und dabei polte die Spannung um. Vater hat die ganze Ladung abbekommen.“

„Großer Gott, er war noch so jung."

„In einem Monat wäre er fünfzig geworden. Wir wollten alle zum Rigel-System fliegen, um ihn dort zu besuchen und ihm zu gratulieren. Als Überraschung sozusagen. Statt dessen bin ich dann alleine hingeflogen, um seine Leiche zu überführen."

Mullers Gesicht verlor etwas von seiner Schärfe. Die Unruhe in seinen Augen ließ etwas nach. Die Lippen waren nicht mehr so zusammengepreßt. Es war ganz so, als hätte ihn das Leid eines anderen für einen Moment von seiner eigenen Pein abgelenkt.

„Gehen Sie näher an ihn heran", befahl Boardman.

Ein Schritt vor . . . als Muller das nicht zu bemerken schien, noch einen. Rawlins spürte Hitze. Keine normale, sondern eine psychische Hitze, ein Feuerhauch wie aus einem Hochofen, entstanden aus richtungslosen Emotionen. Ned zitterte vor Furcht. Er hatte nie wirklich daran geglaubt, daß das, was die Hydrier Richard Muller angetan hatten, so elementar der Wahrheit entsprach. Ned war viel zu stark im pragmatischen Geist seines Vaters erzogen worden. Wenn man etwas im Labor nicht reproduzieren konnte, dann existierte es nicht. Was sich nicht graphisch darstellen ließ, das gab es nicht. Was nicht in einem Stromkreislauf floß, besaß auch keine Existenz. Wie sollte es möglich sein, ein menschliches Wesen so zu ändern, daß es seine eigenen Emotionen ausstrahlte? Kein Schaltkreis konnte so etwas. Und dennoch spürte Rawlins die Ausläufer dieser Ausstrahlungen.

„Was tust du denn hier auf Lemnos, mein Junge?" fragte Muller.

„Ich bin Archäologe." Die Lüge wollte ihm nur mit Mühe über die Lippen. „Dies ist meine erste Felduntersuchung. Wir sind gekommen, um das Labyrinth vollständig zu kartographieren."

„Zufälligerweise ist das Labyrinth mein Heim. Ihr stört hier."

Ned stockte.

„Sagen Sie ihm, Sie hätten nicht gewußt, daß er sich hier aufhalte", flüsterte Boardman ihm zu.

„Wir hatten keine Ahnung, daß jemand hier lebt", sagte Rawlins. „Woher hätten wir auch wissen sollen . . ."

„Ihr habt Eure verdammten Roboter hereingeschickt, nicht wahr? Seit Ihr hier jemanden entdeckt habt – jemand, von dem Ihr verdammt gut wußtet, daß er keine Gesellschaft um sich haben will . . ."

„Ich verstehe nicht ganz", sagte Rawlins. „Wir nahmen an, Sie hätten hier Schiffbruch erlitten. Und da wollten wir Ihnen unsere Hilfe anbieten."

Wie leicht mir doch diese Lügen fallen, sagte er sich.

Muller warf ihm einen finsteren Blick zu. „Du weißt wirklich nicht, warum ich hier bin?"

„Ich fürchte nein."

„Wahrscheinlich weißt du das tatsächlich nicht. Du warst damals noch zu jung. Aber die anderen, ... sobald sie mein Gesicht erkannten, hätten sie es eigentlich wissen müssen. Warum haben Sie dir nichts gesagt? Euer Roboter hat mein Gesicht übertragen, nicht wahr? Ihr wußtet, wer hier ist. Und sie haben dir kein einziges Wort gesagt?"

„Ich verstehe leider immer noch nicht ..."

„Komm näher!" rief Muller barsch.

Rawlins spürte, wie er näherglitt, obwohl ihm die einzelnen Schritte nicht bewußt wurden. Plötzlich stand er Muller von Angesicht zu Angesicht gegenüber, wurde sich der massigen Gestalt des Mannes vollauf bewußt, seiner tiefgefurchten Stirn, seiner furchterregenden Augen mit dem starren Blick. Mullers riesige Hand umfaßte wie ein Schraubstock Neds Handgelenk. Rawlins schwankte. Der plötzliche Ansturm paralysierte ihn. Verzweiflung überwältigte ihn; so groß, daß sie ganze Universen verschlingen konnte. Er bemühte sich, nicht allzu sehr den weichen Knien nachzugeben.

„Jetzt geh wieder weg von mir!" rief Muller heiser. „Hau ab! Raus hier! *Raus!*"

Rawlins rührte sich nicht.

Muller stieß einen Fluch aus und rannte schweren Schritts in ein Gebäude mit niedrigen Glaswänden, deren dunkle Fenster wie blinde Augen wirkten. Die Tür verschloß sich hinter ihm. Lückenlos, ohne erkennbare Naht. Rawlins atmete tief durch und bemühte sich, sein Gleichgewicht zu bewahren. Hinter seiner Stirn hämmerte es, als versuche dort etwas, mit aller Gewalt nach draußen zu gelangen.

„Bleiben Sie, wo Sie sind", sagte Boardman. „Lassen Sie ihn erst seine verzweifelte Wut überwinden. Bis jetzt läuft alles bestens."

## *3*

Muller kauerte hinter der Tür. Der Schweiß rann ihm die Seiten herab. Ein Frösteln durchfuhr ihn. Er schlang die Arme so fest um sich, daß die Rippen zu schmerzen begannen.

So hatte er mit einem Eindringling ganz sicher nicht verfahren wollen.

Eine kurze Vorstellung vielleicht; dann der bestimmte Hinweis, daß sein Wunsch nach Zurückgezogenheit respektiert werden sollte; wollte der Störenfried danach immer noch nicht verschwinden, würde er eben mit der Kugelwaffe nachhelfen. So hatte Muller es sich vorgenommen. Aber bei dem jungen Rawlins hatte er gezögert. Er hatte sich zu lange mit ihm unterhalten, hatte zuviel erfahren. Der Sohn von Stephen Rawlins also? Hierhergeflogen mit einer Archäologengruppe? Der Junge schien von seiner Ausstrahlung kaum betroffen worden zu sein, außer wenn er sehr nahe an ihn herankam. Hatte sein Leiden im Lauf der Jahre etwas nachgelassen?

Muller kämpfte darum, wieder einen klaren Kopf zu bekommen. Warum war er so abweisend? Warum so ängstlich? Warum klammerte er sich so verzweifelt an seine Einsamkeit? Er hatte von den Erdmenschen nichts zu befürchten. Sie litten bei jedem Kontakt mit ihm, und nicht er. Verständlich, daß sie vor seiner Anwesenheit zurückschreckten. Deshalb gab es für ihn auch keinen Grund, sich so zurückzuziehen – außer auf Grund eines lähmenden Mangels an Selbstbewußtsein, der erstarrten Unbeweglichkeit, die nach neun Jahren Isolation nicht verwundern konnte. War es wirklich so weit mit ihm gekommen ..., liebte er die Einsamkeit um ihrer selbst willen? War er ein Einsiedler? Anfangs hatte er sich eingeredet, er sei nur hierher gekommen, weil er an das Wohl seiner Mitmenschen gedacht habe. Daß er seine schmerzende, seelische Häßlichkeit nicht auf sie ausströmen lassen wollte. Doch dann war der Junge gekommen, war freundlich und hilfsbereit gewesen. Warum sollte er vor ihm fliehen? Warum sollte er so dumm und grob reagieren?

Langsam erhob Muller sich wieder und öffnete die Tür. Er trat nach draußen. So rasch, wie das beim hiesigen Winter üblich war, war die Nacht hereingebrochen. Der Himmel war schwarz, und die Monde zogen flink über ihn hinweg. Der Junge stand immer noch auf dem Platz. Er wirkte etwas unschlüssig. Clotho, der größte Mond, badete ihn in seinem goldenen Licht, so daß sein lockiges Haar von innen her zu funkeln schien. Neds Gesicht war sehr blaß und wurde jetzt noch stärker von den stark hervorstehenden Wangenknochen betont. Aus seinen blauen Augen leuchtete Verblüffung, wie von jemandem, der gerade eine Ohrfeige bekommen hatte.

Muller ging vorsichtig auf ihn zu. Er wußte noch nicht recht, welche

Taktik er einschlagen sollte. Er kam sich wie eine große, halbverrostete Maschine vor, die plötzlich wieder eingeschaltet worden war, nachdem man sie so viele Jahre in einer Ecke abgestellt hatte. „Ned", sagte er. „Ned, ich, äh, ich möchte dir sagen, daß es mir leid tut. Aber du mußt verstehen, ich bin Menschen nicht mehr gewöhnt. Weiß ... nicht ... mehr umzugehen ... mit ... *Menschen.*"

„Aber das macht doch nichts, Mr. Muller. Ich kann mir vorstellen, daß es für Sie nicht immer einfach war."

„Dick. Nenn mich Dick." Muller hob die Arme und streckte sie weit aus, so als wolle er Mondstrahlen einfangen. Ihm war plötzlich furchtbar kalt. An der Wand am Rand des Platzes tanzten und hüpften die Schatten der kleinen Tiere. Muller sagte: „Ich habe meine Einsamkeit schätzen gelernt. Man kann sogar Krebs begrüßen, wenn man ihn nur in bestimmten Stimmungen von der richtigen Seite her sieht. Paß auf, eins sollte von Anfang an klar sein: Ich bin freiwillig hierhergekommen. Es war kein Schiffbruch oder sonst was in der Art. Ich habe mir den Ort im ganzen Universum ausgesucht, wo ich am wenigsten gestört werden würde. Und hier habe ich mich verkrochen. Aber dann mußtet Ihr natürlich kommen, mit Euren raffinierten Robotern, und habt einen Weg hinein gefunden."

„Wenn Sie mich nicht hier haben wollen, dann gehe ich wieder", sagte Rawlins.

„Vielleicht wäre das das beste für uns. Nein. Warte. Bleib hier. Ist es sehr schlimm, auf so geringe Distanz bei mir zu stehen?"

„Es ist nicht übermäßig gemütlich", antwortete Ned, „aber es ist auch nicht so schlimm wie ... wie ... nun, das weiß ich auch nicht. Auf diese Entfernung fühle ich mich nur ein wenig niedergeschlagen."

„Weißt du warum?" fragte Muller. „Aus der Art, wie du redest, Ned, schließe ich, daß du es weißt. Du gibst nur vor, nicht zu wissen, was mir auf Beta Hydri IV zugestoßen ist."

Rawlins lief rot an. „Nun, ich denke, daß ich wirklich ein wenig darüber weiß. Sie haben etwas an Ihrem Gehirn geändert, nicht wahr?"

„Ja, das stimmt. Was du spürst, Ned, das bin ich. Meine verfluchte Seele, die undicht geworden ist und ausläuft. Du empfängst meine Gehirnströme, direkt aus meinem Kopf. Ist das nicht einmalig? Versuch doch, noch ein wenig näher zu kommen ..., dann weißt du erst richtig Bescheid." Rawlins zögerte. „So", sagte Muller, „jetzt ist es schon stärker, nicht wahr? Jetzt ist die Dosis schon wesentlich

stärker. Nun erinnere dich daran, wie es war, als du mir direkt gegenüber gestanden hast. Das war nicht so angenehm, was? Aus einer Entfernung von zehn Metern kann man es noch ertragen. Bei einer Distanz von einem Meter ist es nicht mehr zum Aushalten. Kannst du dir vorstellen, du hältst eine Frau in den Armen, während du solchen seelischen Unrat absonderst? Man kann eine Frau nicht aus zehn Metern Entfernung lieben. Zumindest *ich* kann das nicht. Setzen wir uns, Ned. Hier ist es sicher. Ich habe überall Detektoren angebracht, die mich warnen, falls eines von den unangenehmeren Tieren aufkreuzt. Aber in dieser Zone gibt es keine Fallen. Also setz dich."
Er ließ sich auf den glatten, milchweißen Marmorboden nieder – der diesen Platz so sonderbar anheimelnd machte. Rawlins überlegte einen Augenblick, dann glitt er gewandt zu Boden und hockte sich im Schneidersitz hin. Ein Dutzend Meter von Muller entfernt.

„Wie alt bis du, Ned?" fragte Muller.

„Dreiundzwanzig."

„Verheiratet?"

Ein scheues Lächeln. „Leider nein."

„Eine Freundin?"

„Es gab eine. Wir hatten eine Art Verlobungs-Kontrakt, haben ihn aber wieder aufgelöst, als ich diesen Job hier annahm."

„Ach. Nehmen Frauen an dieser Expedition teil?"

„Nein, wir haben nur Mädchenwürfel", sagte Rawlins.

„Die sind aber lange nicht so gut, was, Ned?"

„Hmmm. Wir hätten ja einige Frauen mitbringen können, aber . . ."

„Was aber?"

„Die Gefahren erschienen uns zu groß. Das Labyrinth . . ."

„Wie viele Männer habt Ihr denn bislang verloren?"

„Fünf, glaube ich. Ich wüßte gern mehr über die Wesen, die eine solche Anlage erbaut haben. Dahinter stecken gut fünfhundert Jahre Planung, um sie mit derart teuflischen Todesfallen zu spicken."

„Das reicht noch nicht", sagte Muller. „Ich denke mir, es handelt sich bei diesem Irrgarten um das größte Werk, um den Triumph jener Rasse. Sie müssen sehr stolz auf eine solche Todesanlage gewesen sein. In ihr war die gesamte Essenz ihrer Philosophie vereint: Töte alles Fremde."

„Ist das Spekulation, oder haben Sie irgendwelche Hinweise auf ihre Kultur oder ihr Geistesleben gefunden?"

„Der einzige Hinweis auf ihre Denkweise ist das, was uns hier umgibt. Aber ich darf mich wohl als Experten in Fragen der außerirdischen Psychologie ansehen, Ned. Ich weiß darüber mehr als jeder andere Mensch. Denn ich bin der einzige gewesen, der jemals bei einer außerirdischen Rasse gewesen ist. Töte das Fremde, ... das ist das Gesetz des Universums. Und wenn du es schon nicht gleich umbringst, dann verpaß' ihm wenigstens eine gehörige Abreibung."

„Wir sind nicht so", sagte Rawlins. „Wir sind nicht instinktiv feindlich eingestellt gegen ..."

„Quatsch."

„Aber ..."

„Wenn ein fremdes Raumschiff jemals auf einer unserer Welten landen sollte, dann würden wir es sofort unter Quarantäne stellen, die Besatzung gefangen nehmen und sie solange ausquetschen, bis sie zu Tode gekommen wäre. Was immer wir auch an guten Manieren heutzutage aufweisen mögen, sie sind aus unserer Dekadenz und Selbstgefälligkeit erwachsen. Wir bilden uns ein, wir seien zu nobel, um Fremde zu hassen, aber unsere Höflichkeit heißt in Wahrheit Vogel-Strauß-Politik. Man braucht doch nur einmal an die Zeit der Entdeckung der Hydrier zu denken. Eine nicht zu übersehende Minderheit innerhalb unserer Regierung trat offen dafür ein, innerhalb der Wolkenschicht von Beta Hydri IV ein paar Bomben hochgehen zu lassen. Den Fremden sozusagen eine Extrasonne zu bescheren, ... *statt* zuerst einen Emissär zu ihnen zu schicken, der sich dort umsehen könnte."

„Nein!"

„Doch. Sie wurden überstimmt. Man schickte einen Emissär aus, und die Hydrier haben ihn kaputtgemacht – mich." Plötzlich schien Muller eine Idee gekommen zu sein. Entsetzt fragte er: „Welche Beziehungen haben sich in den letzten neun Jahren zwischen uns und den Hydriern entwickelt? Ist es zu weiteren Kontakten gekommen? Hat es Krieg gegeben?"

„Nichts davon", sagte Rawlins. „Nichts. Wir haben Beta Hydri nicht wieder betreten."

„Sagst du mir auch die Wahrheit? Oder haben wir die Hundesöhne ausgelöscht? Gott im Himmel weiß, daß mir das nichts ausmachen würde, obwohl es nicht ihre Schuld war, daß sie mir das hier angetan haben. Sie haben sich nur gemäß der Norm der überall verbreiteten Fremdenfeindlichkeit verhalten. Ned, sag mir bitte ganz ehrlich, hat es einen Krieg mit ihnen gegeben?"

„Nein, das schwöre ich.“

Die Spannung trat aus Mullers Zügen. Nach einem Moment des Schweigens sagte er: „Also gut. Ich will dich nicht danach fragen, was sich in der Zwischenzeit alles ergeben und entwickelt hat. Denn das interessiert mich wirklich einen Scheißdreck. Wie lange wollt Ihr denn auf Lemnos bleiben?“

„Darüber haben wir noch nicht genau entschieden. Wahrscheinlich ein paar Wochen. Wir haben ja noch gar nicht richtig damit begonnen, das Labyrinth zu vermessen. Und dann gibt es ja auch noch die umliegenden Gebiete. Wir wollen die Arbeit früherer Expeditionen überprüfen und davon ausgehen . . .“

„Also wollt Ihr eine Weile hierbleiben. Wollen die anderen auch zu mir ins Zentrum kommen?“

Rawlins befeuchtete seine Lippen. „Sie haben mich vorausgeschickt, um mit Ihnen die nötigen Kontakte aufzunehmen. Aber diesbezügliche Pläne haben wir noch nicht. Das hängt alles von Ihnen ab. Wir wollen uns Ihnen nicht aufdrängen. Wenn Sie also nicht wollen, daß wir hier vor Ihrer Nase arbeiten . . .“

„Ganz genau, das will ich nicht“, erklärte Muller barsch. „Sag das deinen Freunden. In fünfzig oder sechzig Jahren bin ich tot, dann können sie hier so viel herumschnüffeln wie sie wollen. Aber solange ich lebe, möchte ich nicht, daß sie mich belästigen. Sollen sie ruhig in den vier oder fünf äußeren Zonen arbeiten. Aber wenn einer von ihnen seinen Fuß in A, B oder C setzt, bringe ich ihn um. Ich habe die Möglichkeiten dazu, Ned.“

„Was ist mit mir? Bin ich willkommen?“

„Gelegentlich. Ich kann meine Stimmungen nicht vorhersagen. Wenn du mit mir reden möchtest, dann komm her und warte ab. Und wenn ich dir erkläre, du sollst dich zur Hölle scheren, dann tust du das auch. Verstanden, Ned?“

Rawlins grinste freundlich. „Klar, verstanden.“ Er stand auf. Muller, dem es nicht behagte, zu dem Jungen aufzusehen, erhob sich ebenfalls. Rawlins trat ein paar Schritte auf ihn zu.

„Was hast du vor?“ fragte Muller.

„Mir paßt es nicht, über so eine Entfernung mit Ihnen zu reden, wo ich brüllen muß. Ich kann Ihnen doch ruhig noch etwas näher kommen, nicht wahr?“

Mit neu erwachtem Mißtrauen erwiderte Muller: „Du bist doch nicht etwa so eine Art Masochist?“

„Da muß ich leider passen. Nein.“

„Nun, ich bin andererseits auch kein Sadist. Ich möchte nicht, daß du allzu nah an mich herantrittst.“

„So schlimm ist es wirklich nicht, Dick.“

„Du lügst. Dir behagt es genauso wenig wie allen anderen auch. Ich bin für die anderen wie ein Pestkranker, mein Junge. Und wenn du eine perverse Neigung zur Pest hast, dann tut es mir für dich leid. Komm mir nicht näher. Es behagt mir gar nicht, wenn ich sehe, wie andere durch meine Schuld leiden müssen.“

Rawlins blieb stehen. „Wie Sie wollen. Also, um das einmal klarzustellen, Dick, ich möchte Ihnen keine Unannehmlichkeiten bereiten. Ich versuche nur, höflich, freundlich und zuvorkommend zu sein. Wenn ich Ihnen damit auf die eine oder andere Weise Unbehagen bereite, ... nun, dann brauchen Sie mir das nur zu sagen, und ich höre damit auf. Es freut mich weder, noch nützt es mir etwas, wenn ich Ihnen auf die Nerven gehe.“

„Sag mal, mein Junge, was willst du eigentlich wirklich von mir?“

„Nichts.“

„Warum läßt du mich dann nicht allein?“

„Sie sind ein menschliches Wesen und waren hier so lange ganz allein. Da ist es doch nur selbstverständlich, wenn ich Ihnen meine Gesellschaft anbiete. Oder hört sich das für Sie so eigentümlich an?“

Muller zuckte die Achseln. „Ich fürchte, ich bin kein guter Gesellschafter. Vielleicht solltest du deine ganze christlich reine Barmherzigkeit wieder einpacken und verschwinden. Es gibt keine Möglichkeit, wie du mir helfen kannst, Ned. Du bist höchstens fähig, mir Schmerz zuzufügen, ... indem du mich an all das erinnerst, was ich nicht mehr haben kann oder weiß.“ Muller wandte sich ab und sah an dem jungen Mann vorbei auf die Schattenfiguren, die an den Wänden entlanghüpften. Er verspürte Hunger. Dies war die Stunde, in der er sich immer sein Abendessen jagte. Hart sagte er: „Mein Sohn, ich glaube, meine Geduld ist allmählich erschöpft. Es wird Zeit für dich zu gehen.“

„In Ordnung. Darf ich denn morgen wiederkommen?“

„Vielleicht. Wir werden sehen.“

Der Junge lächelte freundlich. „Vielen Dank, daß ich mit Ihnen reden durfte, Dick. Ich komme wieder.“

# 4

Im schwachen und veränderlichen Licht des Mondes suchte sich Rawlins einen Weg aus Zone A. Die Stimme des Schiffscomputers in seinem Ohr führte ihn den Weg zurück, den er gekommen war. Hin und wieder, an Stellen, wo keine Gefahr drohte, schaltete Boardman sich ein. „Sie hatten einen ausgezeichneten Start“, erklärte er. „Wir können es als Pluspunkt buchen, daß er Sie überhaupt akzeptiert hat. Wie fühlen Sie sich?“

„Beschissen, Charles.“

„Weil Sie so nahe an ihn herantreten mußten?“

„Weil ich etwas so Schmutziges tun mußte.“

„Jetzt aber Schluß damit, Ned. Wenn ich Sie jedes Mal moralisch wieder aufrichten muß, sobald Sie von einem Trip ins Zentrum zurückkehren . . .“

„Ich tue das, was von mir verlangt wird“, sagte Rawlins. ,,Aber deshalb muß ich meine Arbeit noch nicht mögen.“ Er bewegte sich vorsichtig an einem Katapultsteinblock vorbei, der ihn in einen Abgrund schleudern konnte, falls er die Kontaktstelle zu sehr mit seinem Gewicht belastete. Ein kleines, gefährlich aussehendes Tier fletschte die Zähne, als er an ihm vorbeikam. Nachdem er das Katapult hinter sich hatte, stieß er an passender Stelle gegen eine Wand und gewann so Zutritt zu Zone B. Er sah zum Sims hinauf und entdeckte dort in einer Nische den Schlitz der visuellen Überwachungsanlage des Labyrinths. Er lächelte, für den Fall, daß Muller seinen Rückzug am Monitor verfolgte.

Er begriff jetzt, warum Muller sich dafür entschieden hatte, sich wie ein moderner Robinson hier einzurichten. Unter ähnlichen Umständen hätte er wahrscheinlich das gleiche getan. Oder etwas noch Verrückteres. Muller schleppte, dank der Hydrier, eine seelische Verformung in einer Zeit mit sich herum, wo Deformationen als unfein galten. Es war fast ein ästhetisches Verbrechen, sich mit einem fehlenden Glied, nur einem Auge oder ohne Nase in der Öffentlichkeit zu zeigen. Diese Verstümmelungen konnten leicht behoben werden. Und jeder schuldete es einfach seinen Mitmenschen, körperliche Gebrechen tilgen zu lassen. Die Gesellschaft mit seinen Gebrechen zu konfrontieren, galt eindeutig als asozialer Akt.

Aber kein noch so begabter Chirurg konnte Mullers Leiden durch eine Operation beheben. Das einzige Mittel dagegen war ein Rückzug aus der Gesellschaft. Eine schwächere Persönlichkeit hätte sich für den Freitod entschieden. Muller hatte das Exil gewählt.

Rawlins war noch immer völlig durcheinander. Die volle Wucht von Mullers Ausstrahlung hatte ihn verwirrt. Einige Sekunden lang hatte er eine formlose, inkohärente Ausstrahlung von ungefilterten Emotionen empfangen. Mullers Innerstes hatte sich unfreiwillig und stumm ergossen. Der Empfang solch unkontrollierter Intimität löste Schmerz und Niedergeschlagenheit aus.

Die Hydrier hatten Muller nicht im eigentlichen Sinn zu einem Telepathen umgewandelt. Muller konnte nicht in den Gedanken anderer lesen oder seine Gedanken anderen übermitteln. Er sandte nur einen Strom seines innersten Ichs aus: einen Strudel unverdünnter Verzweiflung, einen Fluß aus Bedauern und Leid, einen Strom aus fauligem Seelenschlamm. Er konnte solche Ergüsse einfach nicht zurückhalten. In diesem scheinbar ewig währenden Augenblick war Rawlins in jenem Meer gebadet worden. In den anderen Momenten hatte er nur vage und unspezifizierte Traurigkeit empfangen.

Er konnte seine eigenen ursprünglichen Empfindungen in diesem ungehemmten Ausfluß erkennen. Mullers Schmerzen waren nicht einzigartig oder individuell. Er verströmte lediglich die Erkenntnis von den Nöten, die das Universum für seine Bewohner bereithielt. In jenem Augenblick hatte Rawlins gespürt, daß ihm jeder Mißklang der Schöpfung vertraut war: verpaßte Gelegenheiten, enttäuschte Liebe, häßliche Worte, Leiden in unverschuldeter Not, Mangel, Gier, Lüste, den bohrenden Neid, die Bitterkeit der Frustration, den schmerzenden Zahn der Zeit, den Tod aller kleinen Insekten im Winter, die Tränen aller Lebewesen. Er hatte Alter, Verlust, Impotenz, Wut, Hilflosigkeit, Einsamkeit, Öde, Selbstverachtung und Wahnsinn erfahren. Ein stummer Aufschrei kosmischen Zorns.

Sind wir alle so? fragte er sich. Kommt aus mir der gleiche Strom, von Boardman, von meiner Mutter und von dem Mädchen, das ich einmal geliebt habe? Geht jeder von uns umher wie ein taubstummer Blinder, eingeschlossen in die eigene Qual und unfähig, das Leid des Nächsten wahrzunehmen?

Ist er allein sehend geworden?

„Wachen Sie auf," sagte Boardman. „Hören Sie auf zu grübeln, und achten Sie lieber auf die Fallen. Sie befinden sich kurz vor Zone C."

„Charles, was haben Sie empfunden, als Sie zum ersten Mal in die Nähe von Muller gekommen sind?"

„Darüber reden wir später noch.“ „Kam es Ihnen auch so vor, als hätten Sie zum ersten Mal erfahren, wie es um die Menschen bestellt ist?“

„Ich sagte doch bereits, darüber reden wir . . .“

„Lassen Sie mich aussprechen, was ich erklären will, Charles. Im Augenblick befinde ich mich hier in keiner Gefahr. Ich habe eben einen Blick in die Seele eines Menschen tun können, und ich bin noch ganz verwirrt davon. Aber, Charles, das müssen Sie mir glauben, er ist nicht so. Er ist ein *guter* Mensch. Seine Ausstrahlung ist bloß Schall, ist Abfall. Es ist eine Art Dreck oder Schlamm, aus dem man nichts Wirkliches über Dick Muller erfährt. Es sind Geräusche, die eigentlich gar nicht für unsere Ohren bestimmt sind. Und die einzelnen Töne wollen überhaupt nicht zueinander passen – genauso, als wenn man über einen voll aufgedrehten Empfänger die Geräusche des Kosmos einfangen will, da hört man auch nur das Knistern des Spektrums, nicht wahr, und einige der wunderschönsten Sterne geben die entsetzlichsten Geräusche von sich. Doch diese Töne sind nur das, was der Empfänger aus ihnen macht. Sie haben nichts mit den wahren Werten des Sterns zu tun, sondern, sondern . . .“

*„Ned!“*

„Tut mir leid, Charles.“

„Kommen Sie unverzüglich ins Camp. Wir stimmen Ihnen da alle zu, daß Richard Muller ein feiner Kerl ist. Deshalb wollen wir ihn ja auch, mehr noch, wir brauchen ihn. Und Sie brauchen wir auch. Halten Sie also die Klappe und passen Sie auf, wo Sie hintreten. Vorsichtig jetzt. Sachte. Ruhig. Ruhig. Was ist das für ein Tier dort, zu ihrer Linken? Jetzt schnell, Ned. Nur die Ruhe bewahren. Das ist der richtige Weg, mein Sohn. Sachte. Ja.“

# Acht

Als sie sich am nächsten Morgen wiedersahen, war es für beide schon wesentlich einfacher. Rawlins hatte ausgezeichnet unter der Schlafanlage geruht. Er war wieder ins Zentrum des Labyrinths gegangen und hatte Muller am Rande des großen Platzes angetroffen. Er lehnte an einer hohen und dunklen Metallsäule mit abgeflachten Seiten.

„Was hältst du davon?“ fragte Muller zwanglos freundlich, als Ned näherkam. „Acht Stück gibt es davon, eine an jeder Ecke. Ich beobachte sie schon seit Jahren. Sie drehen sich. Sieh her.“ Muller zeigte auf einen der Pfeiler. Rawlins trat näher. Als er zehn Meter entfernt war, empfing er Mullers Ausstrahlung. Trotzdem zwang er sich, noch weiter zu gehen. Gestern war er Dick nicht so nahe gewesen, bis auf den einen Moment, als Muller ihn gepackt und an sich gezogen hatte.

„Siehst du das?“ fragte Muller und tippte mit dem Finger auf die Säule.

„Ein Zeichen.“

„Ich habe fast sechs Monate gebraucht, um es einzuritzen. Ich habe dazu ein Stück Silber aus dem kristallinen Erker von der Wand dort drüben verwendet. Jeden Tag habe ich ein bis zwei Stunden gefeilt und gekratzt, bis ein sichtbarer Strich auf dem Metall zu erkennen war. Danach habe ich ihn beobachtet. Im Verlauf eines Planetenjahres dreht der Pfeiler sich einmal um sich selbst. Das beweist, die Säulen bewegen sich. Man kann es zwar nicht mit dem Auge verfolgen, aber sie tun es. Ich halte sie für eine Art Kalender.“

„Haben Sie ... kannst du ... hast du jemals ...?“

„Was du da erzählst, mein Junge, ergibt nicht viel Sinn.“

„Tut mir leid“, antwortete Rawlins. Er bemühte sich angestrengt, sich nichts von der furchtbaren Ausstrahlung Mullers anmerken zu lassen. Ihm wurde heiß, und er fühlte sich völlig durcheinander. Auf fünf Meter war die Wirkung nicht so betäubend. Ned blieb stehen, riß sich zusammen und sagte sich, daß seine Toleranzschwelle allmählich stieg.

„Was wolltest du gerade sagen?“

„Ist das der einzige Pfeiler, den du kontrolliert hast?“

„Ich habe auch an ein paar anderen geritzt und bin zu der Überzeugung gelangt, daß sie sich alle drehen. Aber den Mechanismus dafür konnte ich noch nicht finden. Weißt du, irgendwo unter dieser Stadt gibt es ein phantastisches Gehirn. Es ist bereits Millionen Jahre alt, funktioniert aber immer noch. Vielleicht handelt es sich dabei um eine Art Flüssigmetall, in dem Kognitionselemente treiben. Auf jeden Fall dreht es diese Pfeiler, hält die Wasserversorgung in Gang und läßt regelmäßig die Straßen säubern.“

„Und es bedient die Fallen.“

„Ja, es bedient auch die Fallen“, bestätigte Muller. „Aber bislang ist es mir noch nicht gelungen, auch nur die kleinste Spur von ihm zu finden. Hier und da habe ich ein Loch in die Erde gegraben, aber wie tief ich auch grub, ich stieß auf nichts anderes als Erdreich. Vielleicht werdet ihr verdammten Archäologen das Gehirn der Stadt finden, was? Habt Ihr schon irgendwelche Hinweise?“

„Nicht, daß ich wüßte“, sagte Rawlins.

„Du weißt nicht besonders gut Bescheid, was?“

„Ja, aber ich habe auch noch an keinem Projekt in der Stadt teilgenommen.“ Rawlins lächelte schüchtern. Das kurze Zucken in seinem Gesicht störte ihn und brachte ihm eine Rüge von Boardman ein. Charles erklärte ihm, daß schüchternes Lächeln immer eine anstehende Lüge einleitete und das Muller nicht lange verborgen bleiben konnte. Rawlins sagte dann: „Die meiste Zeit war ich außerhalb der Stadt und habe die Eintrittsoperationen geleitet. Als ich dann endlich selbst das Labyrinth betrat, bin ich gleich bis hierher vorgestoßen. Daher weiß ich nicht, was die anderen inzwischen entdeckt haben.“

„Haben sie vor, die Straßen aufzureißen?“ wollte Muller wissen.

„Das glaube ich kaum. Heutzutage graben und buddeln wir nicht mehr so viel. Wir arbeiten lieber mit Scannern, Sensoren und Echolot.“ Beeindruckt von seiner eigenen Improvisationsgabe fuhr er munter fort: „Früher ging die Archäologie natürlich sehr destruktiv vor. Um herauszufinden, was sich unter einer Pyramide befand, mußte sie zuerst auseinandergenommen werden. Aber heute können wir mit Sonden zu denselben Ergebnissen kommen. Das ist ein ganz neues Forschungsgebiet, weißt du, in den Boden zu gucken, ohne ein Loch gegraben zu haben, und so die Monumente aus der Vergangeheit zu erhalten . . .“

„Auf einem der Planeten von Epsilon Indi hat vor etwa fünfzehn Jahren ein Archäologenteam einen antiken außerirdischen Grabpavillon vollständig abgetragen“, erklärte Muller. „Und danach war es ihnen unmöglich, die Anlage wieder zusammenzusetzen, weil sie das strukturelle Gefüge einfach nicht verstehen konnten. Als sie es dennoch versuchten, fiel alles auseinander, und die ganze Anlage war für immer verloren. Einige Monate später habe ich die Ruinen zufällig mit eigenen Augen sehen können. Aber dir ist dieser Fall sicher bekannt.“

Rawlins hatte noch nie davon gehört. Errötend sagte er: „Nun, in jeder Disziplin gibt es immer wieder Pfuscher und Scharlatane ...“

„Ich hoffe, von denen habt Ihr keine mitgebracht. Ich möchte nicht, daß das Labyrinth beschädigt wird. Aber dazu werdet ihr sowieso kaum Gelegenheit haben. Es kann sich nämlich recht gut verteidigen.“ Muller marschierte lässig von dem Pfeiler weg. Rawlins atmete heimlich auf, als die Distanz zwischen ihnen größer wurde, aber Boardman drängte ihn zu folgen. Die Taktik zur Eindämmung von Mullers Mißtrauen sah auch vor, ihm freiwillig zu folgen und sich ohne eigene Schonung seiner Strahlung auszusetzen. Muller drehte sich nicht um, als er, mehr zu sich selbst, sagte: „Die Käfige sind wieder geschlossen.“

„Käfige?“

„Sieh dorthin ... auf die Straße, die vom Platz ausgeht.“

Rawlins entdeckte einen Alkoven vor einer Gebäudewand. Aus dem Boden ragten ein Dutzend oder mehr nach oben gebogener Streben aus weißem Gestein. In einer Höhe von etwa vier Metern verschwanden sie in der Wand und bildeten so eine Art Käfig. Weiter oben auf der Straße konnte Ned einen zweiten solchen Käfig ausmachen.

„Es gibt etwa zwanzig von ihnen“, sagte Muller. „Sie sind symmetrisch auf den Straßen rund um den Platz angeordnet. Seit ich hier bin, haben sie sich dreimal geöffnet. Dann sind diese Streben in die Straße zurückgeglitten. Das letzte Mal vor zwei Nächten. Ich habe noch nie miterlebt, wie die Käfige sich geöffnet oder geschlossen haben. Und jetzt habe ich es schon wieder verpaßt.“

„Was, glaubst du, war der Zweck dieser Käfige?“ fragte Rawlins.

„Gefährliche Tiere festzuhalten. Oder Gefangene einzusperren. Wofür sollte man einen Käfig sonst benutzen?“

„Aber wenn sie sich immer noch öffnen ...“

„Die Stadt ist immer noch darum bemüht, ihren Bewohnern zu dienen. Und in den Außenzonen befinden sich Feinde. Diese Käfige stehen für den Fall bereit, daß einer dieser Feinde gefangen wird, oder mehrere."

„Du meinst uns?"

„Ja, Feinde." Paranoide Wut glitzerte plötzlich in Mullers Augen auf. Es war erschreckend, wie rasch er von einem ganz normalen Gespräch in kalten Haß überwechseln konnte. „*Homo sapiens*. Das gefährlichste, erbarmungsloseste und verachtungswürdigste Tier im ganzen Universum."

„Du sagst das so, als würdest du daran glauben."

„Das tue ich auch."

„Na, hör mal", sagte Rawlins. „Früher hast du dein Leben dem Dienst an der Menschheit gewidmet. Da kannst du doch nicht einfach behaupten . . ."

„Ich", sagte Muller langsam, „ich habe mein Leben dem Dienst an Richard Muller gewidmet." Er drehte sich um und sah Rawlins direkt ins Gesicht. Sie standen nur sechs bis sieben Meter auseinander. Die Ausstrahlung kam Ned so stark vor, als befände er sich direkt vor Mullers Nase. „Es war anders, als du es dir vielleicht vorgestellt hast, mein Junge", sagte Muller. „Ich habe mir nicht so viel aus der Menschheit gemacht. Ich habe jedoch die Sterne gesehen, und dort wollte ich hin. Ich trachtete danach, ein Gott zu werden. Eine Welt genügte mir nicht. Ich wollte alle. Also habe ich eine Karriere eingeschlagen, die mich zu den Sternen bringen würde. Tausend Mal habe ich mein Leben riskiert. Ich habe unglaubliche Temperaturextreme durchgestanden, mir die Lungen mit höchst seltsamen Gasen versengt und mußte schließlich von innen her wieder ganz neu zusammengebaut werden. Ich habe Nahrung zu mir genommen, deren bloße Erwähnung dich schon würgen lassen würde. Kinder wie du haben mich verehrt, haben Poster von mir an die Wand gehängt und Hausarbeiten über meinen selbstlosen Einsatz für die Menschheit, über meinen unermüdlichen Wissensdurst geschrieben. Aber darüber will ich dir einmal die Augen öffnen: Ich bin wahrscheinlich so selbstlos gewesen wie Kolumbus, Magellan oder Marco Polo. Sie waren große und bedeutende Entdecker, ganz ohne Frage, aber sie suchten auch und vor allem nach hübschen Profiten. Der Profit, nach dem ich strebte, kam aus dem Herzen: Ich wollte ein Riesendenkmal, hundert Kilometer hoch. Ich wollte auf tausend Welten goldene

Standbilder von mir. Kennst du dich in der Weltlyrik aus? Ruhm ist der Stachel, ist der Antrieb. Das endgültige Gebrechen eines jeden aufrechten Charakters. Von Milton. Kennst du auch die alten Griechen? Wenn ein Mann sich zu weit nach oben streckt, stoßen ihn die Götter hinab. Das nennt man *Hybris*. Und bei mir war es ein besonders schwerer Fall von *Hybris*. Als ich durch die Wolken zu den Hydriern hinabfloß, kam ich mir vor wie ein Gott. Herr im Himmel, ich *war* ein Gott. Und auch noch, als ich durch die Wolken wieder aufstieg. Für die Hydrier bin ich ganz sicher ein Gott gewesen. Zumindest habe ich das damals gedacht: Ich bin Bestandteil ihrer Mythen, man wird ewig von mir erzählen. Vom Gott, der verstümmelt war. Vom Gott, der Marter und Pein auf sich genommen hat. Das Wesen, das zu ihnen herabstieg und in dessen Nähe sie sich so unbehaglich fühlten, daß sie es ummodeln mußten. Aber ...“

„Der Käfig ...“

„Laß mich ausreden!“ platzte es aus Muller heraus. „Weißt du, ich bin gar kein Gott gewesen, sondern nur ein elendes, sterbliches menschliches Wesen, das sich der Verblendung hingab, gottgleich zu sein. Das ist die bittere Wahrheit. Und die echten Götter haben dafür gesorgt, daß ich meine Lektionen erhielt. Sie beschlossen, mich an den behaarten Affen zu erinnern, der unter dem Plastikanzug steckte. Um meinen Verstand bei seinen luftigen Höhenflügen an das tierische Gehirn zu erinnern, dem er entsprang. Also haben die Götter es so eingerichtet, daß die Hydrier etwas Seltsames mit meinem Kopf angestellt haben, eine ihrer Spezialitäten wahrscheinlich. Ich kann nicht einmal sagen, ob sie bloß aus einer Laune heraus bösartig waren oder ob sie ehrlich darum bemüht waren, mich von meinem Defekt zu befreien ... von meiner Unfähigkeit, ihnen meine Gefühle offen zu zeigen. Aliens. Wer will schon wissen, was sie sich wirklich dabei gedacht haben. Fest steht nur, sie haben mich behandelt. Und dann kam ich zur Erde zurück. Held und Aussätziger in einem. Stell dich zu mir, und dir wird speiübel. Und warum? Weil mein Leiden dich daran erinnert, daß auch *du* nicht mehr als ein Tier bist. Von dieser Erinnerung bekommst du bei mir eine volle Dosis ab. Und so bewegen wir uns in diesem endlosen Feedback wie in einem Teufelskreis. Du haßt mich, weil du unangenehme Dinge aus deiner Seele über dich erfährst, sobald du mir zu nahe kommst. Und ich hasse dich, weil du ständig darum bemüht bist, von mir Abstand zu halten. In Wahrheit bin ich nämlich Träger einer Pest geworden, und diese Pest heißt

Wahrheit. Meine Botschaft heißt: Die Menschheit kann sich glücklich preisen, daß alle ihre Gefühle im Schädel eingeschlossen sind. Denn wenn wir nur die Spur einer telepathischen Begabung besäßen, sei es auch nur so etwas Verwischtes, Sprachloses, wie ich es mit mir herumtrage, könnten wir einander nicht mehr ertragen. Eine menschliche Gesellschaft wäre ein Ding der Unmöglichkeit. Die Hydrier können untereinander in ihren Köpfen lesen. Ihnen scheint es nichts auszumachen, im Gegenteil. Aber wir können das nicht. Aus diesem Grund behaupte ich auch, der Mensch ist das verachtungswürdigste Tier im ganzen Universum. Er kann nicht einmal den Geruch seiner eigenen Art ertragen, wenn zwei Seelen zusammenkommen!"

„Der Käfig scheint sich zu öffnen", sagte Rawlins.

„Was? Wo?" Muller lief an ihm vorbei. Da Rawlins nicht rasch genug beiseite treten konnte, traf ihn der Anprall der Ausstrahlung wie ein Keulenschlag. Dieses Mal war es nicht mehr ganz so schmerzhaft. Ned empfing Bilder vom Herbst: verwelkte Blätter, sterbende Blumen, staubige Winde, frühe Abenddämmerung. Mehr ein Bedauern als Seelenangst über die Kürze des Lebens, die Notwendigkeit der Einsicht. Mittlerweile starrte Muller ganz in Gedanken versunken auf die alabasterfarbenen Streben des Käfigs.

„Sie haben sich bereits einige Zentimeter zurückgezogen. Warum hast du nicht sofort Bescheid gesagt?"

„Ich habe es versucht, aber du hast nicht zugehört."

„Ja, ja, mein verdammter Hang zu Monologen." Muller kicherte. „Ned, ich warte seit Jahren darauf, das zu sehen. Der Käfig in Aktion! Sieh nur, wie elegant sie sich bewegen und in den Boden gleiten. Merkwürdig, Ned, nie zuvor haben sie sich zweimal im gleichen Jahr geöffnet. Und jetzt zum zweiten Mal innerhalb einer Woche."

„Vielleicht hast du die anderen Male ganz einfach verpaßt", meinte Rawlins. „Möglicherweise hast du gerade geschlafen, als ..."

„Das bezweifle ich. Sieh dir das an!"

„Warum, meinst du, werden sie gerade jetzt zurückgezogen?"

„Feinde sind in der Nähe", sagte Muller. „Die Stadt hat mich mittlerweile als Bewohner anerkannt. Ich wohne auch schon lange genug hier. Sie versucht sicher, dich in den Käfig zu bekommen. Dich, den Feind, den Menschen."

Inzwischen waren die Streben völlig in der Erde versunken. Nichts wies mehr auf ihre Existenz hin, bis auf eine Reihe von kleinen Öffnungen im Straßenbelag.

„Hast du jemals versucht, etwas in den Käfig zu legen?“ fragte Ned. „Tiere zum Beispiel?“

„Ja, ich habe einmal ein besonders großes Raubtier hineinbefördert. Aber es geschah überhaupt nichts. Dann habe ich einige kleinere Tiere lebend hineingesetzt. Wieder nichts.“ Er runzelte die Stirn. „Ich habe sogar einmal daran gedacht, selbst in den Käfig zu gehen, um festzustellen, ob er sich etwa automatisch schließt, wenn ein lebendiger Mensch sich in ihm befindet. Aber ich habe es doch nicht getan. Wenn man ganz allein auf sich gestellt ist, hütet man sich vor solchen Experimenten.“ Er hielt einen kurzen Augenblick inne. „Was würdest *du* davon halten, mir jetzt gleich bei einem kleinen Test auszuhelfen, was, Ned?“

Rawlins hielt den Atem an. Die dünne Luft schien plötzlich wie Feuer in seinen Lungen zu brennen.

Ruhig sagte Muller: „Tritt einfach hinein und warte so ungefähr eine Minute. Dann werden wir sehen, ob der Käfig sich bei dir schließt. Das wäre doch wichtig zu wissen.“

„Und wenn er es tut“, bemerkte Rawlins, der Mullers Worte nicht allzu ernst nahm, „hast du dann einen Schlüssel, um mich wieder herauszulassen?“

„Ich besitze einige Waffen. Ich kann dich immer herausholen, selbst wenn ich dabei die Streben zerstrahlen muß.“

„Das wäre destruktiv. Du hast mich doch davor gewarnt, hier irgend etwas zu zerstoren.“

„Manchmal muß man etwas zerstören, um was daraus zu lernen. Laß dich nicht aufhalten, Ned. Tritt in den Käfig.“

Mullers Stimme klang hart und merkwürdig. Halb gebückt stand er in einer merkwürdigen Erwartungshaltung da: die Arme leicht gebeugt an die Hüften gestemmt, die Finger nach innen an die Oberschenkel gepreßt. Er sieht aus, als wollte er mich gleich höchstpersönlich in den Käfig werfen, dachte Rawlins.

Leise ertönte Boardmans Stimme in Neds Ohr: „Tun Sie, was er sagt, Ned. Gehen Sie in den Käfig und beweisen ihm damit, daß Sie ihm vertrauen.“

*Ihm* vertraue ich ja, sagte sich Rawlins, nur bei dem Käfig habe ich so meine Bedenken.

Beängstigende Bilder drängten sich in sein Bewußtsein: wie der Boden des Gefängnisses sich öffnete, sobald die Streben hochgeschwebt waren; wie er in einen unterirdischen Säurebottich oder

Feuersee stürzte. Die Hinrichtungsgrube für gefangene Feinde. Welche Sicherheit besitze ich eigentlich, daß es nicht so ablaufen wird?

„Tun Sie's, Ned“, flüsterte Boardman.

Es war eine einmalige, verrückte Angelegenheit. Rawlins überquerte die Reihe der kleinen Öffnungen im Straßenbelag und stellte sich dann mit dem Rücken an die Wand. Unverzüglich stiegen die Streben aus dem Boden, bis sie nahtlos oben über seinem Kopf anschlossen. Der Boden schien fest zu sein. Keine Todesstrahlen schossen auf ihn zu. Seine schlimmsten Befürchtungen bewahrheiteten sich nicht. Aber er war jetzt gefangen.

„Faszinierend“, entfuhr es Muller. „Es muß auf Intelligenz abgestimmt sein. Als ich es mit Tieren versuchte, ist nichts geschehen, egal ob sie tot waren oder noch lebten. Was hältst du denn davon, Ned?“

„Ich bin glücklich darüber, daß ich dir bei deinen Forschungen so behilflich sein konnte. Aber ich wäre noch glücklicher, wenn du mich nun wieder hinauslassen würdest.“

„Ich kann den Mechanismus der Streben nicht kontrollieren.“

„Aber du hast doch gesagt, du wolltest sie zerstrahlen.“

„Warum denn gleich mit dem Schlimmsten beginnen? Laß uns lieber noch etwas abwarten, ja? Vielleicht öffnen sich die Streben wieder von ganz allein. Da drinnen bist du doch wirklich sicher. Wenn du Hunger hast, bringe ich dir etwas zu essen. Werden deine Leute dich vermissen, wenn du bei Einbruch der Dunkelheit nicht wieder zurück bist?“

„Ich sende ihnen eine Nachricht“, sagte Ned mißmutig. „Obwohl ich hoffe, bis dahin wieder frei zu sein.“

„Bleib ruhig, mein Junge“, riet ihm Boardman. „Wenn es sich als notwendig erweisen sollte, können auch wir Sie dort befreien. Es ist sehr wichtig, Muller bei Laune zu halten und auf ihn einzugehen, bis Sie ein echtes Vertrauensverhältnis zu ihm haben. Wenn Sie mich verstehen können, dann streichen Sie sich mit der rechten Hand über das Kinn.“

Rawlins strich sich mit der Rechten über das Kinn.

„Das war sehr mutig von dir, Ned“, sagte Muller. „Oder aber sehr dumm. Ich weiß manchmal nicht, ob es dazwischen überhaupt einen Unterschied gibt. Aber ich bin dir auf jeden Fall dankbar. Ich mußte einfach über diese Käfige Bescheid wissen.“

„Freut mich, daß ich von Nutzen sein konnte. Du siehst also, nicht alle Menschen sind Monster.“

„Sicher, nicht bewußte Monster. Es ist nur die Seelenpest in ihrem Innern, die sie so häßlich macht. Hier, damit du dich erinnerst." Muller trat an den Käfig und legte die Hände an die glatten Streben, die so weiß wie Knochen waren. Rawlins spürte, wie die Intensität der Ausstrahlung anstieg. „Das ist es, was die Menschen unter ihrer Schädeldecke haben. Ich persönlich bemerke davon gar nichts. Ich schließe nur vom Verhalten der anderen darauf. Es muß sehr übel sein."

„Ich könnte mich daran gewöhnen", sagte Rawlins. Er ließ sich im Lotussitz auf den Boden nieder. „Hast du denn nie Anstrengungen unternommen, dich davon befreien zu lassen, nachdem du von Beta Hydri IV zur Erde zurückgekehrt bist?"

„Ich habe mit den Knochenflickern gesprochen. Aber sie konnten noch nicht einmal feststellen, welche Veränderungen in meinen Gehirnströmen eingetreten waren. Daher wußten sie natürlich auch keinen Weg, wie das wieder behoben werden sollte. Hübsch, nicht wahr?"

„Wie lange bist du auf der Erde geblieben?"

„Nur ein paar Monate. Lange genug jedenfalls, um festzustellen, daß es in meinem Bekanntenkreis nicht einen Menschen gab, der nicht schon nach wenigen Minuten, die er meiner Anwesenheit ausgesetzt war, grün angelaufen wäre. Ich begann, mich in Selbstmitleid zu ergehen . . . und in Ekel vor mir selbst, was so ungefähr dasselbe ist. Ich habe sogar an Selbstmord gedacht, um die Welt von diesem Stein des Anstoßes zu befreien."

„Das glaube ich nicht", sagte Rawlins. „Manche Menschen sind einfach nicht zum Selbstmord fähig. Und du gehörst zu denen."

„Vielen Dank, aber das habe ich selbst auch herausgefunden. Ich habe mich nicht umgebracht, wie du sicher bemerkt hast. Ich habe es mit allerlei Modedrogen probiert, dann habe ich zu trinken angefangen und schließlich so gefährlich wie möglich gelebt. In einem einzigen Monat habe ich es mit vier verschiedenen Psychiatern versucht und wieder aufgegeben. Dann habe ich mir einen bleiverstärkten Lederhelm aufgesetzt, um die Ausstrahlung abzuhalten. Aber das war so, als wollte man mit einem Eimer Neutrinos einfangen. In einem Bordell auf der Venus löste ich eine Panik aus: Nachdem die ersten hysterisch geworden waren, rannten alle Mädchen splitternackt auf die Straße hinaus." Muller spuckte aus. „Nun, ich war immer gern in Gesellschaft, konnte aber genausogut auf sie verzichten. Wenn ich unter Leuten war, war ich glücklich und überall gern gesehen. Ich war allerdings nicht so ein geschniegelter Sonnenschein wie du, aus dem sich permanent Freundlichkeit und Charakter ergießen, sondern bin auf die Leute und ihre Eigenarten eingegangen. Ich nahm mal hier und mal dort eine Beziehung auf und kam ganz gut damit zurecht. Dann wieder konnte ich anderthalb Jahre lang wegfahren, ohne dabei einen Menschen zu sehen oder mit ihm zu sprechen. Und auch das ist mir nicht schlecht bekommen. Aber als ich unwiderruflich von der Gesellschaft ausgeschlossen war, entdeckte ich, daß ich nur schlecht ohne Menschen auskommen konnte. Doch das ist nun vorbei. Ich bin diesem Bedürfnis entwachsen, mein Junge. Ich kann hundert Jahre in völliger Einsamkeit verbringen und werde doch niemanden vermissen. Ich habe mich dazu gebracht, die Menschheit so zu sehen, wie sie mich sieht: als etwas Krankmachendes, als einen elenden, verkrüppelten Klotz, dem man am besten aus dem Weg geht. Zur Hölle mit euch allen. Ich schulde niemandem etwas, nicht einmal Liebe. Ich habe keine Verpflichtungen mehr. Ich könnte dich hier im Käfig verfaulen lassen, Ned, und mir in keiner Sekunde Sorgen darüber machen. Ich könnte zweimal täglich an dem Käfig vorbeikommen und dein Skelett anlächeln. Ich hasse dich nicht, Ned, weder dich noch die Galaxis, die voll ist von Wesen wie dir. Ich verachte dich vielmehr. Du bist für mich ein Nichts. Nein, weniger als Nichts, du bist nicht mehr als ein Schmutzfleck. So, jetzt weißt du über mich Bescheid und ich über dich."

„Du sprichst, als gehörtest du einer fremden Rasse an", meinte Rawlins erstaunt.

„Nein, ich gehöre ganz sicher zur menschlichen Rasse. Ich bin sogar von allen das menschlichste Wesen, weil ich als einziger meine Menschlichkeit nicht verbergen kann. Du spürst sie doch, nicht wahr? Du kannst der Häßlichkeit nicht entgehen, was? Was aus mir strömt, befindet sich auch in dir. Flieg zu den Hydriern, und sie helfen dir, ebenso menschlich zu werden. Dann laufen die Leute auch dir davon, wie sie das bei mir tun. Ich spreche für die Menschheit. Ich spreche die Wahrheit. Ich bin der wahre Mensch hinter der Maske des Gesichts, mein Junge. Ich bin die verborgenen Eingeweide der Seele. Ich bin all das Kranke und Widerwärtige, von dem wir uns immer vorlügen, es sei nicht da. Ich bin die Perversitäten, die schrecklichen Lüste, all die kleinen Bosheiten, die abartigen Geschmacklosigkeiten, der Neid. Und ich bin auch der, der einst gottgleich sein wollte. *Hybris*. Ich wurde in aller Deutlichkeit daran erinnert, wer ich wirklich bin."

Ruhig fragte Rawlins: „Warum entschiedst du dich für Lemnos?"
„Ein Mann namens Charles Boardman hat mir diese Idee gegeben."
Ned fuhr bei der Erwähnung dieses Namens überrascht zusammen.
„Kennst du ihn?" fragte Muller.
„Aber natürlich. Er... er ist einer der bedeutendsten Männer in der Regierung."
„Ha, das kann man wohl sagen. Weißt du, daß es Boardman war, der mich nach Beta Hydri IV geschickt hat? Oh, er brauchte mir nichts vorzumachen, mußte keine Tricks einsetzen, hatte es nicht nötig, mich in seiner aalglatten Art zu übertölpeln. Er kannte mich viel zu gut. Er hat mich einfach an meinen Ambitionen gepackt. Er sagte, da gäbe es eine Welt voller Aliens, und die Erde wolle einen Menschen zur Kontaktaufnahme hinschicken. Wahrscheinlich ein Himmelfahrtskommando, aber gleichzeitig der erste Kontakt der Menschheit mit einer anderen intelligenten Spezies. Ob ich nicht interessiert sei? Natürlich war ich das. Er wußte genau, ich konnte einer solchen Chance nicht widerstehen. Und danach, als ich in *diesem* Zustand zurückkehrte, ließ er sich eine Zeitlang nicht blicken. Vielleicht konnte er es nicht ertragen, in meiner Nähe zu sein, vielleicht waren seine Schuldgefühle zu groß. Schließlich habe ich ihn abgefangen und gesagt: Sieh mich an, Charles, das ist aus mir geworden. Wo kann ich hingehen? Was soll ich tun? Ich bin ganz an ihn herangetreten. So nah, wie wir uns jetzt sind. Er lief grün an. Mußte Pillen einnehmen. Ich konnte das Übelkeitsgefühl in seinen Augen erkennen. Und da hat er mir das Labyrinth auf Lemnos nahegelegt."
„Wieso?"
„Er meinte, es sei das beste Versteck. Ich weiß nicht, ob er wirklich Mitleid hatte oder nur grausam war. Er dachte wohl, ich würde auf meinem Weg durch den Irrgarten den Tod finden... ein würdiges Ende für jemanden von meiner Sorte. Immer noch besser, als an Drogen zu krepieren oder irgendwo in der Gosse zu enden. Natürlich erklärte ich Boardman, daß ich nicht im Traum daran dächte. Ich wollte meine Spur verwischen. Ich wurde sehr ärgerlich und beharrte darauf, daß eine Flucht nach Lemnos für mich nicht in Frage käme. Danach bin ich einen Monat in der Halbwelt Under New Orleans' untergetaucht. Als ich mich wieder nach draußen wagte, habe ich mir ein Schiff gemietet und bin hierher gekommen. Ich habe jeden Trick angewandt, um meine Spur zu verwischen. Boardman hat recht gehabt. Lemnos ist der richtige Ort für mich."

„Wie bist du denn überhaupt durch das Labyrinth gekommen?" fragte Rawlins.

„Durch blankes Pech."

*„Pech?"*

„Ich suchte einen glorreichen Untergang", erklärte Muller. „Mir war es scheißegal, ob ich lebend durchs Labyrinth kam oder nicht. Ich bin einfach hineingegangen und auf das Zentrum zugelaufen."

„Das ist ja kaum zu glauben!"

„Nun, genau so hat es sich aber zugetragen. Mein Unglück war, daß ich ein Mensch mit starkem Überlebensdrang bin, Ned. Diese Gabe ist mir angeboren, vielleicht ist es sogar mehr als eine Gabe, eine parasensorische Fähigkeit. Ich besitze ungewöhnliche Reflexe. Eine Art sechsten Sinn, wie man so sagt. Außerdem ist mein Drang zu überleben besonders stark entwickelt. Davon abgesehen führte ich Massedetektoren und andere nützliche Ausrüstung mit. So betrat ich also das Labyrinth. Jedesmal, wenn ich irgendwo eine Leiche liegen sah, habe ich mich noch etwas genauer umgesehen. Wenn mein Bild von der Umgebung zu verschwimmen schien, blieb ich stehen und wartete. Ich habe fest damit gerechnet, in Zone H zu sterben. Ich *wollte* es sogar. Aber dank meiner besonderen Fähigkeiten kam ich überall durch, wo andere gescheitert waren. Wahrscheinlich deshalb, weil mir mein eigenes Schicksal völlig gleich war. Die innere Anspannung war von mir gewichen. Ich bewegte mich mit der Geschmeidigkeit einer Katze, war aber nicht sehr vor- und umsichtig. Irgendwie bin ich dann an den Gefahren des Irrgartens vorbeigekommen, sehr zu meiner Enttäuschung. Und jetzt bin ich hier."

„Bist du jemals wieder nach draußen gegangen?"

„Nein. Hin und wieder bin ich bis in Zone E gekommen, wo deine Freunde ein Lager aufgeschlagen haben. Zweimal habe ich mich bis nach F vorgewagt. Aber meist bleibe ich in den drei inneren Zonen. Ich habe mich hier nett und ausreichend eingerichtet. Ich besitze einen strahlensicheren Schrank für meine Fleischvorräte und ein ganzes Gebäude für meine Bibliothek. Und auch einen Ort für meine Mädchenwürfel. In einem anderen Gebäude habe ich mir eine Werkstatt eingerichtet, wo ich Tiere ausstopfe. Ich jage viel. Und ich studiere das Labyrinth und versuche, hinter seinen Mechanismus zu kommen. Ich habe meine Memoiren und die Berichte über meine Entdeckungen auf etliche Würfel diktiert. Ihr Archäologen würdet sicher etwas dafür geben, diese Kassetten in die Finger zu bekommen."

„Ich glaube schon, daß wir eine ganze Menge daraus lernen könnten“, stimmte Rawlins zu.

„Das wollt ihr wohl gerne, was? Aber bevor ich sie euch überließe, würde ich sie lieber zerstören. Hast du noch keinen Hunger, mein Junge?“

„Doch, eigentlich schon.“

„Bleib hier. Ich hole dir etwas.“

Muller lief auf die nächsten Gebäude zu und war bald nicht mehr zu sehen. Leise sagte Rawlins: „Es ist wirklich entsetzlich, Charles. Er hat eindeutig den Verstand verloren.“

„Verlassen Sie sich lieber nicht darauf“, entgegnete Boardman. „Zweifellos haben neun Jahre der Isolation ihre Auswirkungen auf die psychische Stabilität eines Menschen, und Muller war keine sonderlich gefestigte Persönlichkeit mehr, als ich ihn das letzte Mal gesehen habe. Aber es ist genausogut möglich, daß er sich mit Ihnen ein Spielchen erlaubt . . . nur vorgibt, verrückt zu sein, um Ihr Vertrauen auf die Probe zu stellen.“

„Und wenn es um seine geistige Gesundheit dennoch nicht mehr zum Besten steht?“

„Unter den für eine Zusammenarbeit notwendigen Bedingungen fiele das nicht sehr ins Gewicht. Es ist nicht so wichtig, ob er noch bei Verstand ist oder nicht. Vielleicht wäre letzteres sogar von Vorteil.“

„Das verstehe ich nicht.“

„Das brauchen Sie auch nicht“, sagte Boardman gelassen. „Entspannen Sie sich. Bis jetzt haben Sie Ihre Rolle sehr gut gespielt.“

Muller kehrte zurück und brachte einen Teller mit Fleisch sowie einen kunstvollen Kristallbecher voll Wasser mit sich. „Das Beste, was ich habe“, sagte er und schob ein Stück Fleisch durch die Gitterstäbe. „Von einem hiesigen Tier. Du ißt doch feste Nahrung, nicht wahr?“

„Ja.“

„Das dachte ich mir . . . in deinem Alter. Wie alt hast du gesagt, bist du? Fünfundzwanzig?“

„Dreiundzwanzig.“

„Noch schlimmer.“ Muller reichte ihm das Wasser. Es hatte einen angenehmen Geschmack, besser gesagt, ein gewohnter Beigeschmack fehlte. Muller saß schweigend vor dem Käfig und aß. Rawlins fiel auf, daß seine Ausstrahlung ihm jetzt nicht mehr so viel ausmachte, selbst bei einem Abstand von weniger als fünf Metern. Offensichtlich gewöhnte man sich daran, zumindest, wenn man es versuchte.

Nach einer Weile sagte Rawlins: „Würdest du mitkommen und dich mit meinen Kameraden unterhalten wollen . . . so in ein paar Tagen?"

„Völlig ausgeschlossen."

„Sie würden sicher gern einmal mit dir reden."

„Ich habe aber kein Interesse daran. Da würde ich mich schon lieber mit den wilden Tieren hier unterhalten."

„Du sprichst doch auch mit mir", merkte Ned an.

„Weil es für mich eine Abwechslung darstellt. Und weil dein Vater ein guter Freund von mir war. Und weil du, wie es manchmal bei den Menschen vorkommt, recht angenehm bist. Aber ich will mich nicht einem zusammengewürfelten Haufen nichtsnutziger, stieläugiger Archäologen aussetzen."

„Und wenn du es erst einmal mit zweien oder dreien versuchst?" schlug Rawlins vor. „Dich wieder daran gewöhnst, wie es ist, unter Menschen zu sein."

„*Nein*."

„Das verstehe ich nicht . . ."

Muller schnitt ihm das Wort ab. „Einen Moment mal. *Warum* sollte ich mich wieder daran gewöhnen, unter Menschen zu sein?"

Unbehaglich antwortete Rawlins: „Nun, einfach aus dem Grund, weil Menschen hier sind. Weil es sicher nicht richtig ist, sich völlig zu isolieren . . ."

„Willst du mich hereinlegen? Willst du mich zu packen bekommen und dann aus dem Labyrinth entführen? Nun aber mal im Ernst, mein Junge, heraus mit der Sprache: Welcher Gedanke steckt bei dir im Hinterkopf? Welches Motiv steht dahinter, mich auf das Zusammensein mit Menschen vorzubereiten?"

Rawlins zögerte. In dieses unangenehme Schweigen hinein meldete sich Boardman. Er sprach rasch, gab ihm die Gerissenheit ein, die der Junge vermissen ließ, soufflierte ihm. Rawlins hörte zu und bemühte sich.

„Du hältst mich wohl für einen durchtriebenen Ränkeschmied, was?" sagte er. „Aber ich schwöre dir, ich führe nichts Unlauteres im Schilde. Ich gebe zu, ich wollte dich ein wenig weichklopfen, wollte dich aufheitern, wollte Freundschaft mit dir schließen. Aber ich schätze, jetzt ist der Moment gekommen, an dem ich dir die Wahrheit sagen muß."

„Das glaube ich auch!"

„Ich habe das für den Erfolg unserer Expedition getan. Wir können nur wenige Wochen hierbleiben. Aber du bist schon so viele Jahre hier . . ., wieviele waren es noch, neun? Du weißt so viel über diesen Ort, Dick, und ich halte es einfach für unfair, dieses Wissen für sich zu behalten. Also kam ich in der Hoffnung hierher, dich auf unsere Seite zu ziehen. Zuerst solltest du mit mir Freundschaft schließen und danach vielleicht mit mir nach Zone E gehen, um dort mit den anderen zu reden, ihnen Antworten auf ihre Fragen zu geben und ihnen alles zu erzählen, was du über das Labyrinth weißt . . ."

„Es soll *unfair* sein, sein Wissen für sich zu behalten?"

„Auf jeden Fall. Es ist eine Sünde, mit dem Wissen hinter dem Berge zu halten."

„Ist es denn fair von den Menschen, mich ekelerregend zu nennen und vor mir die Flucht zu ergreifen?"

„Das ist doch ein ganz anderes Problem", sagte Rawlins. „Eins, das jenseits aller Fairneß liegt. Es handelt sich dabei um den Zustand, in dem du dich befindest. Ein bedauerlicher Zustand, zugegeben, den du nicht verdient hast. Jedermann bedauert es natürlich, daß dir so etwas zugestoßen ist. Aber auf der anderen Seite mußt du dir auch einmal klarmachen, daß es vom Standpunkt anderer Personen nicht eben leicht ist, unvoreingenommen deinem . . ., deinem . . ."

„Seelischen Gestank gegenüberzutreten", führte Muller den Satz zu Ende. „Richtig. Es ist nicht leicht, meine Gegenwart zu ertragen. Daher bin ich gewillt, deine Freunde nicht diesem Übel auszusetzen. Schlag dir das aus dem Kopf: Ich werde weder mit ihnen reden noch nett bei einer Tasse Tee mit ihnen plaudern. Ich will einfach nichts mit ihnen zu tun haben. Ich habe mich von der menschlichen Rasse abgenabelt und will es dabei auch belassen. Und dabei ist es ganz irrelevant, ob ich dir das Privileg gewähre, mich zu belästigen oder nicht. Wo wir gerade schon dabei sind, möchte ich dir ins Gedächtnis zurückrufen, daß dieser unglückliche Zustand mich nicht unverdient getroffen hat. Er kam zu Recht über mich, als ich meine Nase in Dinge gesteckt habe, die mich nichts angingen. Indem ich mich für einen Übermenschen hielt, dem so etwas doch gestattet sei. *Hybris* eben, aber das sagte ich ja schon."

Boardman hatte Ned die ganze Zeit über weiter instruiert. Rawlins, dem die Lügen einen ekligen Geschmack auf der Zunge bereiteten, antwortete: „Ich kann dir keinen Vorwurf daraus machen, wenn du so verbittert bist, Dick. Aber ich halte es immer noch für falsch, wenn du uns dein Wissen vorenthältst. Denk doch einfach an die Tage zurück, als du selbst von Welt zu Welt geeilt bist. Wenn du damals auf einem Planeten gelandet wärst und jemand hätte über lebenswichtige Informationen verfügt, deretwillen du diese Welt überhaupt erst angeflogen hättest, würdest du da nicht auch jede Anstrengung in Kauf genommen haben, sie von ihm zu bekommen? Selbst wenn dieser Jemand mit bestimmten persönlichen Problemen zu kämpfen gehabt hätte?"

„Tut mir leid", sagte Muller frostig. „Aber das ist mir vollkommen egal." Er lief davon und ließ Rawlins allein mit zwei Stücken Fleisch und einem fast leeren Becher Wasser im Käfig zurück.

Als Muller nicht mehr zu sehen war, meldete sich Boardman: „Das ist vielleicht eine Mimose, was? Doch ich habe von ihm auch nicht erwartet, daß er vor Freundlichkeit zerfließen würde. Aber Sie haben ihn schon ziemlich gut angepackt, Ned. Sie besitzen wirklich die ideale Mischung aus Verschlagenheit und Naivität."

„Und ich befinde mich in einem Käfig."

„Das stellt kein Problem dar. Wir können immer noch eine Drohne schicken, die Sie befreit, falls der Käfig sich in der nächsten Zeit nicht öffnet."

„Es klappt nicht mit Muller", murmelte Rawlins. „Er steckt voller Haß. Der sickert ihm aus jeder Pore. Wir schaffen es nie, ihn zur Zusammenarbeit zu bewegen. Ich habe noch nie einen solchen Haß bei einem Menschen erlebt."

„Sie haben ja auch noch nicht viel von der Welt gesehen", sagte Boardman. „Und weder Sie noch er wissen, was wirklicher Haß ist. Ich versichere Ihnen, alles läuft bestens. Wir haben von vornherein einige Rückschläge einkalkuliert. Doch allein schon der Umstand, daß er überhaupt mit Ihnen redet, wiegt im Moment alles andere auf. Er *will* doch gar nicht so voller Haß sein. Geben Sie ihm einfach die Chance, seine Verbitterung abzulegen, und schon wird er es tun."

„Wann schicken Sie die Drohne, um mich hier herauszuholen?"

„Später", sagte Boardman. „Falls es sich überhaupt als notwendig erweisen sollte."

Muller kehrte nicht zurück. Der Nachmittag ging langsam in den Abend über. Ein kühler Wind kam auf. Rawlins kauerte sich in eine Ecke, aber gemütlicher wurde es dadurch nicht. Er versuchte, sich die Stadt vorzustellen, als sie noch von Leben erfüllt gewesen war. Als dieser Käfig dazu gedient hatte, Wesen festzuhalten, die man im Labyrinth gefangengenommen hatte. Vor seinem geistigen Auge sah er den Strom der Stadterbauer: kurzgewachsen und stämmig, mit dichtem, kupferfarbenem Fell und einer grünlichen Haut. Sie schwangen ihre langen Arme und zeigten damit auf den Käfig. Dort drin befand sich ein Wesen, das wie ein Riesenskorpion aussah. Mit Klauen, die wie Wachs glänzten und über die Steinplatten auf dem Boden kratzten. Mit wilden Augen und einem wütend peitschenden Schwanz, der jedem gefährlich wurde, der dem Käfig zu nahe kam. Eine eigenartige, grelle Musik tönte durch die Stadt. Fremdes Gelächter von fremden Wesen. Der warme, moschusartige Geruch der Stadterbauer. Kinder, die das Ding im Käfig anspuckten. Speichel wie Feuer. Helles Mondlicht, tanzende Schatten. Ein gefangenes Wesen, furchtbar anzusehen und bösartig. Es war allein, das einzige seiner Art auf dieser Welt. Sein heimatlicher Stock stand auf einem Planeten des Sterns Alphecca oder Markab, wo weitere Wesen mit Schwanz und wachsartig glänzenden Klauen durch glitzernde Tunnel krabbelten. Tagelang kamen die Stadterbauer vor dem Käfig zusammen, verhöhnten das Wesen und schmähten es. Ihre plumpen Körper, ihre ineinander verschlungenen, spinnenartigen Finger, ihre flachen Gesichter und ihre häßlichen Hauer widerten die Kreatur im Käfig an. Und dann kam der Tag, an dem sich der Boden des Käfigs öffnete, denn die Stadterbauer langweilte ihr Gefangener von einer anderen Welt. Und das Wesen stürzte hinab. Während es noch wütend mit dem Schwanz um sich schlug, landete es in einer Messergrube.

Die Nacht war hereingebrochen. Rawlins hatte lange nichts mehr von Boardman gehört. Muller hatte er seit dem Nachmittag nicht mehr gesehen. Tiere schlichen über den Platz: vornehmlich kleine, die hauptsächlich aus Klauen und Zähnen bestanden. Rawlins hatte unbewaffnet das Camp verlassen. Er bereitete sich darauf vor, jedes Tier zu Tode zu treten, das durch das Gitter in sein Gefängnis schlüpfte.

Hunger und Kälte bedrängten ihn. Er suchte die Dunkelheit nach Muller ab. Mittlerweile fand er diesen Scherz nicht mehr lustig.

„Können Sie mich hören?“ fragte er bei Boardman an.

„Wir holen Sie bald heraus.“

„Ja, aber *wann*?“

„Wir haben eine Drohne losgeschickt, Ned.“

„Eine Drohne dürfte kaum mehr als eine Viertelstunde benötigen, um zu mir vorzustoßen. In diesen Zonen gibt es kaum Fallen.“

Boardman hielt einen Moment inne. „Muller hat die Drohne abgefangen und zerstört. Das war vor einer Stunde.“

„Warum haben Sie mir nichts davon gesagt?“

„Wir schicken jetzt mehrere Drohnen gleichzeitig los“, erklärte ihm Boardman. „Muller kann nicht alle im Auge behalten. Er wird mindestens eine übersehen. Alles ist bestens in Ordnung, Ned. Sie befinden sich nicht in Gefahr.“

„Bis etwas passiert“, antwortete Ned düster.

Aber er zog es vor, sich nicht weiter über diesen Punkt zu unterhalten. Frierend und hungrig drängte er sich an die Wand und wartete weiter. Er beobachtete, wie sich hundert Meter vor ihm auf dem Platz ein kleines, wendiges Tier an ein viel größeres heranschlich und es tötete. Er sah, wie sich andere Raubtiere näherten und Stücke aus dem blutigen Kadaver rissen. Ned hörte die knackenden und reißenden Geräusche. Sein Blickfeld war teilweise eingeschränkt. Er renkte sich fast den Hals aus, als er sich nach der Drohne umsah, die ihn befreien sollte. Aber kein Roboter erschien.

Er kam sich vor wie ein Menschenopfer auf einem Steinaltar, das jeden Moment getötet werden konnte.

Die Raubtiere hatten ihr Werk vollbracht. Jetzt trotteten sie über den Platz auf ihn zu . . . kleine, wieselartige Geschöpfe mit großen, sich verjüngenden Köpfen und paddelförmigen Pfoten, aus denen gelbe, gebogene Krallen hervortraten. Rote Augen auf gelben Netzhäuten. Sie studierten ihn interessiert, ruhig und neugierig. Dickes, purpurrotes Blut klebte an ihren Schnauzen.

Sie kamen näher. Eine lange, schmale Schnauze schob sich zwischen zwei Streben seines Käfigs. Rawlins trat danach. Die Schnauze verschwand wieder. Zu seiner Linken tauchte eine neue auf. Wenig später waren es schon drei.

Und dann schlüpften die Raubtiere von allen Seiten herein.

# Neun

Boardman hatte sich im Camp der Zone F bequem und behaglich eingerichtet. In seinem Alter brauchte er sich nicht dafür zu entschuldigen. Er hatte nie einer spartanischen Lebensweise angehangen, und als Ausgleich für diese gefährlichen und anstrengenden Reisen pflegte er alle Annehmlichkeiten mit sich zu führen. Roboter hatten ihm das Nötige vom Schiff nachgebracht. Unter der milchweißen Kuppel des Pneumozelts hatte er sich einen Privatsektor abgetrennt – mit einem Heizkörper, wärmedämmenden Vorhängen, einem Schwerkraftneutralisator und selbst einer Hausbar. Brandy und andere „Muntermacher“ befanden sich immer in seiner Reichweite. Er schlief auf einer weichen, aufblasbaren Matraze. Darauf lag eine dicke, rote Heizdecke.

Er wußte, daß die anderen Männer im Camp, die unter ganz anderen Bedingungen fertigwerden mußten, sich nicht darüber empörten. Sie erwarteten einfach von Charles Boardman, daß er sich mit Luxus umgab, wo immer er sich auch aufhielt.

Greenfield trat ein. „Wir haben eine weitere Drohne verloren, Sir“, meldete er knapp. „Somit haben wir noch drei in den inneren Zonen.“

Boardman setzte die Zündungskappe an die Spitze einer Zigarre. Zog daran, schlug die Beine übereinander, löste sie wieder, atmete aus und lächelte. „Wird Muller die auch noch knacken?“

„Ich fürchte ja. Er kennt die Zugänge besser als wir. Und er überwacht sie alle.“

„Haben Sie denn keine Roboter auf eine Route geschickt, die wir noch nicht vermessen haben?“

„Zwei, Sir, und wir haben beide verloren.“

„Hm. Dann schicken wir am besten einen ganzen Haufen Roboter auf einmal los und hoffen, daß wenigstens einer sich an Muller vorbeimogeln kann. Der arme Junge hat keine große Lust mehr, noch länger in seinem Käfig zu bleiben. Ändern Sie bitte das Programm ab. Das Schiffsgehirn kann mehrere Taktiken gleichzeitig einschlagen, wenn man es entsprechend programmiert. Ich schätze, zwanzig Drohnen dürften reichen."

„Wir haben nur noch drei", sagte Greenfield.

Boardman kaute verbissen auf seiner Zigarre herum. „Drei hier im Lager – oder insgesamt?"

„Drei im Lager und fünf außerhalb des Labyrinths. Sie rollen gerade hinein."

„Wer ist dafür verantwortlich? Rufen Sie sofort Hosteen! Und sorgen Sie dafür, daß die Reproduktionsanlagen zu arbeiten beginnen! Ich will bis morgen früh fünfzig Drohnen haben! Nein, besser achtzig! Eine unglaubliche Fahrlässigkeit, Greenfield!"

„Jawohl, Sir."

„Raus mit Ihnen!"

„Jawohl, Sir."

Boardman sog vor Ärger heftig an der Zigarre. Er bestellte bei der Hausbar einen Brandy – das dicke, reichhaltige und zähflüssige Teufelszeug, das die Bruderschaft der Voraussicht auf Deneb XIII herstellte. Die Situation entwickelte sich höchst unangenehm. Er kippte ein halbvolles Cognacglas in einem Zug, keuchte und ließ sich noch einmal einschenken. Er wußte, daß er in Gefahr war, sein Wahrnehmungsvermögen erheblich zu beeinträchtigen – die schlimmste aller Sünden. Die Schwachstellen seines Auftrags wurden ihm nun deutlich. Sie kamen nur in winzigkleinen Schritten voran, ständig gab es kleine, aber schmerzliche Komplikationen, ein nervenzermürbender Wechsel von Erfolgen und Rückschlägen, und jetzt auch noch Rawlins im Käfig. Überhaupt Rawlins und seine unablässigen Gewissensbisse. Dann Muller mit seiner neurotischen Weltsicht. Die kleinen Ungeheuer, die einem die Ferse anknabberten, während sie einem gleichzeitig auf die Gurgel starrten. Die Fallen, die diese Teufel installiert hatten. Und schließlich die Extragalaktiker mit ihren riesigen Augen und der Fähigkeit, Radiowellen sensorisch wahrzunehmen, die irgendwo in Lauerstellung standen und für die selbst ein Charles Boardman nicht mehr als verstandloses Gemüse war. Wo man auch hinsah, überall kleinere oder größere Katastrophen. Irritiert drückte Boardman seine Zigarre aus. Verwundert starrte er sofort danach auf das große Stück, das er verschwendet hatte. Die Zündkapsel würde nicht ein zweites Mal funktionieren. Boardman beugte sich vor, hielt die erloschene Zigarre an den Infrarotstrahler seiner Heizung und zündete sie erneut an. Er zog und blies heftig, bis sie richtig brannte. Mit einer gereizten Handbewegung aktivierte er die Funkverbindung mit Ned Rawlins wieder.

Der Bildschirm zeigte ihm Mondlicht, gebogene Gitterstäbe und kleine, fellbewachsene Schnauzen, die vor Zähnen strotzten.

„Ned?“ rief er. „Hier spricht Charles. Wir schicken Ihnen die Drohnen, mein Junge. In fünf Minuten haben wir Sie aus diesem verdammten Käfig befreit. Hören Sie mich, in fünf Minuten!“

## 2

Rawlins war ziemlich beschäftigt.

Es war irgendwie aberwitzig. Der Strom der kleinen Raubtiere schien kein Ende nehmen zu wollen. Schnüffelnd schoben sie erst ihre Schnauzen und dann den ganzen Körper durch das Gitter, immer zwei oder drei gleichzeitig – Wiesel, Frettchen, Nerze, Hermeline, was immer sie auch sein mochten. Sie schienen nur aus Zähnen und Augen zu bestehen. Aber es waren Aasfresser, keine wirklichen Raubtiere. Gott allein mochte wissen, was sie am Käfig anziehen mochte. Sie umzingelten ihn, kamen immer näher, strichen mit ihrem weichen Fell seine Knöchel, betasteten ihn mit ihren Pfoten, schlitzten mit ihren Krallen seine Haut auf und bissen ihn ins Schienbein.

Er trat nach ihnen. Er begriff schnell, daß ein einziger Stiefeltritt genügte, um ihnen das Rückgrat direkt hinter dem Kopf zu brechen. Eine rasche und effektive Methode. Danach konnte er das Opfer mit einem raschen Tritt in eine Ecke seines Käfigs befördern, wo die anderen dann sofort über den Kadaver herfielen. Kannibalen waren sie also auch. Rawlins entwickelte eine rhythmische Arbeitsweise. Drehen, Treten, Wegtreten. Umdrehen, Treten, Wegtreten. Umdrehen, Treten, Wegtreten. Knirsch. Knirsch. Knirsch.

Trotzdem richteten sie ihn übel zu.

In den ersten fünf Minuten hatte er kaum einmal Gelegenheit, Atem zu schöpfen. Umdrehen, Treten, Wegtreten. Er konnte etwa zwanzig von ihnen in diesem Zeitraum ausschalten. An der gegenüberliegenden Seite des Käfigs erhob sich ein Hügel zerschmetterter kleiner Körper. Ihre Kameraden suchten zwischen den Opfern nach den besten Stücken. Und dann kam schließlich auch der Moment, wo alle im Käfig befindlichen Aasfresser entweder tot oder mit dem

Verspeisen ihrer Artgenossen beschäftigt waren. Und auch vor dem Gitter schlich kein Tier mehr herum. Rawlins bekam eine kleine Ruhepause. Mit einer Hand hielt er sich an einer Strebe fest, während er das linke Bein hob, um sich das Ausmaß der Bisse und Kratzer anzusehen. Ob man posthum das galaktische Ehrenkreuz verliehen bekam, wenn man an fremdplanetarer Tollwut zugrundeging? fragte er sich. Vom Knie an abwärts war sein Bein aufgerissen. Die Wunden waren zwar nicht tief, brannten und schmerzten aber höllisch. Plötzlich entdeckte er, warum die Aasfresser so versessen darauf gewesen waren, zu ihm in den Käfig zu kommen. Als er nämlich tief durchatmete, roch er den süßlichen Gestank verwesenden Fleisches. Er konnte sich die Ursache vor seinem geistigen Auge gut vorstellen: der Kadaver eines riesigen Tieres, dessen Unterleib aufgerissen war, aus dem die rotverklebten Organe quollen. Dicke, schwarze Fliegen bedeckten es wie ein Teppich. Die ersten Maden krochen bereits durch das Fleisch ...

Aber hier drinnen gab es keinen faulenden Körper. Die erlegten Aasfresser waren noch nicht lange genug tot, um schon zu stinken. Außerdem war von ihnen kaum mehr als das Skelett übriggeblieben.

Rawlins begriff, daß es sich hier um eine Sinnestäuschung handeln mußte: offensichtlich eine Art Geruchsfalle, die im Käfig angebracht war. Ganz klar sonderte der Käfig den Fäulnisgeruch ab. Und warum? Na, um dieses Rudel Wiesel in den Käfig zu locken. Eine besonders ausgeklügelte Foltermethode. Er fragte sich, ob Muller wohl dahinterstecken konnte. Ob er in ein nahegelegenes Kontrollzentrum gegangen war und die Geruchsausstrahlung aktiviert hatte.

Aber Ned blieb keine Zeit mehr, diesen Gedanken zu Ende zu denken. Ein frisches Bataillon von Raubtieren rannte über den Platz auf den Käfig zu. Sie sahen schon eine Nummer größer aus, waren aber noch klein genug, um zwischen die Gitterstäbe zu passen. Ihre Fänge glänzten unangenehm im Mondlicht. Rawlins tötete rasch drei der Biester in seinem Käfig, die überlebt hatten, und warf sie, einem rettenden Einfall zur Folge, durch die Stäbe nach draußen.

Sie flogen acht bis zehn Meter weit. Sehr gut, die Neuankömmlinge blieben stehen. Abwartend schnupperten sie, dann fielen sie wie auf Kommando über die zuckenden, noch nicht ganz toten Körper her, die da vor ihren Füßen gelandet waren. Kaum einer von ihnen machte sich die Mühe, zum Käfig vorzudringen. Und sie erschienen einzeln, so daß Rawlins die Möglichkeit erhielt, sie der Reihe nach totzutreten und nach draußen zu schleudern, um der Horde neue Nahrung zu verschaffen. Er sagte sich, daß er so alle erledigen konnte, wenn keine neuen Rudel auftauchen würden.

Als er siebzig oder achtzig von ihnen getötet hatte, sahen die Aasfresser davon ab näherzukommen. Der Geruch von frischem Blut überlagerte den synthetischen Gestank aus dem Käfig. Seine Beine schmerzten von der Anstrengung der Abschlachterei, und sein Kopf dröhnte. Aber allmählich kehrte die Nachtruhe wieder ein. Kadaver lagen in weitem Bogen rund um den Käfig verstreut. Manche trugen noch ihr Fell, von anderen waren nur noch die Knochen übrig. Eine dicke, tiefrot gefärbte Blutlache breitete sich über einige Quadratmeter aus. Die wenigen letzten Überlebenden waren, vollgestopft bis oben hin, davongetrabt, ohne noch einen Versuch zu unternehmen, den Insassen des Käfigs zu belästigen. Müde, erschöpft und in einem Zustand, in dem er in einem Moment laut auflachen und im nächsten Moment losheulen wollte, stellte sich Rawlins an die Gitterstäbe. Er sah nicht auf seine pochenden, blutüberströmten Beine hinab. Er spürte, wie das Feuer in ihnen immer heftiger brannte, und stellte sich vor, wie sich jetzt unzählige, fremdartige Mikroorganismen in seinem Blutkreislauf ausbreiteten. Am Morgen würde noch ein aufgedunsener, purpurrot verfärbter Leichnam von ihm übrig sein, ein Märtyrer für Charles Boardmans nimmersatte Pläne. Was für ein Blödsinn, in diesen Käfig zu gehen! Was für ein einfältiger Weg, Mullers Vertrauen zu gewinnen!

Doch plötzlich erkannte Rawlins, daß der Käfig auch seine Vorteile hatte.

Drei größere Tiere marschierten aus unterschiedlichen Richtungen auf ihn zu. Sie bewegten sich majestätisch wie Löwen, hatten ansonsten aber mehr Ähnlichkeit mit einem Wildschwein: niedrige Körper mit einem scharfen Rücken, ein Gewicht von um die hundert Kilogramm, langgezogene, dreieckige Köpfe, sabbernde Mäuler mit dünnen Lippen und winzige, schielende Augen, die in Paaren an jeder Seite direkt vor den zotteligen Hängeohren standen. Gebogene Stoßzähne ragten aus dem Maul und unterteilten die kleineren und schärferen Eckzahnreihen, die sich aus mächtigen Kiefern erhoben.

Mißtrauisch beäugte das Trio die Grausamkeit. Dann führten die Tiere eine kompliziert aussehende Serie von hüpfenden Bewegungen durch, was hinreichend auf das Problem von drei Konkurrenten verwies, die in runden, ineinander übergreifenden Wegen gegenseitig ihr Territorium abgrenzten. Sie verweilten etwas länger bei dem Haufen von Wieseltierkadavern, gehörten selbst aber eindeutig nicht zur Gruppe der Aasfresser. Sie suchten nach lebendem Fleisch. Daß sie die zum Teil von den Artgenossen zerrissenen kleinen Tiere verschmähten, war nicht zu übersehen. Als sie den Haufen lange genug inspiziert hatten, drehten sie sich um und schenkten Rawlins ihre volle Aufmerksamkeit. Sie standen in einem fünfundvierzig-Grad-Winkel zu ihm, so daß zumindest jeweils ein Augenpaar ihn anstarren konnte. Rawlins begrüßte in diesem Moment die Sicherheit seines Käfigs. Er legte angesichts dieses Trios, das da auf der Suche nach einem Nachtmahl durch die Stadt streifte, keinen Wert mehr auf eine Freiheit, in der er vornehmlich ungeschützt und ausgepumpt war.

Leider begannen die Streben seines Käfigs in diesem Augenblick, geräuschlos in der Erde zu verschwinden.

## *3*

Muller, der in diesem Moment erschien, erfaßte mit einem Blick die Situation. Er blieb nur kurz stehen, um das einmalige Schauspiel vom Verschwinden des Käfigs in den ansonsten verborgenen Öffnungen zu verfolgen. Dann erfaßte sein Blick die drei hungrigen Raubschweine und die erschöpfte, blutüberströmte Gestalt von Ned Rawlins, der sich ihnen plötzlich ungeschützt ausgeliefert sah. „Runter mit dir!“ schrie Muller.

Rawlins lief vier Schritte nach links, rutschte auf der Blutlache aus und blieb bei einem Kadaverhaufen am Straßenrand liegen. Im gleichen Augenblick gab Muller Feuer. Er hatte sich nicht damit aufgehalten, seine Waffe vorher auf Handbedienung umzustellen, da es sich hier nicht um die Beschaffung von Nahrungsmitteln handelte. Drei rasch hintereinander abgefeuerte Energiestrahlen warfen die Raubschweine nieder. Sie rührten sich nicht mehr. Muller lief auf Rawlins zu. In diesem Moment erschien aus dem Camp in Zone F ein Sondierungsroboter und rollte unbeschwert auf sie zu. Muller fluchte leise. Er zog die Desintegrator-Kugel aus einer Tasche und zielte mit dem kleinen Fenster auf die Drohne. Der Roboter wandte ihm sein seelenloses, blankes Gesicht zu, als er feuerte.

Die Drohne verdampfte. Rawlins hatte sich inzwischen wieder

aufgerappelt. „Du hättest sie nicht vernichten sollen", sagte er noch halb benommen. „Sie kam nur, um mir zu helfen."

„Diese Hilfe war nicht notwendig", erklärte Muller. „Kannst du laufen?"

Ich glaube schon."

„Wie schwer bist du verletzt?"

Ich bin ein wenig angeknabbert worden, mehr nicht. Es ist nicht so schlimm, wie es aussieht."

„Komm mit", sagte Muller. Neue Aasfresser marschierten auf dem Platz ein, angezogen von der riesigen Blutlache. Kleine, zahnbewehrte Wesen machten sich mit Feuereifer an die Arbeit, das Trio der Raubschweine zu zerlegen. Rawlins sah mitgenommen aus; er wankte und murmelte vor sich hin. Ohne an seine Ausstrahlung zu denken, packte ihn Muller am Arm und zog ihn mit sich. Rawlins fuhr zusammen und wollte sich aus dem Griff befreien. Aber dann schien er seine Unhöflichkeit zu bereuen und hielt Muller freiwillig den Arm hin. Sie überquerten den Platz. Rawlins zitterte, und Muller wußte nicht, ob das eher der Auswirkung seines eben erlebten Abenteuers zuzuschreiben war oder ob es an seiner Ausstrahlung lag, der Rawlins jetzt so nahe war.

„Hier hinein", sagte Muller kurz und bündig.

Sie traten in einen sechseckigen Raum. Hier stand Mullers Diagnostat. Er verschloß die Tür, während Rawlins ermattet auf den blanken Boden hinabsank. Sein blondes Haar klebte verschwitzt an der Stirn. Seine Augen bewegten sich unruhig. Die Pupillen waren erweitert.

„Wie lange mußtest du dich gegen die Angriffe wehren?" fragte Muller.

„Etwa fünfzehn bis zwanzig Minuten, ich weiß es nicht genau. Es waren mindestens fünfzig Tiere, wahrscheinlich sogar hundert. Ich habe ihnen unablässig das Genick gebrochen. Nur ein kurzes, knakkendes Geräusch, weißt du, wie beim Holzhacken. Und dann versenkten sich die Streben im Boden." Rawlins lachte wild auf. „Das war der Höhepunkt. Ich war gerade damit fertig geworden, diese kleinen Biester zu vernichten, und versuchte, wieder zu Atem zu kommen, als diese drei großen Monster herantrabten. Tja, und in diesem Moment verschwand der Käfig dann . . ."

„Langsam", sagte Muller. „Du redest so schnell, daß ich gar nicht richtig mitkomme. Kannst du deine Stiefel ausziehen?"

„Ja, das, was von ihnen übrig geblieben ist."

„Gut. Dann runter damit, und wir flicken deine Beine zusammen. Lemnos hat sicher keinen Mangel an infizierenden Bakterien. Und auch nicht an Protozoen, Pilzen, Trypanosoma und auch anderen Mikroorganismen, soviel ich weiß."

Rawlins zerrte hilflos an den Schnallen. „Kannst du mir helfen? Ich fürchte, ich werde allein damit nicht fertig . . ."

„Aber es wird dir nicht gefallen, wenn ich näherkomme", warnte Muller.

„Na und? Zur Hölle damit!"

Muller zuckte die Achseln. Er ging zu Ned und machte sich daran, die eingerissenen und verbogenen Schnallen zu öffnen. Die Metallteile wiesen Kratzer von kleinen Zähnen auf. Ähnliches ließ sich auch auf den Stiefeln und den Beinen feststellen. Nach wenigen Sekunden war Ned seiner Stiefel und seiner Hose entledigt. Er lag ausgestreckt auf dem Boden, setzte ein schiefes Grinsen auf und bemühte sich, tapfer zu sein. Die Beine sahen übel aus, obwohl keine der Wunden wirklich ernst zu sein schien; es waren halt einfach zu viele. Muller schaltete den Diagnostat ein. Lampen glühten auf, und die Eingabeklappe öffnete sich.

„Ein altes Modell", sagte Rawlins. „Damit kenne ich mich nicht aus."

„Schieb einfach die Beine vor den Scanner."

Rawlins reckte und rührte sich. Seine Beine wurden in blaues Licht getaucht. Im Inneren des Diagnostats ratterte und klickte es. Ein Tupfer wurde auf einem Ausleger ausgefahren und fuhr zielsicher und sanft über Neds linkes Bein, bis er an einem bestimmten Punkt über dem Knie angelangt war. Die Maschine zog den blutbeschmierten Tupfer wieder ein und begann irgendwo im hinteren Teil mit einer Molekularuntersuchung des Abstrichs, während ein zweiter Arm erschien, um Neds rechtes Bein zu desinfizieren und zu reinigen. Rawlins biß sich auf die Unterlippe. Seine Wunden wurden gesäubert und gleichzeitig mit einem Gerinnungsmittel behandelt. Als der Tupfer seine Arbeit beendet hatte, war alles Blut vom Bein verschwunden und die Wunden und leichten Risse in der Haut freigelegt. Das Bein sieht immer noch übel aus, dachte Muller, wenn auch nicht mehr so schlimm wie vorhin.

Der Diagnostat fuhr eine ultrasonische Nadel aus, die Rawlins eine goldfarbene Flüssigkeit ins Hinterteil injizierte. Nach einer zweiten Spritze, diesmal mit einer bernsteinfarbenen Lösung, die wahrscheinlich ein Breitband-Antibiotikum enthielt, um allen Infektionen vorzubeugen, löste sich Neds Anspannung sichtlich. Wenig später fuhren die vielfältigsten Arme der Anlage aus, um Neds Wunden gesondert und intensiver zu inspizieren und die notwendigen Heilmaßnahmen einzuleiten. Es summte im Diagnostat, dann klickte es dreimal. Danach begann die Anlage damit, die Bißwunden mit einer Sprühmasse zu verschließen.

„Bleib still liegen“, erklärte Muller. „In wenigen Minuten hast du alles überstanden.“

„Das hättest du nicht zu tun brauchen“, sagte Rawlins. „Im Camp verfügen wir über ausreichende medizinische Versorgung. Dir gehen ja die Vorräte aus. Du hättest mich von der Drohne ins Lager bringen lassen können, und . . .“

„Ich lasse nicht zu, daß diese Roboter hier herumfuhrwerken. Und der Diagnostat besitzt für mindestens fünfzig Jahre Vorräte. Ich werde nur selten krank. Das meiste kann die Anlage synthetisch herstellen, zumindest das, was ich benötige. Solange ich ihr von Zeit zu Zeit Protoplasma eingebe, arbeitet sie zur vollsten Zufriedenheit.“

„Dann laß uns dir doch wenigstens Nachschub an etwas selteneren Mitteln aus dem Lager schicken.“

„Schönen Dank, aber kein Bedarf. Barmherzigkeit ist unerwünscht. Aha! Du hast es hinter dir. Wahrscheinlich wirst du nicht einmal Narben zurückbehalten.“

Die Maschine schaltete sich ab. Rawlins zog die Beine an und sah zu Muller auf. Die Verwirrung war aus den Augen des Jungen gewichen. Muller lehnte lässig an einer Wand. Er rieb sich die Schulterblätter an einer Ecke, wo zwei Wände des sechseckigen Raums zusammentrafen, und sagte: „Ich hätte nicht geglaubt, daß die Tiere dich angreifen würden. Sonst hätte ich dich nicht solange allein gelassen. Hattest du denn keine Waffe dabei?“

„Nein.“

„Aasfresser kümmern sich eigentlich nie um lebende Beute. Warum haben sie dich angegriffen?“

„Das muß am Käfig gelegen haben“, sagte Rawlins. „Er hat den Geruch von fauligem Fleisch ausgestrahlt. Ein Köder sozusagen. Und plötzlich kamen sie von allen Seiten. Ich fürchtete schon, sie würden mich bei lebendigem Leib zerreißen.“

Muller lächelte. „Nicht uninteressant. Der Käfig kann also auch zur Falle werden. Wir können eine ganze Menge aus deinem kleinen schrecklichen Abenteuer lernen. Ich kann dir gar nicht sagen, wie sehr mir daran gelegen ist, alles über die Käfige in Erfahrung zu bringen. Nicht nur über sie, sondern auch über alle Geräte und Anlagen in meiner Umgebung. Der Aquädukt zum Beispiel. Oder die Kalenderpfeiler. Der Straßenreinigungsmechanismus. Ich bin dir wirklich dankbar, daß du mir geholfen hast, wieder etwas Neues zu lernen."

„Da kenn ich noch jemanden, der mit solchen Mitteln Lösungen zu finden sucht", sagte Rawlins. „Dem es ganz egal ist, wie groß das Risiko ist oder welche Opfer es kostet, solange er nur für ihn wichtige Daten daraus gewinnen kann – Board ..."

Er biß sich im letzten Moment auf die Lippen.

„Wer?"

„Bordoni", sagte Rawlins. „Emilio Bordoni, mein Epistelmologieprofessor im College. Er hat eine sehr interessante Vorlesung gehalten. Eigentlich ging es dabei um angewandte Hermeneutik, eine Veranstaltung über Lernmethoden."

„Das ist Heuristik", bemerkte Muller.

„Bist du sicher? Ich dachte eigentlich ..."

„Nein, du hattest unrecht", erklärte Muller. „Du sprichst nämlich mit einem Experten. Hermeneutik ist die Kunst der Interpretation. Ursprünglich diente sie der skriptalen Interpretation, der Auslegung von Texten also, aber inzwischen hat sich das auf alle Kommunikationsformen erweitert. Dein Vater hätte den Unterschied gekannt. Meine Mission nach Beta Hydri IV war ein Experiment in angewandter Hermeneutik. Es war nicht erfolgreich."

„Heuristik – Hermeneutik." Rawlins lachte. „Nun, jedenfalls bin ich froh, daß ich dir helfen konnte, etwas Neues über die Käfige zu lernen. Meine heuristische gute Tat. Bin ich von der nächsten Runde befreit?"

„Schon möglich", sagte Muller. Auf unerklärliche Weise war das Gefühl über ihn gekommen, etwas Gutes tun zu müssen. Er hatte fast schon vergessen, wie schön es sein konnte, einem anderen zu helfen oder wenig anstrengende, angenehm unwichtige Konversation zu führen. Er fragte: „Trinkst du manchmal, Ned?"

„Alkoholisches?"

„Ja, das meine ich."

„In Maßen."

„Das hier ist sozusagen unsere Hausmarke", erklärte Muller. „Ein Wässerchen, das irgendwo, tief im Innern dieses Planeten, von mysteriösen, im Dunkel hausenden Zwergen hergestellt wird." Er holte von irgendwo eine hübsche Flasche und kelchartige Gläser hervor. Vorsichtig kippte er beide Gefäße halbvoll. „Ich beziehe dieses Gebräu aus Zone C", erklärte er, während er Rawlins ein Glas reichte. „Es kommt aus einem Springbrunnen. Man sollte es ‚Trinkmilch' nennen, denke ich."

„Ja, etwa sechzig Prozent Alkohol. Gott allein weiß, was da sonst noch drin ist. Oder wie und woraus es hergestellt wird. Aber ich mag es gern. Einerseits ist es süß, und gleichzeitig hat es einen Beigeschmack von Ingwer. Aber es zieht mächtig rein. Wahrscheinlich handelt es sich dabei um eine weitere Falle. Man trinkt sich davon leicht einen unbeschwerten Rausch an . . . und gerät um so leichter in eine Falle des Labyrinths." Er hob sein Glas und prostete Rawlins zu.

„Zum Wohle!"

„Zum Wohle!"

Beide mußten über den archaischen Trinkspruch lachen. Sie leerten die Gläser.

Vorsichtig, Dickie, sagte sich Muller. Du bist auf dem besten Weg, mit diesem Jungen Freundschaft zu schließen. Vergiß darüber nicht, wo du dich befindest. Und warum. Was für ein Typ bist du eigentlich, daß du dich hier so aufführst?

„Darf ich davon etwas ins Camp mitnehmen?" fragte Rawlins.

„Aber klar doch. Warum?"

„Da ist einer, der dieses Wässerchen sicher zu schätzen weiß. Er ist in dieser und vielen anderen Beziehungen ein Gourmet. Er reist nie ohne seine Hausbar, die sicher hundert verschiedene Schnäpse, Liköre und was weiß ich noch von über vierzig verschiedenen Welten enthält. Es sind so viele, daß ich nicht einmal von allen die Namen weiß."

„Ist etwas vom Planeten Marduk dabei?" fragte Muller. „Von den Deneb-Welten? Oder vom Rigel?"

„Ich kann es wirklich nicht sagen. Weißt du, ich trinke ganz gern mal einen. Aber ich bin kein Kenner."

„Vielleicht hätte dein Freund Lust, mit mir einen kleinen Tauschhandel . . ." Muller hielt abrupt inne. „Nein. Nein, vergiß, was ich gesagt habe. Ich werde mich auf nichts einlassen."

„Du könntest doch mit mir ins Camp kommen", sagte Rawlins. „Er würde dir sicher erlauben, eine kleine Inspektionsreise durch seine Hausbar zu unternehmen, davon bin ich überzeugt."

„Sehr geschickt von dir. Nein." Muller starrte düster auf sein Glas. „Ich lasse mich nicht übertölpeln, Ned. Mit den anderen will ich nichts zu tun haben."

„Es schmerzt mich, daß du so denkst."

„Noch ein Glas?"

„Nein, ich muß mich jetzt langsam auf den Weg ins Camp machen. Es ist schon spät. Es war nicht vorgesehen, daß ich den ganzen Tag hier verbringe. Und sie werden mir die Hölle heiß machen, weil ich heute meine Arbeit nicht erledigt habe."

„Du warst ja auch längere Zeit im Käfig. Daraus können sie dir doch keinen Vorwurf machen."

„Vielleicht doch. Gestern haben sie schon ein wenig die Nase gerümpft. Ich glaube, sie haben etwas dagegen, daß ich dich besuche."

Muller spürte, wie er sich plötzlich wieder verkrampfte.

Rawlins fuhr fort: „Nachdem ich heute mein Tagespensum nicht erledigt habe, wäre ich nicht überrascht, wenn sie mir untersagen würden, weiterhin hierher zu kommen. Ich glaube, da würden sie nicht mehr mit sich spaßen lassen. Ich meine, angesichts der Tatsache, daß du dich nicht sehr kooperativ zeigst, sehen sie es sicher als Zeitverschwendung an, wenn ich dich besuchen gehe. Ich wäre viel nützlicher, wenn ich in Zone E oder F aushelfen würde." Rawlins trank den letzten Rest aus seinem Glas und erhob sich dann. Er stöhnte leicht auf. Ned sah auf seine Beine hinab. Der Diagnostat hatte die Wunden mit einer Heilmasse überzogen. Sie war fleischfarben, und man konnte beim besten Willen nicht mehr erkennen, wo die Wunden gewesen waren. Umständlich zog er sich die Reste seiner Hose an. „Ich denke, ich verzichte auf die Stiefel", sagte er. „Sie sehen so kaputt aus, daß ich mir die Mühe sparen möchte, sie irgendwie um meine Beine zu wickeln. Ich kann auch barfuß ins Camp zurückgehen."

„Das Pflaster ist glatt und eben", sagte Muller.

„Gibst du mir etwas von dem Schnaps für meinen Freund mit?"

Schweigend reichte Muller ihm die Flasche. Sie war noch halbvoll.

Rawlins befestigte sie an seinem Gürtel. „Es war ein interessanter Tag. Ich hoffe, ich kann bald wiederkommen."

# 4

Als Rawlins sich humpelnd auf dem Weg zu Zone E befand, meldete sich Boardman: „Was machen Ihre Beine?“

„Sie sind noch etwas steif. Aber sie verheilen rasch. Ich schaffe es schon.“

„Passen Sie auf, daß Ihnen die Flasche nicht hinfällt.“

„Da machen Sie sich mal keine Sorgen, Charles. Sie hängt fest an meinem Gürtel. Ich werde Sie schon nicht Ihres Vergnügens berauben.“

„Ned, hören Sie, wir haben versucht, Drohnen zu Ihnen zu schikken. Ich habe jede dieser schrecklichen Minuten am Bildschirm mitgezittert, als diese Bestien Sie angegriffen haben. Aber uns waren wirklich die Hände gebunden. Muller hat jede einzelne Drohne aufgespürt und vernichtet.“

„Ist schon gut“, sagte Rawlins.

„Er leidet eindeutig an psychischen Störungen. Er hat nicht einen Roboter zu Ihnen durchgelassen.“

„Ist ja nicht mehr schlimm, Charles, schließlich habe ich es überlebt.“

Aber Boardman wollte noch nicht aufhören. „Ich habe mir überlegt, ob Sie nicht besser drangewesen wären, wenn wir nicht versucht hätten, die Drohnen zu Ihnen zu schicken, Ned. Denn die Roboter haben Muller einige Zeit lang beschäftigt. Andernfalls hätte er früher wieder zu Ihnen zum Käfig kommen können, um Sie herauszulassen oder die Aasfresser zu töten. Er ...“ Boardman schwieg. Er preßte die Lippen zusammen und tadelte sich selbst wegen seines Gefasels. Ein untrügliches Anzeichen für das Älterwerden. Er befühlte die fleischigen Falten seines Bauchs. Eine neue Verjüngungsbehandlung war vonnöten. Er könnte sich zu einem Sechzigjährigen machen lassen und gleichzeitig den physiologischen Verfall auf den Stand eines biologisch Fünfzigjährigen zurückführen. Älter aussehen, als er es unter der Oberfläche war. Eine raffinierte Fassade, um die innere Raffinesse zu verbergen.

Nach einer langen Weile sagte er: „Es sieht so aus, als wären Muller und Sie mittlerweile gute Freunde geworden. Das gefällt mir. Der Moment ist nicht mehr fern, wo Sie versuchen sollten, ihn herauszulocken.“

„Und wie soll ich das anfangen?“

„Versprechen Sie ihm die Heilung“, sagte Boardman.

# Zehn

Drei Tage später trafen sie sich wieder, gegen Mittag in Zone B. Muller schien erfreut, ihn wiederzusehen, und das paßte hervorragend in den Plan. Rawlins lief quer über den Sportplatz – zumindest sah der Platz so aus, der sich zwischen zwei dunklen blauen Türmen mit stumpfer Spitze befand. Muller begrüßte ihn mit einem Kopfnicken und sagte: Wie geht es deinen Beinen?"

„Ausgezeichnet."

„Und dein Freund – mochte er den Schnaps?"

„Er hat ihn genossen", sagte Rawlins und dachte dabei an das Glühen in Boardmans genießerischen Augen. „Er läßt dir durch mich eine Flasche mit einem ganz besonderen Brandy schicken und hofft, daß du ihm ein zweites Mal etwas aus deinen Vorräten zukommen läßt."

Muller sah argwöhnisch auf die Flasche, die Rawlins ihm entgegenhielt. „Er soll sie sich sonstwo hinstecken", sagte Muller unterkühlt. „Ich laß mich auf keine Abmachungen oder Ähnliches ein. Wenn du die Flasche nicht wieder wegsteckst, werfe ich sie auf den Boden."

„Warum?"

„Gib sie nur her, und dann zeige ich es dir. Nein. Warte. Ich tue es nicht. Her damit, ich will sie haben."

Rawlins gab sie ihm. Muller hielt die Flasche vorsichtig wie ein wertvolles Stück in seinen Händen. Dann schraubte er die Kappe ab und setzte die Flasche an die Lippen. „Ihr Teufel", sagte er. „Wo kommt das her? Aus dem Kloster auf Deneb XIII?"

„Er hat den Namen nicht genannt. Er sagte nur, du würdest es mögen."

„Ihr Teufel. Ständige Versuchungen. Ihr wollt mich doch dazu verführen, mich mit euch einzulassen! Aber nur dieses eine Mal. Wenn du noch einmal mit einer Flasche Brandy oder so hier auftauchst, und wenn es das Elixier der Götter sein sollte, dann werde ich sie nicht annehmen: Wo hast du eigentlich die ganze Zeit gesteckt, mein Junge?"

„Ich habe gearbeitet. Ich habe dir doch gesagt, daß sie es nicht so gerne sehen, wenn ich zu oft zu dir komme."

Er hat mich vermißt, dachte Rawlins. Charles hat recht gehabt: Das Eis ist gebrochen. Aber warum ist er eine so schwierige Persönlichkeit, zu der man nur mühsam Zugang gewinnt?

„Wo grabt Ihr denn?", fragte Muller.

„Es wird nicht mehr gegraben. Wir arbeiten mit Sonden und Echoloten an der Grenze zwischen den Zonen E und F, um Hinweise auf die Chronologie des Komplexes zu bekommen . . ., wir wollen herausfinden, ob das Labyrinth gleichzeitig und in einem Stück gebaut worden ist oder von der Mitte ausgehend Zone um Zone angelegt wurde. Wie ist denn deine Meinung dazu, Dick?"

„Nicht auf diese Art, mein Freund, von mir erfahrt ihr nichts!" Muller nahm noch einen Schluck. „Du stehst nicht gerade sehr weit weg von mir, nicht wahr?"

„Vier oder fünf Meter, schätze ich."

„Und du warst mir noch näher, als du mir die Flasche gegeben hast. Warum bist du da nicht blaß geworden? Hast du meine Ausstrahlung nicht mehr gespürt?"

„Doch."

„Und als rechter Stoiker hast du deine Gefühle zu verbergen gewußt?"

Achselzuckend sagte Rawlins freundlich: „Ich denke mir, der Effekt verliert bei wiederholter Begegnung an Wirkung. Natürlich ist er immer noch recht stark, aber nicht mehr so schlimm wie am ersten Tag. Hast du diese Erfahrung noch nie bei jemand anderem gemacht?"

„Ich bin niemandem öfter als einmal begegnet", sagte Muller. „Komm hierher, mein Junge, und sieh dir die Anlagen an. Das ist mein Wasserspender. Nicht unflott, was? Diese schwarze Leitung verläuft durch die ganze Zone B. Onyx, denke ich mir. Halbedelstein. Hübsch, in jeder Beziehung." Muller kniete nieder und strich über den Aquädukt. „Irgendwo gibt es eine Pumpstation, die das Wasser aus irgendeinem unterirdischen Bassin, möglicherweise aus einer Tiefe von eintausend Kilometern, heraufholt, ich weiß es nicht. Auf der Oberfläche dieses Planeten gibt es kein Wasser, oder?"

„Doch, einige Ozeane."

„Nun, mal abgesehen von . . ., ach, ist ja auch egal. Dort drüben, siehst du, befindet sich einer der Speier. Alle fünfzig Meter steht einer. So weit ich das übersehen kann, ist dieses System die einzige Wasserversorgung für die ganze Stadt. Vielleicht benötigten die Erbauer nicht viel Flüssigkeit. Wasser kann für sie sicher nicht sehr wichtig gewesen sein, wenn sie eine kunstvolle Anlage daraus gemacht haben. Nirgendwo habe ich ein Leitungssystem finden können und auch keine wirkliche Installation. Hast du Durst?"

„Nicht sehr."

Muller hielt beide Hände unter den reich verzierten und mit Ornamenten in Form von auf- und abschwellenden Kurven versehenen Speier. Wasser strömte heraus. Muller nahm rasch einige Schlukke. Der Strom versiegte in dem Moment, als er die Hände wegzog. Eine Art Impulsanlage, sagte sich Rawlins. Recht beeindruckend. Wie hatte sie Millionen von Jahren überlebt?

„Trink", sagte Muller. „Vielleicht bereust du es später."

„Ich kann nicht lange bleiben." Aber er trank trotzdem. Danach spazierten sie gemächlich zur Zone A. Die Käfige hatten sich wieder geschlossen. Rawlins sah eine ganze Reihe von ihnen auf dem Weg, und jedes Mal lief ihm ein Schauer über den Rücken. Heute würde er sich nicht für solche oder ähnliche Experimente zur Verfügung stellen. Sie entdeckten Sitzbänke: polierte Steinplatten, die an den Enden zu einander gegenüberliegenden Sitzflächen hochgewölbt waren. Allerdings waren sie für Wesen vorgesehen, deren Gesäß wesentlich breiter war als das eines *Homo sapiens*. Als sie sich niederließen, saßen sie einige Meter auseinander, nahe genug jedenfalls, um sich miteinander zu unterhalten. Rawlins spürte so aufgrund von Mullers Ausstrahlung nur ein leichtes Unbehagen. Andererseits hatten beide nicht das Gefühl, voneinander getrennt zu sein.

Muller war in gesprächiger Stimmung.

Die Konversation verlief flüssig und wurde nur hin und wieder von galligen Momenten des Ärgers oder Selbstmitleids unterbrochen. Doch die meiste Zeit über blieb Muller ruhig, entwickelte stellenweise sogar so etwas wie Charme und verhielt sich ganz so wie ein älterer Herr, der offensichtlich die Gesellschaft eines jungen Mannes genießt. Die beiden tauschten Meinungen und Erfahrungen aus, und hin und wieder wurde es sogar ein wenig philosophisch. Muller erzählte viel vom Beginn seiner Karriere, von den Welten, die er gesehen hatte, und von den oftmals komplizierten Verhandlungen, die er für die Erde mit zahlreichen aufmüpfigen Kolonialwelten geführt hatte. Er erwähnte den Namen Boardman recht häufig, aber jedesmal gelang es

Rawlins, mit nichtssagender Miene darauf zu reagieren. Mullers Gefühle für Boardman schienen hauptsächlich aus ehrlicher Bewunderung zu bestehen, in die sich ein Schuß Abscheu und Wut mischten. Offensichtlich konnte er Boardman nicht vergeben, daß er es mit einem geschickten Appell an seine Schwächen verstanden hatte, ihn zu den Hydriern zu schicken. Kein sonderlich von Logik beeinflußtes Verhalten, dachte sich Rawlins. Hätte er über Mullers von Neugierde und Ehrgeiz geprägten Charakter verfügt, hätte er mit allen Mitteln darum gekämpft, den Auftrag zu jener Mission zu bekommen, egal ob es da einen Boardman gegeben hätte oder nicht, und auch, ohne sich größere Gedanken über die Risiken zu machen.

„Kommen wir doch auch einmal zu dir", sagte Muller endlich. „Du bist cleverer, als du vorgibst. Deine Schüchternheit behindert dich vielleicht noch etwas, aber du besitzt einen ausgezeichneten Verstand, der sorgfältig hinter einem Pennälerauftreten verborgen liegt. Was willst du eigentlich erreichen, Ned? Was gibt dir die Archäologie?"

Rawlins sah ihm direkt ins Gesicht. „Sie gibt mir die Chance, Millionen von Vergangenheiten zu begreifen. Im Grunde bin ich genauso unersättlich wie du. Ich will wissen, wie es zu bestimmten Entwicklungen gekommen ist, was alles passiert ist. Und zwar nicht nur auf der Erde oder im Sonnensystem, sondern überall."

„Gut gesprochen, mein Junge!"

Das denke ich mir auch, sagte sich Rawlins und hoffte, Boardman wäre ebenso erfreut über seine wiedergefundene Beredsamkeit.

„Ich denke mir", fuhr er fort, „ich hätte mich ebenso wie du für eine Diplomaten-Laufbahn entscheiden können. Aber statt dessen habe ich diesen Weg gewählt. Und ich glaube, meine Entscheidung war richtig. Es gibt so viel zu erforschen und entdecken, hier und überall. Wir haben gerade erst damit begonnen, fremde Welten zu erkunden."

„Hingabe klingt in deiner Stimme mit."

„Das überrascht mich nicht."

„Ich mag diesen Klang. Er erinnert mich an die Art, wie ich selbst einmal gesprochen habe."

„Damit du nicht den Eindruck gewinnst, ich sei ein idealistischer Spinner, muß ich wohl hinzufügen, daß es vor allem meine Neugierde ist, die mich vorantreibt, und nicht so sehr eine abstrakte Liebe zur Wissenschaft."

„Das ist verständlich. Und entschuldbar. Dann sind wir beide eigentlich gar nicht so verschieden, wenn man einmal von den circa vierzig Jahren absieht, die zwischen uns stehen. Mach dir nicht allzu viele Gedanken über deine Beweggründe, Ned. Geh zu deinen Sternen, sieh dich um, erleb' etwas. Irgendwann wird das Leben auch dich zerschmettern, so wie es das mit mir getan hat. Aber bis dahin ist es noch lang. Irgendwann einmal, vielleicht auch nie, wer will das schon wissen? Vergiß das lieber wieder."

„Ich will es versuchen", sagte Rawlins.

Er spürte jetzt Wärme von seinem Gegenüber, den Ausfluß tiefer und ehrlich gemeinter Sympathie. Natürlich war die alptraumhafte Woge damit nicht verschwunden, die nicht enden wollende Ausstrahlung aus den Sümpfen der Seele. Sie war jetzt deutlich verdünnt, aber immer noch wahrzunehmen. Behindert durch sein Mitleid und seine Schuldgefühle zögerte Rawlins, jetzt das zu sagen, was er sagen mußte. Aber Boardman drängte ihn unerbittlich, ließ ihm keine Ruhe. „Nun *machen* Sie schon, mein Junge! Vorwärts, sagen Sie es ihm!"

„Das scheinen ja wirklich sehr schöne Gedanken zu sein", sagte Muller, „du siehst aus, als wärst du ganz weit weg."

„Ich habe nur nachgedacht ..., mußte gerade daran denken, wie traurig es doch ist, daß du uns nicht vertrauen kannst. Daß du gegenüber der Menschheit eine so feindselige Haltung an den Tag legst."

„Ich habe sie mir hart, aber ehrlich erworben."

„Du brauchst trotzdem nicht den Rest deines Lebens in diesem Labyrinth zu bleiben. Es gibt einen Ausweg."

„Unsinn."

„Hör mir doch erst einmal zu", sagte Rawlins. Er atmete tief durch und setzte sein angenehmstes und offenstes Lächeln auf. „Ich habe mit dem Expeditionsarzt über deinen Fall gesprochen. Er hat Neurochirurgie studiert und weiß alles über dich. Er sagt, daß es heute Möglichkeiten gibt, dich zu heilen. Es sei noch recht neu, gerade erst vor ein paar Jahren entwickelt. Und es ..., es blockt die Ausstrahlung ab, Dick. Er sagte, ich soll dir das erzählen. Wir nehmen dich mit auf die Erde, Dick, um dich zu operieren. Eine Operation, Dick. Heilung."

Das messerscharfe, glitzernde, mit Widerhaken versehene Wort schwamm auf der Spitze einer Sturmwoge aus einschmeichelnden Klängen auf ihn zu und traf ihn mitten ins Herz. *HEILUNG!* Er riß die Augen weit auf. Der Schall von den umstehenden, düsterdunklen

Gebäuden dröhnte auf ihn ein. *Heilung. Heilung. Heilung.* Muller spürte, wie die teuflische Versuchung an seinen inneren Organen nagte.

„Nein“, sagte er. „Das ist Unsinn. Es gibt keine Heilung.“

„Wie kannst du da so sicher sein?“

„Ich weiß es eben.“

„Auch die Wissenschaft macht in neun Jahren Fortschritte. Man weiß jetzt, wie das Gehirn arbeitet. Alles vollzieht sich dort auf der Grundlage von Elektrizität. In den Mondlabors haben sie ein phantastisches Simulationsmodell gebaut – vor ein paar Jahren. Sie haben Gehirnfunktionen und -zusammenhänge von Anfang bis Ende durchgespielt. Und ich bin der festen Überzeugung, daß sie ganz versessen darauf sind, dich wieder auf der Erde zu haben, weil du alle ihre Theorien verifizieren kannst. Ganz besonders in deinem augenblicklichen Zustand. Und indem sie dich operieren, deine Ausstrahlung umkehren, demonstrieren sie die Richtigkeit ihrer Thesen. Alles was du zu tun hast, ist, mit uns auf die Erde zurückzukehren.“

Muller rieb pausenlos die Knöchel aneinander. „Warum hast du das nicht schon früher gesagt?“

„Da wußte ich noch nichts davon.“

„Aha.“

„Ehrlich. Wir haben nicht erwartet, dich hier zu finden, weißt du. Und zuerst konnte sich auch niemand so recht einen Reim darauf machen, wer du warst und warum du dich im Labyrinth eingerichtet hattest. Ich habe es ihnen erklärt. Dann erinnerte sich der Arzt daran, daß es eine Behandlung gibt. – Was ist los . . ., glaubst du mir etwa nicht?“

„Du sitzt da wie die reine Unschuld“, sagte Muller. „Mit reinen blauen Augen und goldenem Haar. Was für ein Spiel spielst du hier wirklich, Ned? Warum ziehst du hier so einen Blödsinn ab?“

Rawlins lief rot an. „Das ist kein Blödsinn.“

„Ich glaube dir nicht. Und an deine Behandlung glaube ich erst recht nicht.“

„Das steht dir frei. Aber du wirst das Nachsehen haben, wenn . . .“

*„Versuch ja nicht, mir zu drohen!“*

„Tut mir leid.“

Langes, unangenehmes Schweigen folgte.

In Mullers Kopf purzelten die Gedanken wie in einem Labyrinth durcheinander. Lemnos verlassen? Erlösung von dem Fluch? Endlich wieder eine Frau in den Armen halten können? Deren Brüste wie Feuer auf seiner Haut brannten? Lippen? Hüften? Noch einmal eine Karriere aufbauen? Noch einmal nach den Sternen greifen? Neun Jahre Leben voller Verbitterung einfach abstreifen? Ned doch glauben? Mitfliegen? Sich unterwerfen?

„Nein“, sagte er zögernd. „Es gibt keine Heilung für mein Leiden.“

„Das sagst du jetzt schon zum zigsten Mal. Aber wissen kannst du es trotzdem nicht.“

„Es paßt einfach nicht ins Muster. Ich glaube nämlich an die Macht des Schicksals, mein Junge. An eine ausgleichende Ungerechtigkeit. Daran, daß der tief stürzt, der hoch hinaufgestiegen ist. Die Götter verhängen keine zeitlich begrenzten Strafen. Sie erlassen sie einem nicht nach ein paar Jahren. Ödipus bekam seine Augen nicht zurück. Und auch nicht seine Mutter. Und Prometheus wollten sie auch nicht vom Fels loslassen. Sie ...“

„Du lebst nicht in einer griechischen Tragödie“, erklärte ihm Rawlins. „Das hier ist die reale Welt. Das Muster erfüllt sich nicht immer exakt und hundertprozentig. Vielleicht haben die Götter in deinem Fall aber entschieden, daß du lange genug gelitten hast. Und wo wir schon einmal beim Thema sind: Sie haben auch Orest vergeben, nicht wahr? Warum sollten also neun Jahre für dich nicht ausreichend sein?“

„*Gibt* es eine Behandlung?“

„Der Arzt sagt ja.“

„Ich glaube, du lügst mich an, mein Junge.“

Rawlins sah zur Seite. „Was könnte ich schon dadurch gewinnen, wenn ich dich anlüge?“

„Das weiß ich nicht.“

„Also gut, ich habe dich angelogen“, sagte Rawlins kurz angebunden. „Es gibt keine Möglichkeit, dir zu helfen. Komm, wir wollen über etwas anderes reden. Warum zeigst du mir nicht den Springbrunnen, aus dem der Schnaps kommt?“

„Er befindet sich in Zone C“, sagte Muller. „Aber ich habe jetzt keine große Lust, dorthin zu gehen. Warum hast du mir die Geschichte denn erzählt, wenn sie nicht wahr ist?“

„Ich sagte, wir wollen das Thema wechseln.“

„Laß uns doch einmal für einen Moment annehmen, sie sei wahr“, beharrte Muller. „Daß ich geheilt werden kann, wenn ich auf die Erde mitkomme. Ich möchte nur vorausschicken, daß ich daran gar nicht interessiert bin, selbst wenn du mir Brief und Siegel darauf geben würdest. Ich kenne die wahre Natur des Menschen. Als ich am Boden lag, haben sie auf mich eingetreten. Sie besitzen keine Fairneß, sondern sind hinterhältig, Ned. Sie stinken. Sie bereiten Übelkeit und Ekel. Sie haben sich noch über das gefreut, was mir zugestoßen ist."

„Das siehst du falsch!"

„Was weiß du denn schon? Du warst damals noch ein Kind. Warst noch kindischer, als du es heute noch bist. Sie haben mich wie Dreck behandelt, weil ich ihnen gezeigt habe, wie es in ihrem Innern aussieht. Ich war der Spiegel ihrer verderbten Seelen. Warum sollte ich jetzt zu ihnen zurückkehren wollen? Wozu brauche ich sie noch? Sie sind Würmer. Schweine. Ich habe sie so gesehen, wie sie wirklich sind . . ., während der wenigen Monate, die ich nach Beta Hydri IV auf der Erde war. Der entsetzte Ausdruck in ihren Augen, das nervöse Lächeln auf ihren Lippen, während sie vor mir zurückfahren. Jawohl, Mr. Muller. Aber natürlich, Mr. Muller. Aber kommen Sie mir bitte nicht zu nahe, Mr. Muller. Du mußt einmal in der Nacht zu mir kommen, mein Junge, dann kann ich dir die Sternkonstellationen zeigen, wie sie von Lemnos aus zu sehen sind. Ich habe einigen sogar einen Namen gegeben. Da ist zum Beispiel der Dolch, ein langgezogenes, schlankes Sternbild. Es steht bereit, um jemandem in den Rücken gestoßen zu werden. Und dann ist da der Pfeil. Und du kannst auch den Affen und die Kröte sehen. Sie greifen ineinander über. Ein Stern ist auf der Stirn des Affen zu sehen, der gleichzeitig das linke Auge der Kröte bildet. Dieser Stern ist die Sonne, mein Freund. Ein häßlicher, kleiner gelber Stern, der die Farbe von flüssiger Kotze hat. Und dessen Planeten von häßlichen, kleinen Wesen bewohnt sind, die sich wie verspritzter Urin über das ganze Universum verbreitet haben."

„Darf ich etwas sagen, das vielleicht beleidigend klingt?" fragte Rawlins.

„Du kannst mich nicht beleidigen. Aber du darfst es gerne einmal versuchen."

„Ich halte deine Betrachtungsweise für verzerrt. Du hast in all den Jahren, die du hier bist, die Perspektive verloren."

„Nein, ich habe zum ersten Mal gelernt, die Dinge so zu sehen, wie sie sind."

„Du wirfst der Menschheit vor, daß sie aus Menschen besteht. Es ist nicht leicht, jemanden wie dich zu akzeptieren. Wenn du hier an meiner Stelle sitzen würdest und ich an deiner, würdest du das verstehen. Es schmerzt, in deiner Nähe zu sein. *Es schmerzt.* In diesem Moment spüre ich in jeder einzelnen Nervenfaser Schmerz. Wenn ich dir noch näher käme, könnte ich kaum meinen Drang zu weinen bezähmen. Du kannst einfach nicht erwarten, daß die Leute sich so einfach anpassen. Noch nicht einmal die, die dich lieben ..."

„Es gibt niemanden, der mich liebt."

„Du warst verheiratet."

„Ja, aber nur auf Zeit."

„Also Eheverträge."

„Sie konnten es in meiner Nähe nicht mehr aushalten, als ich zurückkehrte."

„Und Freunde?"

„Die haben sich schnell zurückgezogen", sagte Muller. „Auf sechs Beinen sind sie vor mir davongekrabbelt."

„Du hast ihnen nicht genug Zeit gelassen."

„Doch, sie hatten Zeit genug."

„Nein", beharrte Rawlins. Er rutschte unruhig auf seinem Sitz hin und her. „Jetzt werde ich dir einmal etwas sagen, was dir wirklich Schmerz bereiten wird, Dick. Es tut mir leid, aber ich muß es tun. Was du mir erzählt hast, ist der Krampf, den ich mir schon auf dem College bis zum Erbrechen anhören mußte. Pubertätszynismus und so. Du sagst, die Welt ist nur zu verachten. Sie ist böse, gemein und niederträchtig. Du hast die wahre Natur des Menschen erkannt und willst deshalb mit der Menschheit nichts mehr zu tun haben. Mit achtzehn Jahren redet jeder so daher. Aber das ist eine Wachstumsphase, die vorübergeht, von einer anderen abgelöst wird. Wir überwinden die Verwirrung auch wieder, die mit achtzehn über uns kommt, und dann können wir erkennen, daß die Welt ein ganz angenehmer Ort ist, daß die Leute sich redlich bemühen, daß wir zwar nicht perfekt, aber ganz und gar nicht widerwärtig sind ..."

„Ein Achtzehnjähriger hat kein Recht auf eine solche Meinung. Ich dagegen schon. Ich habe meinen Haß auf Heller und Pfennig erworben, bin mit der Nase darauf gestoßen worden."

„Aber warum klebst du denn so daran? Du scheinst dich deines Leids zu rühmen. Befrei dich doch davon! Schüttle es ab! Komm mit zur Erde und vergiß die Vergangenheit. Oder übe wenigstens Nachsicht."

„Es gibt weder Vergessen noch Vergeben", knurrte Muller. Eine Woge aus Furcht durchfuhr ihn, er zitterte. Was, wenn das alles wahr wäre? Eine durchgreifende Heilung? Lemnos verlassen? Er war verwirrt. Der Junge hatte seinen wunden Punkt mit der Bemerkung über den Pubertätszynismus getroffen. Und er hatte recht damit. Bin ich wirklich so ein Misanthrop? Gebe ich nur etwas Hohles vor? Er hat mich gezwungen, darüber nachzudenken. Polemische Gründe. Und jetzt ersticke ich an meiner eigenen Dickköpfigkeit. Aber es gibt keine Heilung. Der Junge verhält sich zu durchsichtig. Er lügt, auch wenn ich nicht weiß, warum. Er will mich hineinlegen, will mich an Bord ihres Schiffes locken. Und wenn es doch stimmt? Warum nicht zurück auf die Erde? Muller wußte die Antwort darauf: Die Furcht hielt ihn zurück. Das Wiedersehen mit den Milliarden Erdmenschen. Wieder in das brodelnde Leben eintreten. Neun Jahre hatte er in seiner isolierten Inselstadt zugebracht, und jetzt machte ihm die Vorstellung einer Rückkehr Angst. Er gab sich einer Stimmung aus tiefer Depression hin, sah sich mit harten Wahrheiten konfrontiert. Der Mann, der einst ein Gott hatte sein wollen, war nun nicht mehr als ein erbärmlicher Neurotiker; einer, der sich an seine Isolation klammerte; einer, der seinem möglichen Retter mit Trotz begegnete. Traurig, mein lieber Muller, dachte er. Sehr traurig.

„Ich spüre“, sagte Rawlins, „daß die Qualität deiner Ausstrahlung sich etwas verändert hat.“

„Das *kannst* du?“

„Oh, es ist nichts Spezifisches. Aber bis vorhin herrschten Ärger und Bitterkeit vor. Nun empfange ich etwas anderes . . . Sehnsucht.“

„Noch nie hat jemand erklärt, er könne aus meiner Ausstrahlung etwas Bestimmtes herauslesen“, sagte Muller erstaunt. „Aber eigentlich hat sich nie jemand darüber ausgelassen. Außer, daß es schmerzhaft sei, in meiner Nähe zu sein. Und abstoßend.“

„Warum bist du dann plötzlich sehnsüchtig geworden – wenn wir einmal davon ausgehen wollen? Hast du an die Erde gedacht?“

„Vielleicht.“ Muller stabilisierte rasch die plötzliche Lücke in seinem Seelenpanzer. Sein Gesicht verfinsterte sich. Er biß die Zähne zusammen. Dann stand er auf und ging absichtlich auf den jungen Mann zu. Er beobachtete dabei, wie Rawlins mit sich kämpfen mußte, um seine wahren, unbehaglichen Gefühle zu verbergen. „Ich glaube, du hilfst jetzt besser deinen Kollegen bei der Arbeit“, sagte Muller. „Sonst werden deine Freunde wieder ärgerlich.“

„Ich kann noch etwas Zeit erübrigen.“

„Nein, das kannst du nicht, Ned. Geh!“

## 3

Entgegen Boardmans ausdrücklicher Anordnung bestand Rawlins darauf, an diesem Abend zum Basislager in Zone F zurückzukehren. Der junge Mann gab vor, er wolle die neue Flasche bei Boardman persönlich abliefern, die er von Muller bekommen hatte. Boardman wollte ihm einen Mann entgegenschicken, der die Flasche entgegennehmen konnte, um Rawlins das Risiko der Todesfallen in Zone F zu ersparen. Aber Rawlins wollte ihn persönlich sprechen. Seine Entschlossenheit hatte gehörig nachgelassen. Er fühlte sich zutiefst entmutigt.

Er traf Boardman beim Abendessen an. Der alte Mann saß an einem veredelten Reisetisch aus dunklem Holz, der mit helleren Einlegearbeiten versehen war. Aus kostbaren Steinschüsseln nahm er kandierte Früchte, in Brandy eingelegtes Gemüse, Fleischextrakte und ungezuckerten Fruchtsaft zu sich. Nicht weit von seiner fleischigen Hand stand eine Karaffe mit einem olivfarbenen Wein. Verschiedenartige, undefinierbare Pillen lagen in den leichten Vertiefungen eines viereckigen schwarzen Glasklumpens. Von Zeit zu Zeit schob Boardman sich eine davon in den Mund. Rawlins blieb einige Zeit am Eingang zu Boardmans Privatsektor stehen, bevor der Alte ihn zu bemerken schien.

„Ich habe Ihnen gesagt, Sie sollten nicht hierher kommen", sagte Boardman schließlich.

„Muller schickt Ihnen das hier." Rawlins stellte die Flasche neben die Karaffe.

„Wir hätten auch ohne diesen Besuch miteinander reden können."

„Ich habe es satt. Ich mußte Sie einfach sehen." Boardman bot ihm keinen Sitzplatz an und ließ sich auch nicht bei seiner Mahlzeit stören. „Charles, ich fürchte, ich kann meine Rolle diesem Mann gegenüber nicht mehr spielen."

„Sie waren heute hervorragend", sagte Boardman zwischen zwei Schlucken Wein. „Sehr überzeugend."

„Ja, ich scheine immer besser darin zu werden, andere anzulügen. Aber was soll das noch? Sie haben gehört, was er gesagt hat: Die Menschheit widert ihn an. Er wird nicht mit uns zusammenarbeiten, wenn wir ihn aus dem Labyrinth gelotst haben."

„Nein, er meint das nicht ernst. Das haben Sie doch selbst gesagt, Ned. Billiger Zynismus! Der Mann liebt die Menschen. Deswegen ist er ja auch so verbittert... weil ihm diese Liebe im Mund sauer geworden ist. Aber daraus ist kein Haß geworden. Wirklich nicht."

„Sie waren nicht dabei, Charles. Sie haben nicht direkt mit ihm gesprochen."

„Aber ich habe zugesehen und zugehört. Und ich kenne Dick Muller seit gut vierzig Jahren."

„In diesem Fall zählen aber nur die letzten neun Jahre. Sie waren es, die ihn so verändert haben." Rawlins beugte sich vor, um Boardman direkt in die Augen sehen zu können. Der Alte spießte eine kandierte Birne mit der Gabel auf, nahm ihr per Knopfdruck einen Teil ihres Gewichts und beförderte sie lässig in den Mund. Er ignoriert mich vorsätzlich, dachte Rawlins und sagte dann: „Charles, hören Sie mir bitte zu. Ich bin ins Zentrum gegangen und habe Muller einige faustdicke Lügen aufgetischt. Ich habe ihm eine völlig aus der Luft gegriffene Heilung angeboten, und er hat sie mir vor die Füße geworfen."

„Er hat nur gesagt, daß er nicht daran glaube. In Wahrheit *möchte* er es jedoch glauben, Ned. Er hat nur Angst davor, sein Versteck zu verlassen."

„Bitte, Charles. Passen Sie auf. Einmal angenommen, er glaubt mir doch noch. Und weiter angenommen, er verläßt seinen Bau und begibt sich in unsere Hände. Was dann? Wer soll ihm sagen, daß es keine Heilung gibt und wir ihn nur auf sehr schmutzige Weise hereingelegt haben. Wer sagt ihm, daß wir ihn lediglich wieder als unseren Botschafter wollen und er einen Haufen Aliens aufsucht, die zwanzigmal so fremdartig und fünfzigmal so gefährlich sind wie die, die sein Leben ruiniert haben? *Ich* werde ganz sicher nicht derjenige sein, der ihm diese freudige Neuigkeit überbringt!"

„Das brauchen Sie auch nicht, Ned. Ich werde es tun."

„Und wie wird er darauf reagieren? Erwarten Sie von ihm, daß er nur lächelt, sich verbeugt und sagt: Sehr clever, Charles, Sie haben es wieder einmal geschafft? Daß er sich sofort zu allem bereiterklärt und das tut, was Sie von ihm wollen? Nein. Davon darf und kann man nicht einmal träumen. Sie können ihn vielleicht aus dem Irrgarten locken, aber gerade die Methoden, mit denen Sie Ihre Haken auswerfen, machen seine spätere Verwendbarkeit außerhalb des Labyrinths sehr unwahrscheinlich."

„Nicht unbedingt", sagte Boardman ruhig.

„Wollen Sie mir dann vielleicht die Taktik erläutern, mit der Sie vorzugehen gedenken, sobald Sie ihn darüber aufgeklärt haben, daß die Sache mit der Heilung eine Lüge war und es einen gefährlichen neuen Auftrag gibt, den er auszuführen hat?“

„Ich hege im Augenblick nicht die Absicht, meine zukünftige Strategie zu diskutieren.“

„Dann bitte ich um meine Entlassung“, erklärte Rawlins.

## *4*

Boardman hatte etwas Ähnliches erwartet. Eine noble Geste. Eine Aufwallung hartnäckigen Trotzes. Einen Proteststurm der Tugend im Verstand. Boardman legte die vorgetäuschte Interesselosigkeit ab, blickte auf und sah Rawlins fest in die Augen. Ja, Stärke war in ihnen zu lesen. Und Entschlossenheit. Aber keine Verschlagenheit – noch nicht.

Ruhig sagte Boardman: „So, Sie wollen also kündigen? Nach all dem, was Sie über den Dienst an der Menschheit erklärt haben? Wir brauchen Sie, Ned. Sie sind unersetzbar, weil Sie unser einziges Verbindungsglied zu Muller sind.“

„Mein Dienst an der Menschheit schließt auch den Dienst an Richard Muller ein“, erklärte Rawlins steif. „Er ist nämlich Bestandteil der Menschheit, ob er das nun will oder nicht. Und ich habe bereits ein schwerwiegendes Verbrechen an ihm begangen. Solange Sie mir nicht auch den Rest Ihres Plans offen darlegen, will ich verdammt sein, wenn ich noch länger dabei mitspiele.“

„Ich bewundere Ihre Charakterfestigkeit.“

„Meine Kündigung liegt immer noch auf dem Tisch.“

„Ich kann mich sogar mit Ihrem Standpunkt solidarisieren“, erklärte Boardman. „Ich bin keineswegs stolz auf das, was wir hier tun . . ., tun müssen. Aber ich sehe unsere Arbeit als historische Notwendigkeit an – als Notwendigkeit, durch einen gelegentlichen Betrug das höhere Ziel zu erreichen. Auch ich habe ein Gewissen, Ned, ein Gewissen, das achtzig Jahre alt ist und sehr gereift. So etwas verkümmert im Alter nicht. Wir lernen einfach, mit den ewigen Vorwürfen zu leben, das ist das ganze Geheimnis.“

„Wie wollen Sie Muller zu einer Zusammenarbeit bewegen? Drogen? Folter? Gehirnwäsche?“

„Nichts dergleichen."

„Was dann? Mir ist es verdammt ernst, Charles. Meine Rolle in diesem Drama endet in dieser Sekunde, wenn ich nicht erfahre, was anliegt."

Boardman hustete, trank hastig einen Schluck Wein, aß einen Pfirsich und nahm rasch hintereinander drei Pillen ein. Neds Rebellion war unvermeidlich gewesen, und Charles war darauf vorbereitet gewesen, aber jetzt war er doch ärgerlich darüber, daß es so weit gekommen war. Jetzt war es an der Zeit, ein kalkuliertes Risiko einzugehen. „Ich verstehe", sagte Boardman, „daß wir jetzt offen miteinander reden müssen, Ned. Ich werde Ihnen also sagen, was Dick Muller erwarten wird. Aber sehen Sie meine Worte bitte im Zusammenhang mit dem großen Ganzen, legen Sie deshalb kein Wort auf die Goldwaage. Und vergessen Sie bitte nicht, daß unser kleines Spielchen auf diesem Planeten nicht einfach eine Frage privater Moralanschauungen ist. Auch auf die Gefahr hin, jetzt bombastisch zu klingen, möchte ich Sie an eines erinnern, es geht hier um das Schicksal der Menschheit."

„Ich höre, Charles."

„Nun gut. Dick Muller muß zu unseren extragalaktischen Freunden fliegen und sie von der Intelligenz der menschlichen Spezies überzeugen. Stimmen Sie mir da zu? Er allein ist in der Lage, so etwas zu tun; wegen seiner einzigartigen Unfähigkeit, seine Gedanken für sich zu behalten."

„Einverstanden."

„Nun ist es nicht unbedingt erforderlich, die Aliens davon zu überzeugen, daß wir gute, ehrenwerte oder gar liebenswerte Wesen sind. Sie sollen bloß wissen, daß wir einen Verstand besitzen, denken können, fühlen, mit Sinnen wahrnehmen und eben mehr sind als intelligente Maschinen. Für diesen Zweck ist es überhaupt nicht wichtig, welche Gefühle Muller ausstrahlt. Hauptsache, er strahlt etwas aus."

„Ich beginne zu verstehen."

„Deshalb können wir ihm, sobald er aus dem Labyrinth heraus ist, erklären, ganz offen sagen, was wir von ihm wollen. Zweifellos wird er sich über unsere vorangegangene Unaufrichtigkeit ärgern. Aber trotz seines Ärgers wird er erkennen können, was die Pflicht von ihm verlangt. Ich hoffe es jedenfalls. Sie dagegen glauben, daß er es nicht einsieht. Aber das ist im Grunde egal, Ned. Wenn er seine Burg erst verlassen hat, wird er nämlich keine andere Wahl mehr haben. Er wird ganz einfach zu den Aliens gebracht und bei ihnen abgeliefert. Das klingt brutal, und das ist es auch zweifellos. Aber es ist auch zwingend notwendig."

„Seine Kooperationswilligkeit ist also völlig irrelevant", sagte Rawlins langsam. „Er wird den Extragalaktikern einfach vorgeworfen. Wie ein Sack."

„Wie ein *denkender* Sack. Wie unsere Freunde dort sicher feststellen werden."

„Ich..."

„Nein, Ned, sagen Sie jetzt nichts. Ich kann mir sehr gut vorstellen, was jetzt in Ihrem Kopf vor sich geht. Sie hassen diesen Plan. Sie verabscheuen ihn. Und das sollen Sie auch. Mir geht es ja ähnlich. Aber nun ziehen Sie sich zurück und denken in Ruhe darüber nach. Gehen Sie die Sache von allen Seiten an, bevor Sie zu einem Entschluß kommen. Wenn Sie morgen aussteigen wollen, dann lassen Sie es mich wissen, und wir versuchen, ohne Sie zurechtzukommen. Aber ganz gleich, wie Sie sich entscheiden, Sie müssen mir versprechen, sich die Sache vorher gründlich zu überlegen. Einverstanden? Im Augenblick können wir uns keine voreiligen Schlüsse mehr leisten."

Neds Gesicht war zuerst kalkweiß. Dann verfärbten sich seine Wangen rasch. Er preßte die Lippen zusammen. Boardman lächelte ihn wohlwollend an. Rawlins ballte die Fäuste, sah ihn haßerfüllt an, drehte sich um und verschwand rasch nach draußen.

Ein kalkuliertes Risiko.

Boardman nahm eine weitere Pille ein. Dann griff er nach der Flasche, die Muller ihm geschickt hatte. Er schenkte sich etwas davon ein. Ein süßliches, starkes Gebräu mit einem angenehmen Ingwergeschmack. Ein köstlicher Schnaps. Er ließ den ersten Schluck eine Weile auf der Zunge zergehen.

# Elf

Muller hatte die Hydrier beinahe gemocht. Am deutlichsten und angenehmsten waren seine Erinnerungen an die Grazie ihrer Bewegungen. Sie schienen wirklich zu schweben. Die Fremdartigkeit ihrer Physiognomie hatte ihn nie sonderlich gestört. Einer seiner Lieblingssätze lautete, daß man auch auf der Erde nicht sehr weit zu gehen hatte, um auf etwas Groteskes zu stoßen: Giraffen. Hummer. Seeanemonen. Tintenfische. Kamele. Man bräuchte sich ein Kamel nur einmal objektiv anzusehen und sich dabei zu fragen, ob seine Gestalt weniger fremdartig war als die eines Hydriers.

Er war in einer feuchten Gegend nördlich vom Äquator des Planeten gelandet, auf einem amöbenförmigen Kontinent, der ein Dutzend riesiger Quasi-Städte aufwies, von denen sich jede einzelne über etliche tausend Quadratkilometer erstreckte. Sein Schutzanzug, den man speziell für diese Mission entworfen hatte, war kaum mehr als eine dünne Filtrierschicht, die ihn wie eine zweite Haut umgab. Durch tausend Dialyseplättchen führte er ihm Atemluft zu. Der Anzug war nicht sehr bequem, aber er konnte sich in ihm unbehindert bewegen.

Etwa eine Stunde wanderte er durch einen Wald aus riesigen, pilzförmigen Bäumen, bevor er die ersten Einheimischen antraf. Die Bäume erreichten Höhen von mehreren hundert Metern. Vielleicht lag das an der hiesigen Schwerkraft, die nur fünf Achtel der irdischen Gravitation betrug. Die gewundenen Stämme machten keinen sehr harten Eindruck. Er vermutete, daß unter einer äußeren, gerade fingerdicken Holzsschicht ein Kern aus schwammweichem Mark lag. Die hutartigen Baumwipfel fügten sich zu einem fast lückenlosen Baldachin zusammen und ließen so gut wie kein Licht auf den Waldboden gelangen. Da die Wolkenschicht über der Welt ohnehin nur mattes Sonnenlicht durchließ und dieses von den Baumkronen noch zusätzlich abgeschwächt wurde, herrschte hier im Wald fast Dunkelheit.

Als Muller auf die Fremden stieß, stellte er überrascht fest, daß sie etwa drei Meter groß waren. Seit seiner Kindheit war er sich nicht mehr so winzig vorgekommen. Er blieb stehen, und sie umringten ihn. Muller reckte und streckte sich bei dem Versuch, ihnen in die Augen zu sehen. Nun war der Moment gekommen, wo er sich in angewandter Hermeneutik üben konnte. Mit gefaßter Stimme sagte er: „Ich heiße Richard Muller. Ich komme in Freundschaft als Gesandter der terranischen Kultursphäre."

Natürlich verstanden sie das nicht. Aber sie machten auch keine Anstalten, etwas gegen ihn zu unternehmen. Er bildete sich ein, ihre Gesichter drückten nicht einmal Unfreundlichkeit aus.

Muller kniete sich nieder und ritzte den Satz des Pythagoras in den weichen, feuchten Boden.

Dann sah er auf. Und lächelte. „Ein Grundkonzept der Geometrie. Und ein universelles Denkmuster."

Ihre vertikal angebrachten, schlitzartigen Nasenflügel zuckten leicht. Die Köpfe wiegten hin und her. Muller stellte sich vor, daß sie jetzt nachdenkliche Blicke austauschten. Da sie mehrere, kreisförmig um den Kopf angebrachte Augen besaßen, brauchten sie ihre Körperstellung dazu nicht zu verändern.

„Jetzt möchte ich euch einige weitere Beweise für unsere geistige Verwandtschaft vorführen", erklärte Muller.

Er zog auf dem Boden einen Strich. Ein kurzes Stück daneben zwei weitere. Und noch ein Stück weiter ritzte er drei Striche. Dann füllte er die Zwischenräume mit Zeichen aus: I + II = III.

„Seht ihr?" sagte er. „Wir nennen das Addition."

Die Armbündel bewegten sich. Zwei seiner Zuhörer berührten sich. Muller dachte daran, wie sie die Spionsonde zerstört hatten, kurz nachdem sie entdeckt worden war, ohne sich mit einer gründlicheren Erforschung aufzuhalten. Er hatte sich seelisch auf ein ähnliches Schicksal vorbereitet. Aber statt dessen hörten sie ihm zu. Ein vielversprechender Anfang. Er stand auf und deutete auf seine Zeichnung am Boden.

„Jetzt seid ihr dran", erklärte er. Er sprach laut und lächelte breit. „Zeigt mir, daß ihr mich verstanden habt. Sprecht mit mir in der universellen Sprache der Mathematik."

Zunächst erhielt er keine Antwort.

Muller zeigte wieder auf die Zeichen. Er deutete auf jedes einzelne Symbol und streckte dann dem nächsten Hydrier die offene Handfläche entgegen.

Nach einer längeren Pause schwebte einer der anderen Hydrier mühelos gleitend vor und wischte mit einem halbkugelförmigen Fuß über die Zeichen auf dem Boden. Sein Bein bewegte sich nur leicht, doch die Linien verschwanden sofort. Der Fremde glättete die Erde auf dem Boden.

„Also gut", sagte Muller, „dann zeichnet ihr etwas für mich."

Der Hydrier kehrte zu seinem Platz im Kreis zurück.

„Auch gut", sagte Muller, „es gibt noch eine weitere universelle Sprache. Ich hoffe, sie beleidigt eure Ohren nicht."

Er zog eine Sopranflöte aus der Tasche und setzte sie an die Lippen. Durch den Schutzanzug gehindert, konnte er keine musikalische Meisterleistung bieten.

Er atmete tief ein und blies eine atonale Tonleiter. Die Arme der Hydrier flatterten ein wenig. Sie konnten ihn also hören oder zumindest Vibrationen wahrnehmen. Er wechselte auf Moll über und spielte eine weitere Tonleiter. Danach versuchte er es mit einer chromatischen Tonleiter. Sie zeigten sich etwas beeindruckter. Aha, ihr seid also nicht ganz ohne, dachte er, ihr seid Genießer. Vielleicht paßt die Volltonleiter besser zu der Atmosphäre dieses wolkenbedeckten Planeten, sagte er sich. Er führte ihnen mehrere Oktaven vor und bedachte sie auch mit Debussy, um sie zu erfreuen.

„Ist das nach eurem Geschmack?" fragte er.

Sie machten den Eindruck, als diskutierten sie miteinander.

Dann verließen sie ihn.

Er versuchte, ihnen zu folgen. Aber er konnte mit ihnen nicht Schritt halten und verlor sie bald im diffusen Licht des Waldes aus den Augen. Aber Muller gab nicht auf. Und ein Stück weiter fand er sie wieder. Sie standen dicht beisammen, als ob sie auf ihn warteten. Als Muller auf sie zuging, setzten sie sich wieder in Bewegung. Auf diese Weise, mit ständig wiederkehrendem Anhalten und Losgehen, führten sie ihn zu ihrer Stadt.

Muller ernährte sich von Konzentraten und synthetischen Lebensmitteln. Eine Chemoanalyse hatte ihm klargemacht, daß es nicht ratsam sei, von den einheimischen Speisen zu kosten.

Ungezählte Male zeichnete er für sie den Satz des Pythagoras. Er skizzierte für sie die verschiedenartigsten arithmetischen Grundrechenarten. Er spielte Schönberg und Bach. Er konstruierte gleichseitige Dreiecke. Er führte kompliziertere geometrische Formen vor. Er sprach zu ihnen in Französisch, Russisch, Mandarin und auch

Englisch, um ihnen die Mannigfaltigkeit der menschlichen Zunge aufzuzeigen. Er zeigte ihnen Ausschnitte aus dem Periodensystem der Elemente.

Nach sechs Monaten hatte er noch immer nichts über ihre Denkweise in Erfahrung gebracht.

Sie tolerierten seine Anwesenheit, sprachen aber niemals ein Wort zu ihm. Wenn sie miteinander kommunizierten, vollzog sich das vornehmlich in raschen, flüchtigen Gesten, kurzen Handbewegungen und leichtem Zucken der Nasenflügel. Offensichtlich besaßen sie eine gesprochene Sprache, aber sie war so leise und gehaucht, daß er keine Silben, geschweige denn Worte heraushören oder unterscheiden konnte. Allerdings nahm er alles, was er hörte, auf seinem Rekorder auf.

Irgendwann schienen sie seiner überdrüssig zu werden und kamen zu ihm.

Er schlief.

Erst lange Zeit später entdeckte er, was sie ihm während seines Schlafs angetan hatten.

## *2*

Er war achtzehn Jahre alt und lag nackt unter den kalifornischen Sternen. Der ganze Himmel flimmerte. Er glaubte, er brauche nur die Hand auszustrecken, um sie einzeln herabzupflücken.

Ein Gott sein. Das Universum besitzen.

Er drehte sich zu ihr. Ihr Körper war kühl, schlank und zitterte ein wenig vor innerer Anspannung. Er streichelte ihre Brüste mit den Händen. Er ließ eine Hand über ihren flachen Bauch gleiten. Sie zitterte leise. „Du", stöhnte sie. „Oh!" Ein Gott sein, dachte er. Er küßte sie sanft und dann noch einmal, nicht mehr so sanft. „Warte", sagte sie. „Ich bin noch nicht so weit." Er wartete. Half ihr. Oder tat zumindest die Dinge, von denen er glaubte, sie würden ihr weiterhelfen. Kurz darauf begann sie zu keuchen. Sie sagte wieder seinen Namen. Wieviele Sterne kann ein Mensch in seinem Leben besuchen? Wenn jeder Stern im Durchschnitt zwölf Planeten hat und man bei einer galaktischen Linse mit einem Durchmesser von X Lichtjahren mit etwa einhundert Millionen Sonnen rechnen muß... Ihre Oberschenkel öffneten sich. Seine Augen schlossen sich. Er spürte weiche, alte Piniennadeln an seinen Knien und Ellenbogen pieksen. Sie war nicht seine erste, aber die erste, die zählte. Als der Blitz in seinem Kopf explodierte, nahm er ihre Reaktion wie durch einen Schleier wahr: verkrampft zunächst und gehemmt, doch dann plötzlich um so kraftvoller. Ihre Intensität erschreckte ihn, aber nur einen Augenblick lang, dann ritt er mit ihr bis zu Ende.

Gott sein mußte ein ganz ähnliches Gefühl sein.

Er rollte von ihr weg, zeigte auf die Sterne und nannte ihr der Reihe nach die Namen, wobei nur die Hälfte stimmte. Doch das brauchte sie nicht zu wissen. Er teilte seine Träume mit ihr. Später liebten sie sich ein zweites Mal, und es war noch besser.

Er hoffte, es würde um Mitternacht regnen, damit sie im Regen tanzen konnten. Aber der Himmel blieb klar. Statt dessen gingen sie schwimmen und verließen dann zitternd aber lachend wieder das Wasser. Als er sie nach Hause gebracht hatte, nahm sie ihre Pille mit einem Glas Chartreuse ein. Er sagte ihr, daß er sie liebte.

Jahrelang schickten sie sich noch Weihnachtskarten.

## *3*

Die achte Welt von Alpha Centauri B war ein Gasriese mit einem Kern von geringer Dichte und einer Schwerkraft, die kaum über dem Wert der Erde lag. Muller hatte bei seiner zweiten Ehe dort Flitterwochen gemacht. Teilweise hatte diese Reise auch mit Arbeit zu tun, denn es gab Ärger mit den irdischen Kolonisten auf dem sechsten Planeten. Sie planten, einen künstlichen Wirbel zu erzeugen, der den größten Teil der rohstoffreichen Atmosphäre vom achten Planeten absaugen sollte, um sie der eigenen Industrie zuzuführen.

Mullers Konferenzen mit den örtlichen Regierungsstellen verliefen recht zufriedenstellend. Er konnte sie überreden, nur einen geringen Teil der Atmosphäre abzusaugen, und erntete für seine kleine Nachhilfestunde in interplanetarer Ökologie sogar noch Lob.

Danach machten Nola und er auf Staatskosten Urlaub auf der achten Welt. Im Gegensatz zu Lorayn reiste Nola gern. Sie begleitete Muller auf vielen seiner Reisen.

In Schutzanzügen durchschwammen sie eiskalte Methanseen. Lachend rannten sie über Ammoniakstrände. Nola war so groß wie er und hatte muskulöse, sportliche Beine, dunkelrotes Haar und grüne Augen. Sie umarmten sich in einem warmen Zimmmer hinter Spiegelglasfenstern, die einen Ausblick über das einsame Meer gewährten, das sich über hunderttausende von Kilometern erstreckte.

„Für immer", sagte sie.

„Ja. Für immer."

Bevor die Woche abgelaufen war, lagen sie sich schon in den Haaren. Aber es war nur ein Spiel. Denn je wütender sie miteinander stritten, desto leidenschaftlicher versöhnten sie sich wieder. Einige Male wenigstens. Später machten die Streiteren keinen Spaß mehr. Als der Ehevertrag auslief, wollte keiner erneuern. Später, als er ein bekannter Mann geworden war, erhielt er manchmal noch nette Briefe von ihr. Nachdem er von Beta Hydri IV zurückgekehrt war, hätte er sie gerne einmal gesehen. Er glaubte, daß Nola ihm über seine Schwierigkeiten hinweghelfen könnte. Im Gegensatz zu allen anderen würde sie sich nicht von ihm abwenden. Und sei es nur der alten Zeiten wegen.

Aber sie befand sich damals gerade mit ihrem siebten Ehemann auf Vesta. Muller erfuhr das von ihrem fünften Gatten. Er selbst war der dritte gewesen. Aber er rief sie nicht an.

## *4*

„Tut mir leid, Mr. Muller, aber wir können nichts für Sie tun", sagte der Chirurg. „Ich möchte gar nicht erst versuchen, falsche Hoffnungen in Ihnen zu wecken. Wir haben Ihre Neuralfunktionen gemessen und verglichen, aber wir können nirgendwo eine Abweichung entdecken. Es tut mir wirklich ausgesprochen leid."

## *5*

Ihm hatten neun Jahre zur Verfügung gestanden, um seine Erinnerungen zu ordnen und Lücken zu schließen. Einige Würfel hatte er mit ihnen gefüllt. Aber das war nur in den ersten Jahren seines Exils geschehen, als er sich noch darum gesorgt hatte, seine Vergangenheit könne sich im Nebel des Vergessens verlieren. Er entdeckte, daß die Erinnerungen im Alter deutlicher wurden. Vielleicht lag das aber auch an seinem Training. Aus dem Gedächtnis konnte er jederzeit Formen und Farben, Geräusche, Geschmäcke und Gerüche abrufen. Er konnte ganze Gespräche nahezu lückenlos rekonstruieren. Er konnte den vollen Text von etlichen Verträgen zitieren, die er abgeschlossen hatte. Er konnte alle englischen Könige in der richtigen Reihenfolge vom ersten bis zum letzten aufzählen, von Wilhelm dem Eroberer bis zu William VII. Und er erinnerte sich an die Körper aller Mädchen, mit denen er geschlafen hatte.

Er gestand sich ein, daß er bei der erstbesten Chance zurückkehren würde. Alles andere war nur Selbstbetrug und Heuchelei. Er wußte, er konnte weder sich selbst noch Ned Rawlins täuschen. Die Zweifel, die er an der Menschheit hegte, waren echt, nicht aber sein Wunsch nach Isolation. Ungeduldig wartete er auf Ned Rawlins' Rückkehr. Während der Wartezeit trank er einige Gläser des Schnapses, den die Stadt sprudeln ließ. Aus Spaß oder Langeweile ging er auf die Jagd und tötete in seinem nervösen Eifer mehr Tiere, als er in einem Jahr verbrauchen konnte. Er führte unverständliche Gespräche mit sich selbst. Er träumte von der Erde.

## *6*

Rawlins rannte. Muller, der hundert Meter tief in Zone C stand, sah, wie er atemlos und mit gerötetem Kopf durch den Eingang kam.

„Du solltest hier nicht so rennen“, sagte Muller. „Nicht einmal in den sicheren Zonen. Man weiß wirklich nie, ob . . .“

Rawlins ließ sich neben einer vorstehenden Kalksteinwand fallen. Krampfhaft hielt er sich dort fest und rang keuchend nach Atem. „Hol mir etwas zu trinken, ja?“ schnaufte er. „Diesen Schnaps . . .“

„Bist du in Ordnung?“

„Nein.“

Muller ging zu dem nicht weit entfernt stehenden Brunnen und füllte dort eine kleine Flasche mit dem hochprozentigen Getränk. Rawlins fuhr überhaupt nicht zusammen, als Muller sich ihm wieder näherte, um ihm die Flasche zu geben. Er schien seine Ausstrahlung gar nicht zu bemerken. Gierig leerte Ned die Flasche, verschüttete dabei ein gutes Teil und ließ Tropfen der glitzernden Flüssigkeit über Kinn und Kleider rinnen. Danach schloß er einen Moment die Augen.

„Du siehst ja furchtbar aus", sagte Muller. „Als wärst du gerade vergewaltigt worden, würde ich sagen."

„So ähnlich."

„Was ist denn los?"

„Warte. Laß mich erst wieder zu Atem kommen. Ich bin den ganzen Weg von Zone F bis hierher gerannt."

„Dann kannst du aber von Glück sagen, daß du noch am Leben bist."

„Vielleicht."

„Noch etwas zu trinken?"

„Nein", sagte Rawlins, „im Augenblick nicht."

Muller studierte ihn verwirrt. Die Veränderung an ihm war nicht zu übersehen und bestürzend. Bloße Erschöpfung konnte es nicht sein. Die Augen waren blutunterlaufen, das Gesicht stark gerötet und aufgedunsen. Die Gesichtsmuskeln waren außerordentlich verkrampft. Seine Augen rollten wild, so als suchten sie etwas, das sie nicht finden konnten. War er betrunken? Krank? Stand er unter Drogen?

Rawlins sagte nichts.

Nach längerem Schweigen machte Muller notgedrungen den Anfang und sagte: „Ich habe viel über unser letztes Gespräch nachgedacht. Und ich bin zu dem Schluß gekommen, daß ich mich wie ein verdammter Narr aufgeführt habe. Vor allem bei dem dummen, menschenfeindlichen Geschwätz, das ich andauernd aufgetischt habe." Muller bückte sich und versuchte, dem jungen Mann in die unruhigen Augen zu sehen. „Hör zu, Ned, ich will das alles zurücknehmen. Ich bin gern bereit, auf die Erde zurückzufliegen und mich dort behandeln zu lassen. Selbst, wenn das Heilverfahren noch nicht ganz ausgereift sein sollte, so will ich es doch versuchen. Im schlimmsten Fall kann man mir eben nicht helfen, und . . .

„Es gibt keine Behandlungsmethode", sagte Rawlins dumpf.

„Keine . . . Behandlungs . . ."

„Nein, keine Heilung. Nichts. Es war alles Lüge."

„Ja. Sicher."

„Du hast es selbst gesagt", erinnerte Rawlins. Du wolltest mir kein Wort glauben, nicht wahr?"

„Eine Lüge."

„Du hast nicht begriffen, warum ich dir das erzählt habe, aber du hast dennoch gesagt, es sei alles Unsinn. Du hast mir ins Gesicht gesagt, ich würde lügen. Du hast dich gefragt, was mir eine Lüge nützen könne. Aber ich habe wirklich *gelogen*, Dick."

„Gelogen."

„Ja."

„Aber ich hatte meine Meinung doch geändert", sagte Muller leise. „Ich war bereit und willens, auf die Erde zurückzukehren."

„Du brauchst dir keine Hoffnung auf eine Heilung zu machen", erklärte ihm Rawlins.

Er stand langsam auf und strich sich mit der Hand durch das lange, goldfarbene Haar. Er zog seine verrutschte Kleidung zurecht. Dann hob er die Flasche vom Boden, ging damit zum Springbrunnen und füllte sie erneut. Nachdem er zurückgekehrt war, reichte er sie Muller, der aus ihr trank. Rawlins nahm den Rest zu sich. Ein kleines und gefräßig aussehendes Etwas rannte hinter ihnen vorbei und verschwand durch das Tor zur Zone D.

Schließlich sagte Muller: „Möchtest du mir das nicht erklären?"

„Wir sind keine Archäologen."

„Weiter."

„Wir sind hierher gekommen, weil wir nach dir gesucht haben. Es war kein Zufall. Wir wußten die ganze Zeit schon, wo du dich aufhältst. Man ist dir auf der Fährte geblieben, als du vor neun Jahren die Erde verlassen hast."

„Aber ich habe doch alle Vorsichtsmaßnahmen getroffen."

„Sie haben dir nichts genutzt. Boardman wußte, wohin du wolltest, und ließ dich die ganze Zeit überwachen. Er hat dich bis heute in Frieden gelassen, weil er für dich keine Verwendung hatte. Aber als ein besonderer Notfall eintrat, ist er dir gefolgt. Er hat dich sozusagen in Reserve gehalten."

„Charles Boardman hat dich geschickt, um mich aufzuspüren?" fragte Muller.

„Ja, genau aus diesem Grunde sind wir hier. Das ist der einzige Zweck unserer Expedition", antwortete Rawlins tonlos.

„Ich wurde dazu bestimmt, mit dir Kontakt aufzunehmen, weil du meinen Vater gut gekannt hast und mir am ehesten vertrauen würdest. Und weil ich so ein unschuldiges Gesicht habe. Die ganze Zeit über hat Boardman mir Anweisungen und Verhaltensmaßregeln gegeben. Er hat mir eingeflüstert, was ich dir sagen soll, hat mich gelenkt, hat mir sogar gesagt, welche Fehler und Dummheiten ich machen soll, um dich noch erfolgreicher hinters Licht zu führen. Er hat mir zum Beispiel gesagt, ich solle den Käfig betreten. Er glaubte, damit könnte ich leichter deine Sympathie gewinnen."

„Boardman ist *hier*? Auf Lemnos?"

„Ja, in Zone F. Dort steht sein Lager."

„*Charles* Boardman?"

„Ja, genau der. Er ist hier."

Mullers Gesicht war steinern. In seinem Innern herrschte Aufruhr. „Warum hat er das getan? Was will er denn von mir?"

„Du weißt", sagte Rawlins, daß es im Universum außer uns und den Hydriern eine dritte Spezies gibt?"

„Ja, sie waren gerade entdeckt worden, als ich verschwand. Deshalb sollte ich ja auch zu den Hydriern reisen. Ich flog mit dem Auftrag, eine Verteidigungsallianz mit ihnen zu schließen, bevor diese anderen Wesen, die Extragalaktiker, mit uns Kontakt aufnehmen konnten. Meine Mission scheiterte. Aber was hat das . . ."

„Was und wieviel weißt du über die Extragalaktiker?"

„Sehr wenig", gestand Muller. „Im Grunde genommen nicht mehr, als ich dir gerade erzählt habe. An dem Tag, an dem ich einwilligte, nach Beta Hydri zu fliegen, habe ich zum ersten Mal von ihnen gehört. Boardman hat sie nur kurz erwähnt. Aber mehr wollte er mir nicht sagen. Er sprach nur von ihrer unglaublichen Intelligenz – sie seien uns diesbezüglich weit überlegen – und davon, daß sie in einer Nachbargalaxis lebten. Sie besäßen einen Antrieb, der den intergalaktischen Flug gestatte, und würden uns wahrscheinlich eines Tages besuchen."

„Mittlerweile wissen wir etwas mehr über sie", erklärte Rawlins.

„Sag mir zuerst, was Boardman von mir will."

„Laß mich bitte der Reihe nach erzählen, dann wird es einfacher und übersichtlicher." Ned grinste. Er machte einen leicht angetrunkenen Eindruck. Rawlins lehnte sich an die Steinwanne und streckte die Beine weit vor sich aus. Dann sagte er: „Im Grunde genommen haben wir alles andere als umfassende Erkenntnisse über die Extragalaktiker. Wir haben ein Spezialschiff losgeschickt, es durch den Warpraum fliegen und einige tausend Lichtjahre weiter wieder in den Normalraum eintreten lassen. Vielleicht waren es auch ein paar Millionen Lichtjahre, ich bin mit den Details nicht so vertraut. Auf jeden Fall war es ein unbemanntes Forschungsschiff mit allen Arten von Sonden,

Drohnen und so weiter an Bord. Es kam in einer der Röntgenstrahl-Galaxien heraus. Die Daten der Reise sind noch nicht freigegeben, aber ich hörte, es soll entweder Cygnus A oder Scorpius II gewesen sein. Wir erfuhren auf jeden Fall, daß ein Planet in dieser Galaxis von einer sehr fortgeschrittenen Rasse sehr, sehr fremdartiger Fremdwesen bewohnt ist."

„Wie fremdartig?"

„Sie können offenbar im ganzen Spektrum sehen", erklärte Rawlins. „Ihr hauptsächlicher Wahrnehmungsbereich liegt in den hohen Frequenzen. Sie sehen durch das Licht von Röntgenstrahlen. Sie scheinen auch in der Lage zu sein, Radiofrequenzen visuell wahrzunehmen oder sie sonstwie sensorisch aufnehmen zu können. Sie nehmen fast alle Wellenlängen dazwischen auf. Nur um den Bereich zwischen Infrarot und Ultraviolett scheinen sie sich nicht besonders zu kümmern. Der Bereich eben, den wir das sichtbare Spektrum nennen."

„Einen Moment mal. Radiowellen? Hast du überhaupt eine Vorstellung, wie lang Radiowellen sind? Wenn sie wirklich Informationen sensorischer Art aus einer einzigen Radiowelle beziehen wollen, dann müssen sie Augen oder Rezeptoren oder was auch immer von gigantischen Ausmaßen haben. Wie groß sollen diese Fremdlinge denn sein?"

„Sie könnten Elefanten zum Frühstück verdrücken", antwortete Rawlins.

„Intelligentes Leben wird nicht so groß."

„Und wo soll die Grenze liegen? Sie bewohnen einen gigantischen Gasplaneten, der nur von Gasozeanen bedeckt ist und keine Gravitation besitzt, die der Rede wert wäre. Sie treiben durch und über ihre Welt. Bei ihnen herrscht keine Wohnungsnot."

„Und ein solcher Haufen Superwale soll eine technologische Kultur entwickelt haben?" staunte Muller. „Hör mal, du willst mir doch nicht etwa erzählen . . ."

„Doch, das haben sie", sagte Rawlins. „Ich sagte doch schon, es sind äußerst fremdartige Lebewesen. Sie selbst können keine Maschinen bauen. Aber sie haben Sklaven."

„Oh", sagte Muller leise.

„Wir fangen ja gerade erst an, diese Lebensform zu verstehen, und natürlich verfüge ich selbst nur über sehr wenig Insiderinformationen. Aber anscheinend bedienen sich diese Fremdwesen niedrigerer Lebensformen, indem sie sie zu radiogesteuerten Robotern umfunktionieren. Sie arbeiten mit allem, was Glieder hat und sich bewegen kann. Sie haben mit bestimmten Tierarten von ihrer Heimatwelt begonnen, kleinere, delphinartige Wesen, die möglicherweise gerade an der Schwelle zur Intelligenz stehen, und durch deren Hilfe einen Raumantrieb entwickelt. Danach gelangten sie auf ihre Nachbarwelten – Planeten mit festem Land. Dort haben sie Pseudoprimaten, Protoschimpansen oder was auch immer unter ihre Kontrolle gezwungen. Sie suchen nach Wesen mit Fingern. Handwerkliche Geschicklichkeit und Fingerfertigkeit scheinen ihnen viel zu bedeuten. Im Moment erstreckt sich ihre Einflußsphäre über einen Raum von achtzig Lichtjahren und scheint sich unglaublich rasch auszudehnen."

Muller schüttelte den Kopf. „Das ist ja noch schlimmerer Blödsinn als das Zeugs, das du mir über meine angebliche Heilung erzählt hast. Also, Punkt eins: Radiowellen können sich nur mit einer bestimmten Geschwindigkeit fortbewegen, nicht wahr? Punkt zwei: Wenn sie dann also irgendwelche Zombies aus einer Entfernung von achtzig Lichtjahren dirigieren wollen, dauert es etwa achtzig Jahre, bis der Befehl seinen Empfänger erreicht hat. Und daraus folgt drittens: Jede Muskelbewegung, jede kleinste Tätigkeit ..."

„Sie können ihren Heimatplaneten verlassen", erklärte Rawlins.

„Aber wenn sie doch so riesig sind ..."

„Sie haben ihre Sklaven dazu gebracht, für sie Schwerkraftneutralisationstanks zu bauen. Und sie besitzen einen Raumantrieb. Alle ihre Kolonien werden von Aufsehern in Orbitalstationen einige tausend Kilometer über dem jeweiligen Planeten geleitet. In diesen treiben sie dann in einer simulierten Heimatwelt-Umgebung. Für jede Welt brauchen sie nur einen Aufseher, der dort wahrscheinlich im Schichtdienst eingesetzt ist."

Muller schloß einen Moment die Augen. In Gedanken stellte er sich diese kolossalen, unvorstellbaren Wesen vor, die durch ihre so weit entfernte Galaxis schwebten und Tiere aller Art in ihre Dienste preßten. Wie sie eine Sklavenhaltergesellschaft mit Stellvertretertechnologie entwickelt hatten. Wie sie wie im Raum lebende Superwale im Orbit kreisten und ihre grandiosen, unvergleichlichen Unternehmungen dirigierten und kontrollierten, während sie selbst gleichzeitig unfähig waren, auch nur den kleinsten Handgriff selbst zu tun. Er sah vor seinem geistigen Auge monströse Massen aus glitzerndem, rosafarbenen Protoplasma, frisch glitzernd aus dem Gasozean, wie ein

Seeigel mit Empfangsorganen besetzt, die das ganze Spektrum aufnehmen konnten. Wie sie sich mit Röntgenstrahlen unterhielten. Mit Radiowellen Befehle übermittelten. Nein, dachte Muller, nein und nochmals nein.

„Ja und?“ sagte er nach einer langen Pause. „Warum erzählst du mir das? Sie leben in einer anderen Galaxie.“

„Nein, leider nicht mehr. Sie sind auf einige unserer Außenkolonien gestoßen. Weißt du, was sie machen, wenn sie eine Menschenwelt entdecken? Sie setzen eine Orbitalstation mit einem Aufseher darüber und bringen die Kolonisten unter ihre Kontrolle. Sie sind der Ansicht, daß sich aus Menschen hervorragende Sklaven machen lassen, was ja eigentlich nicht überraschen dürfte. Bis zu diesem Augenblick haben sie sechs unserer Welten ihrem Herrschaftsbereich einverleibt. Zeitweise besaßen sie auch eine siebte, aber wir haben den Aufseher vom Himmel geschossen. Seither haben sie einige Vorsichtsmaßnahmen getroffen, die uns Gegenschläge erschweren. Sie bringen nämlich einfach unsere Raketen unter ihre Kontrolle – noch während sie auf sie zufliegen – und schicken sie dorthin zurück, wo sie hergekommen sind.“

„Wenn das wieder ein Lügenmärchen ist“, sagte Muller, „dann bringe ich dich um.“

„Ich sage die Wahrheit, das schwöre ich.“

„Wie lange geht das denn schon so?“

„Es begann im letzten Jahr.“

„Und was soll jetzt werden? Marschieren sie einfach durch unsere Milchstraße und machen uns alle zu ihren Sklaven?“

„Boardman glaubt, es gibt eine Chance, uns vor diesem Schicksal zu bewahren.“

„Und die wäre?“

„Die Fremden scheinen nicht wahrzunehmen, daß wir intelligente Lebewesen sind“, sagte Rawlins. „Wir können uns nämlich nicht mit ihnen verständigen. Sie kommunizieren auf einer nonverbalen Ebene, vielleicht mit einem telepathischen System. Wir haben alles eingesetzt, um mit ihnen ins Gespräch zu kommen, haben sie auf jeder Wellenlänge mit Botschaften bombardiert. Aber sie zeigten nicht die kleinste Reaktion. Boardman glaubt nun, wenn wir sie davon überzeugen könnten, daß wir ... nun ... äh ... Seelen haben, sie uns vielleicht in Ruhe lassen würden. Nur Gott allein weiß wohl, was ihn zu diesem Glauben berechtigt. Es handelt sich dabei um eine Art

Computervoraussage. Boardman ist der Ansicht, daß diese Aliens über ein kompliziertes Moralschema verfügen. Zwar machen sie ohne zu zögern jedes Tier, das ihnen nützlich erscheint, zum Zombie, aber auf der anderen Seite würden sie keiner wirklich vernunftbegabten Spezies zu nahe treten. Und wenn wir ihnen irgendwie beweisen könnten ..."

„Ihnen sind doch sicherlich unsere Städte und unsere Raumfahrt aufgefallen. Beweist das denn nicht unsere Intelligenz?"

„Biber bauen Dämme", antwortete Rawlins. „Und trotzdem schließen wir mit Bibern keine Verträge. Wir zahlen ihnen auch keine Entschädigungen, wenn wir ihre Sümpfe trockenlegen. Wir sind der Ansicht, daß die Gefühle eines Bibers nicht so viel zählen."

„Tun wir das? Sind wir so? Oder haben wir nicht einfach nur willkürlich festgelegt, daß auf Biber keine Rücksicht genommen zu werden braucht? Und was soll das Gerede, wir seien vernunftbegabt? Es gibt ein durchlaufendes Intelligenzspektrum, von den Protozoen bis hinauf zu den Primaten. Wir mögen ein wenig cleverer sein als Schimpansen, aber ist das schon ein *qualitativer* Unterschied? Wird unsere Andersartigkeit schon durch die simple Tatsache, daß wir unser Wissen aufzeichnen, speichern und wieder abrufen können, bewiesen?"

„Ich möchte mich hier nicht auf philosophische Spitzfindigkeiten einlassen", sagte Rawlins rauh. „Ich versuche nur, die Situation darzulegen ... und inwieweit sie dich betrifft."

„Ja, erzähl mir, was ich damit zu tun habe?"

„Boardman glaubt, diese Radiowesen wirklich dazu bewegen zu können, unsere Galaxis zu verlassen, wenn wir ihnen nur klarmachen können, daß wir ihnen intelligenzmäßig näher stehen als ihren Sklaven. Wenn wir ihnen unsere Gefühle, Bedürfnisse, Ambitionen und Träume nachweisen können."

„Haben die Juden keine Augen?" Muller spuckte aus. „Haben die Juden keine Hände, Organe, Träume, Sinne, Leidenschaften, Neigungen? Wenn man uns verletzt, bluten wir dann nicht?"

„Genauso, ja."

„Wie sollen wir ihnen etwas klarmachen, wenn wir es ihnen nicht mit Worten sagen können?"

„Weißt du das denn immer noch nicht?" fragte Rawlins.

„Nein. Ich – *doch*. Ja, großer Gott, ich weiß es."

„Unter den Milliarden Menschen gibt es einen, der keine Worte braucht, um sich mitzuteilen. Er kann seine innersten Gefühle ausstrahlen. Und auch seine Seele. Wir wissen nicht, auf welcher Frequenz er das tut, aber vielleicht wissen *sie* es."

„Ja, klar."

„Und deshalb wollte Boardman dich dazu bringen, der Menschheit einen weiteren Dienst zu erweisen. Nämlich zu den Aliens zu gehen. Und ihnen zu erlauben, deine Ausstrahlung zu empfangen. Um ihnen zu zeigen, was wir sind, daß wir höher stehen als Tiere."

„Warum dann das Gerede, mich zur Erde bringen und heilen zu wollen?"

„Ein Trick. Eine Falle. Irgendwie mußten wir dich doch aus dem Labyrinth locken. Sobald du draußen wärst, könnten wir dir die Wahrheit sagen und dich um Hilfe bitten."

„Und dabei zugeben, daß es keine Aussicht auf Heilung gibt?"

„Ja."

„Und wie kommt ihr darauf, daß ich auch nur einen Finger rühren würde, um die Menschenwelt vor der Unterjochung zu bewahren?"

„Deine Hilfe müßte nicht unbedingt auf freiwilliger Basis kommen", sagte Rawlins.

# *7*

Jetzt brach es hervor: der Haß, der Ärger, die Furcht, das Mißtrauen, die Qual, die Folter, der Hohn, der Abscheu, der Zweifel, die Verzweiflung, die böswillige Leidenschaft, der innere Aufruhr, das Leid, die Gewissensbisse, die Seelenqual, der innere Tumult, das innere Feuer. Rawlins fuhr zurück, als würde er versengt. Muller mußte alle Tiefen der Trostlosigkeit durchschwimmen. Ein Trick, ein schmutziger Vorwand, nichts als Lug und Trug! Wieder war er hereingelegt worden. Wieder Boardmans Werkzeug. Muller kochte. Er sprach nur wenige Worte. Der Rest kam aus ihm selbst, verströmte sich aus weit offenstehenden Toren. Nichts wurde zurückgehalten. Ein einziger Strudel der Wut.

Als der wilde Ansturm verebbte, stand Muller nur da, eingekeilt zwischen zwei hervorstehenden Mauern. „Boardman würde mich den Fremden vorwerfen, egal ob ich nun mitmachen wollte oder nicht?" fragte er.

„Ja. Er sagte, diese Angelegenheit sei zu wichtig, um dir die freie Wahl zu lassen. Deine Wünsche spielen hier keine Rolle mehr. Es sind nur die Wünsche eines einzelnen, die gegen das Schicksal der ganzen Menschheit so gut wie gar kein Gewicht haben."

Mit eisiger Ruhe sagte Muller: „Du hast also eine Rolle in dieser Verschwörung gespielt. Warum hast du das jetzt alles eigentlich erzählt?"

„Ich habe Boardman gekündigt."

„Ach ja?"

„Wirklich. Es ist wahr. Sicher, ich habe mitgemacht. Und natürlich habe ich Boardman unterstützt. Jedes Wort, das ich dir erzählte, war gelogen. Aber eines mußt du mir glauben: Ich wußte nichts von diesem letzten Teil der Verschwörung ... daß man dir überhaupt keine Wahl lassen wollte. An diesem Punkt konnte ich nicht mehr weiter. Ich konnte es nicht zulassen, daß dir so etwas angetan wird. Deshalb mußte ich dir die Augen öffnen."

„Sehr rücksichtsvoll. Jetzt habe ich die freie Auswahl, was, Ned? Ich kann mich hier hinausschleppen lassen und für Boardman wieder das willenlose Werkzeug spielen. Oder ich kann mir gleich das Leben nehmen und die Menschheit zur Hölle fahren lassen. Ist es nicht so?"

„Bitte sprich nicht so", sagte Rawlins gereizt.

„Warum nicht? Welche Wahl bleibt mir denn sonst? Du warst so freundlich, mir die Wahrheit zu erzählen. Deshalb muß ich mich jetzt entscheiden. Du hast mir das Todesurteil überreicht, Ned."

„Nein."

„Was bleibt mir denn sonst? Soll ich mich wieder von Boardman benützen lassen?"

„Du könntest doch ... mit Boardman zusammenarbeiten", sagte Rawlins. Er fuhr sich mit der Zunge über die Lippen. „Ich weiß, es klingt verrückt. Aber du könntest ihm zeigen, aus welchem Holz du geschnitzt bist. Vergiß die Bitterkeit. Zeig dich von deiner guten, von deiner noblen Seite. Denk daran, daß Boardman nicht die ganze Menschheit repräsentiert. Daß es Milliarden unschuldiger Leute gibt ..."

„Vater vergib ihnen, denn sie wissen nicht, was sie tun."

„Ja, und nochmals ja!"

„Jeder einzelne von diesen unschuldigen Milliarden würde schreiend vor mir davonlaufen, wenn ich ihm zu nahe käme."

„Na und? Dafür könnte er doch nichts! Aber sie sind dein Volk!"

„Und ich gehöre zu ihnen. Aber das schienen sie vergessen zu haben, als sie mich davonjagten."

„Du führst dich auf wie ein ungezogenes Kind."

„Nein, das tue ich nicht. Andererseits habe ich auch gar nicht vor, artig zu sein. Angenommen, ich könnte das Schicksal der Menschheit auch nur geringfügig ändern, wenn ich als Botschafter zu diesen Radiowesen ginge – und ich bin ganz und gar nicht überzeugt davon –, dann würde es mir höchste Genugtuung bereiten, meine Aufgabe zu vermasseln. Ich bin dir sehr dankbar für deine Warnung. Jetzt, da ich genau weiß, was hier gespielt wird, habe ich die Entschuldigung, nach der ich so lange gesucht habe. Ich entziehe mich meiner Pflicht. Ich kenne hier weit über tausend Stellen, wo einem ein rascher und wahrscheinlich auch weitgehend schmerzfreier Tod beschert wird. Danach kann Charles Boardman sich höchstpersönlich zu den Fremden bemühen und ihnen was vormachen. Ich jedenfalls ..."

„Bitte bleib stehen, Dick", rief Charles Boardman etwa dreißig Meter hinter ihm.

# Zwölf

Boardman fand die ganze Sache höchst ärgerlich. Aber sie ließ sich nicht vermeiden, und irgendwie überraschte es ihn nicht, daß die Ereignisse einen solchen Verlauf genommen hatten. In seiner ursprünglichen Analyse hatte er zwei Entwicklungen von gleichwertiger Wahrscheinlichkeit vorausgesehen:

1) Rawlins würde es gelingen, Muller aus dem Labyrinth zu locken.

2) Rawlins würde plötzlich nicht mehr mitspielen und Muller die Wahrheit sagen.

Boardman hatte sich auf beide Fälle vorbereitet.

Nun hatte Boardman sich aus Zone F auf den Weg gemacht und war ins Zentrum des Labyrinths vorgestoßen, bevor Rawlins einen nicht wiedergutzumachenden Schaden anrichtete. Er rechnete mit einer der wahrscheinlichen Reaktionen Mullers: Selbstmord. Muller würde sich nie aus reiner Verzweiflung das Leben nehmen, aber aus Rache wäre es ihm zuzutrauen. Boardman erschien in Begleitung von Ottavio, Davis, Reynolds und Greenfield. Hosteen und die anderen sahen auf den Bildschirmen in den Außenzonen zu. Alle waren bewaffnet.

Muller fuhr herum. Der Ausdruck in seinem Gesicht war nicht leicht zu ertragen.

„Tut mir leid, Dick“, sagte Boardman, „aber wir konnten nicht anders handeln.“

„Sie besitzen überhaupt kein Schamgefühl, was“, sagte Muller.

„Nicht, wenn es um die Erde geht.“

„Das ist mir schon vor langer Zeit klargeworden. Aber ich dachte eigentlich, Sie würden zur menschlichen Rasse gehören, Charles. Ich habe bis jetzt nicht gewußt, wie tief die Abgründe in Ihnen sind.“

„Ich wünschte auch, wir brauchten das alles nicht zu tun, Dick. Aber leider bleibt uns keine andere Wahl. Kommen Sie mit uns.“

„Nein.“

„Sie können sich nicht weigern. Der Junge hat Ihnen erzählt, was auf dem Spiel steht. Wir schulden Ihnen bereits mehr, als wir jemals zurückzahlen können, Dick. Aber treiben Sie unsere Schuld doch noch etwas höher. Bitte."

„Ich werde Lemnos nicht verlassen. Ich fühle mich der Menschheit in keinster Weise verpflichtet. Und Ihre Arbeit will ich erst recht nicht tun."

„Dick ..."

„Fünfzig Meter nordwestlich von der Stelle, an der ich stehe, befindet sich eine Flammengrube. Ich werde hingehen und mich hineinstürzen. Innerhalb von zehn Sekunden gibt es dann keinen Richard Muller mehr. Ein Unglück wird damit ein anderes austilgen, und die Erde wird nicht schlechter dran sein als vor dem Zeitpunkt, an dem ich meine Spezialfähigkeit erworben habe. Da ihr diese Fähigkeit vorher nicht zu würdigen gewußt habt, sehe ich keinen Grund, warum ich sie euch jetzt nutzbar machen sollte."

„Wenn Sie sich unbedingt umbringen wollen", sagte Boardman, „warum warten Sie dann nicht damit noch ein paar Monate?"

„Weil mir nichts daran liegt, jemandem einen Dienst zu erweisen."

„Das ist kindisch. Eine Schwäche, die ich *Ihnen* nie zugetraut hätte."

„Es war kindisch von mir, von den Sternen zu träumen", sagte Muller. „Ich handele jetzt also nur konsequent. Die Extragalaktiker können Sie als Zwischenmahlzeit einnehmen, Charles, das würde mir nicht das geringste ausmachen. Würde es Ihnen nicht Spaß machen, einmal Sklave zu sein? Irgendwo, im hintersten Winkel Ihres Gehirns wären Sie immer noch Charles Boardman, würden nach Freiheit schreien, während gleichzeitig Radiowellen Ihnen sagen würden, welchen Arm Sie bewegen und welches Bein Sie heben sollen. Ich wünschte, ich könnte lange genug leben, um das mit eigenen Augen zu sehen. Aber ich werde mich nun in die Flammengrube stürzen. Möchten Sie mir Lebewohl sagen? Dann kommen Sie doch näher und umfassen Sie zum Gruß mein Handgelenk. Nehmen Sie noch eine ordentliche Dosis von mir mit. Es wird die letzte sein. Ich befreie Sie danach vom Ekel meiner Person." Muller zitterte. Auf seinem Gesicht rann der Schweiß in Strömen. Seine Oberlippe zuckte.

„Kommen Sie wenigstens mit mir in Zone F", sagte Boardman. „Wir wollen uns dort in Ruhe zusammensetzen und bei einem Glas Brandy die ganze Sache besprechen."

„Nebeneinander an einem Tisch?" Muller lachte auf. „Sie würden sich sofort übergeben. Sie könnten es nicht ertragen."

„Ich will mit Ihnen reden.“

„Ich nicht“, sagte Muller. Er trat schleppend einen Schritt nach Nordwesten vor. Seine große, kräftige Gestalt schien zusammengesunken und verbraucht zu sein. Nichts als straff gespannte Sehnen über einem nachgebenden Gerüst. Er machte noch einen Schritt. Boardman ließ ihn nicht aus den Augen. Ottavio und Davis standen zu seiner Linken. Reynolds und Greenfield auf der anderen Seite, zwischen Muller und der Flammengrube. Ned Rawlins stand allein abseits von den anderen, wirkte wie der letzte Fahrgast an einem vergessenen Bahnhof.

Boardman spürte ein Pochen im Kehlkopf, ein Prickeln und Spannen in den Lenden. Großer Überdruß machte sich in ihm breit und gleichzeitig eine brennende, bohrende Erregung, wie er sie seit seiner Jugend nicht mehr erlebt hatte. Er ließ zu, daß Muller einen dritten Schritt auf den Ort seiner Selbstvernichtung zu machte. Dann schnipste Boardman nur einmal kurz und lässig mit zwei Fingern.

Greenfield und Reynolds sprangen los.

Wie Raubkatzen jagten sie, die die ganze Zeit auf diesen Moment gewartet hatten, los und packten Muller an den Unterarmen. Boardman sah, wie ihre Gesichter grau anliefen, als Mullers Ausstrahlung sie traf. Muller wand sich, kämpfte, versuchte, sich aus ihrem Griff zu befreien. Mittlerweile waren Davis und Ottavio zu Hilfe gekommen. In der hereinbrechenden Nacht wirkten sie wie eine Laokoongruppe: Muller wurde halb von den kleineren Männern verdeckt, die sich um ihn wanden und ihn umschlossen, um seinen gespannten, kämpfenden Körper zu bändigen. Mit einem Betäubungsgewehr wäre es leichter gegangen, überlegte Boardman. Aber solche Waffen waren nicht frei von Tücken, besonders, wenn man sie gegen Menschen einsetzte. Herzversagen konnte die Folge sein. Leider hatten sie keinen Defibrillator dabei.

Einen Moment später war Muller auf die Knie gezwungen.

„Entwaffnet ihn“, sagte Boardman.

Während Ottavio und Davis ihn festhielten, wurde er von Reynolds und Greenfield untersucht. Aus einer Tasche zog Greenfield die tödliche kleine Kugel mit dem Fenster. „Das scheint alles zu sein, was er bei sich hat“, erklärte Greenfield.

„Sucht lieber genauer.“

Sie klopften ihn von oben bis unten ab. Muller rührte sich nicht einen Millimeter. Sein Gesicht schien festgefroren, die Augen waren starr geradeaus gerichtet. Seine Haltung und sein Gesichtsausdruck erinnerten an den eines Mannes, der vor dem Schafott kniet. Nach einer Weile sah Greenfield wieder auf. „Nichts", sagte er.

„In einem meiner linken, oberen Backenzähne ist eine mit Gift angefüllte Hohlkammer angebracht. Ich zähle bis zehn und beiße dann darauf. Danach könnt Ihr zusehen, wie ich vor euren Augen krepiere."

Greenfield fuhr herum und wollte Mullers Unterkiefer festhalten. „Laßt ihn los", sagte Boardman. „Er macht nur Spaß."

„Aber woher sollen wir wissen ...", entfuhr es Greenfield.

„Laßt ihn los. Tretet einen Schritt zurück." Boardman gab ihnen ein entsprechendes Zeichen. „Geht auf fünf Meter Distanz. Kommt ihm nicht näher, solange er sich nicht bewegt."

Sie kamen seiner Anordnung nach; offensichtlich dankbar, der vollen Wirkung seiner Ausstrahlung zu entkommen. Boardman, der fünfzehn Meter von ihm entfernt stand, spürte die Ausläufer des Leids. Er hütete sich, näher heranzutreten.

„Sie können jetzt aufstehen", sagte Boardman. „Aber versuchen Sie bitte keine Tricks. Ich bedaure das hier sehr, Dick."

Muller erhob sich. Sein Gesicht war dunkel vor Haß. Aber er sagte kein Wort und rührte sich danach auch nicht.

„Wenn uns keine andere Wahl bleibt", sagte Boardman, „sprühen wir eine Schaummasse über Sie und tragen Sie aus dem Labyrinth hinaus zum Schiff. Wir werden Sie in keinem Moment von dem Schaum befreien und Sie in diesem Zustand auch den Extragalaktikern präsentieren. Sie sind dann absolut hilflos. Ich würde es verabscheuen, Ihnen so etwas antun zu müssen, Dick. Auf der anderen Seite haben Sie die Möglichkeit, freiwillig mit uns zusammenzuarbeiten. Kommen Sie aus eigenem, freiem Entschluß mit uns zum Schiff. Tun Sie, worum wir Sie bitten. Helfen Sie uns dieses letzte Mal noch."

„Mögen Ihre Eingeweide verfaulen", sagte Muller mit unbewegter Stimme. „Mögen Sie tausend Jahre leben, während Würmer Ihren Leib zerfressen. Mögen Sie an Ihrer eigenen Cleverneß ersticken und niemals die Erlösung des Todes finden."

„Helfen Sie uns – freiwillig!"

„Sprühen Sie mich ein, Charles. Andernfalls bringe ich mich bei der ersten sich bietenden Gelegenheit um."

„Mein Gott, muß ich ein Bösewicht sein, was?" sagte Boardman. „Aber ich will es nicht so schaffen. Kommen Sie freiwillig mit, Dick."

Muller knurrte nur unwillig.

Boardman seufzte. Er haßte diesen Augenblick. Dann warf er Ottavio einen Blick zu.

„Die Schaummasse“, sagte er.

Rawlins, der bis jetzt wie in Trance dagestanden hatte, erwachte plötzlich zur Aktivität. Er rannte los, riß Reynolds die Waffe aus dem Holster, lief damit zu Muller und drückte sie ihm in die Hand. „Hier“, sagte er rasch. „Jetzt kannst du hier die Befehle geben!“

## 2

Muller starrte auf die Pistole, als hätte er eine solche Waffe zum ersten Mal gesehen. Aber seine Überraschung dauerte nur einen Sekundenbruchteil. Er umschloß mit den Fingern den gut in der Hand liegenden Griff und befühlte den Auslöser. Er kannte das Modell. Es hatte sich nur unwesentlich seit der Zeit verändert, als er zum letzten Mal eine solche Pistole in der Hand gehabt hatte. Mit einem raschen Energiestoß konnte er sie alle töten. Oder sich selbst. Er trat zurück, damit sie ihn nicht von hinten überrumpeln konnten. Mit dem Stoßsporn prüfte er die Festigkeit der Wand an seinem Rücken. Das Ergebnis war positiv, und er lehnte sich mit den Schulterblättern an sie. Dann bewegte er die Waffe in einem weiten Halbkreis und bewies damit, daß er jeden einzelnen von ihnen erledigen konnte.

„Stellt euch enger zusammen“, sagte er. „Alle sechs. Einen Meter Abstand zum Nachbarn. Stellt euch in einer Reihe auf und haltet die Hände so, daß ich sie jederzeit sehen kann.“

Er genoß den finsteren, bösen Blick, den Boardman Ned Rawlins zuwarf. Der Junge machte einen verwirrten, unsicheren und zweifelnden Eindruck. Muller wartete geduldig, bis die sechs Männer sich gemäß seinen Anordnungen aufgestellt hatten. Seine eigene Ruhe und Gelassenheit überraschten ihn.

„Sie sehen nicht sehr glücklich aus, Charles“, sagte er. „Wie alt sind Sie jetzt eigentlich, achtzig? Sie möchten sicher gern auch noch die anstehenden siebzig oder achtzig oder gar neunzig Jahre leben, denke ich mir. Sie haben Ihre Karriere von Anfang an geplant und strukturiert. Allerdings ist dort nicht das Ableben auf Lemnos vorgesehen. Bleiben Sie still stehen, Charles. Und stehen Sie gerade. Sie können bei mir nicht auf Mitleid bauen, wenn Sie sich bemühen, alt und klapprig auszusehen. Diesen Trick kenne ich bereits. Sie sind unter dieser Chirurgenmaskerade ebenso gesund wie ich. Wahrscheinlich noch gesünder. Brust raus, Bauch rein, Charles!"

Mit rauher Stimme sagte Boardman: „Wenn Sie sich danach besser fühlen, Dick, dann erschießen Sie mich. Aber danach begeben Sie sich bitte auf das Schiff und tun, was wir von Ihnen verlangen. Ich bin hier nicht mehr so wichtig."

„Ist das Ihr voller Ernst?"

„Ja."

„Ich bin fast geneigt, Ihnen zu glauben", sagte Muller überrascht. „Sie gerissener alter Bastard, Sie wollen mir schon wieder einen Handel aufschwatzen! Bieten Ihr Leben für meine Mitarbeit! Aber wo bleibt das *quid pro quo?* Mir liegt nicht viel daran, jemanden umzubringen. Es würde mich in keiner Weise befriedigen, Sie niederzuschießen. Den Fluch, unter dem ich stehe, werde ich damit noch lange nicht los."

„Das Angebot gilt."

„Abgelehnt", sagte Muller. „Wenn ich Sie töte, dann nicht als Teil einer Abmachung. Ich hätte viel eher Lust, mich selbst umzubringen. Wissen Sie, ich bin ein Mann von Anstand und Grundsätzen. Vielleicht mit einem etwas labilen Charakter, aber wer wollte mir daraus einen Vorwurf machen? Viel entscheidender sind meine Grundsätze. Und die sehen so aus, daß ich lieber die Waffe gegen mich als auf Sie richten würde. Ich bin derjenige, der leiden muß. Und mit dieser Waffe kann ich dem ein Ende machen."

„Sie hätten jederzeit in den vergangenen neun Jahren Schluß machen können", bemerkte Boardman. „Aber Sie sind am Leben geblieben. Sie haben Ihren Grips und Ihre Fähigkeiten konzentriert eingesetzt, um in diesem mörderischen Irrgarten zu überleben."

„Ja, sicher. Aber das war etwas ganz anderes! Eine eher abstrakte Herausforderung – Mensch gegen Labyrinth. Eine Erprobung meiner Geschicklichkeit. Meines Einfallsreichtums. Aber wenn ich mich jetzt umbringe, mache ich Ihnen einen gehörigen Strich durch die Rechnung. Ich mache Ihnen eine lange Nase, während die gesamte Menschheit zuschaut. Ich bin unersetzlich, sagen Sie? Welche bessere Möglichkeit sollte es noch geben, der Menschheit mein Leid heimzuzahlen?"

„Wir haben Ihr Leiden zutiefst bedauert", sagte Boardman.

„Ich kann mir lebhaft vorstellen, welche bitteren Tränen Sie um meinetwillen vergossen haben. Aber nicht mehr. Danach haben Sie mich vor die Hunde gehen lassen. Mich krank und zerstört wie einen Aussätzigen zurückgelassen. Nun aber kommt der Ausgleich dafür. Es ist nicht einfach Selbstmord, was ich begehen werde, sondern ich nehme Rache.“ Muller lächelte. Er stellte seine Waffe auf Feinbündelung und drückte die Mündung an seine Brust. Nur ein kleiner Fingerdruck jetzt. Sein Blick suchte ihre Gesichter ab. Die vier Bewaffneten schienen sich nicht viel aus der Sache zu machen. Rawlins wirkte vom Schock gelähmt. Nur Boardmans Gesicht zeigte Besorgnis und Angst. „Wahrscheinlich sollte ich zuerst Sie töten, Charles. Als kleine Lektion für unseren jungen Freund – der Lohn der Falschheit ist der Tod. Aber nein. Das würde alles verderben. Sie müssen am Leben bleiben, Charles. Damit Sie auf die Erde zurückkehren und dort erzählen können, daß Ihnen die unersetzliche Person durch die Finger geschlüpft ist. Was für ein häßlicher Fleck auf der Weste Ihrer Karriere! Bei der Ausführung des wichtigsten Auftrags versagt zu haben! Ja, haha! Das wäre mir ein außerordentliches Vergnügen. Ich sterbe hier und lasse Ihnen die Scherben zum Aufkehren zurück.“

Sein Finger krümmte sich um den Abzug.

„Jetzt“, sagte er, „alles geht ganz rasch.“

„*Nein!*“ schrie Boardman. „Um die Liebe zur ...“

„Menschheit“, sagte Muller und lachte. Und drückte nicht ab. Sein Arm sank wieder nach unten. Er warf die Waffe Boardman verächtlich zu. Sie landete knapp vor seinen Füßen.

„Schaummasse!“ rief Boardman. „Schnell!“

„Nicht nötig“, sagte Muller. „Ich mache mit.“

## *3*

Rawlins brauchte sehr lange, um alles zu begreifen. Zunächst stand aber ohnehin das Problem an, aus dem Labyrinth hinauszufinden. Selbst mit Muller als Führer war es keine einfache Aufgabe. Wie sie bereits erwartet hatten, war es nicht das gleiche, wenn man von innen kommend an den Fallen vorbei mußte. Vorsichtig führte Muller sie durch Zone E. Mit F kamen sie mittlerweile selbst ganz gut zurecht.

Und nachdem sie ihr Camp abgebaut hatten, drangen sie nach G ein. Rawlins erwartete ständig, daß Muller plötzlich ausbrechen und sich in eine der gefährlichen Fallen stürzen würde. Aber er schien genauso wild darauf zu sein, das Labyrinth lebendig zu verlassen, wie die anderen auch. Boardman schien das seltsamerweise auch zu bemerken, denn obwohl er Muller keinen Moment aus den Augen ließ, ordnete er nicht an, ihn zu fesseln.

Rawlins, der sich bewußt war, in Ungnade gefallen zu sein, hielt sich auf dem weitgehend schweigend durchgeführten Marsch nach draußen von den anderen zurück. Er machte sich nichts mehr vor, seine Karriere war beendet. Er hatte das Leben seiner Gefährten und den Erfolg der ganzen Mission in Gefahr gebracht. Andererseits spürte er, daß er richtig gehandelt hatte. Für jeden Mann kommt einmal der Moment, wo er aufstehen muß gegen das, was er als Unrecht empfindet.

Seine reine moralische Genugtuung über sein Tun wurde jedoch von dem Wissen getrübt, daß er wieder einmal naiv, romantisch und töricht gehandelt hatte. Er konnte es in diesen Stunden nicht ertragen, Boardman ins Gesicht zu sehen. Er dachte mehr als einmal daran, sich einfach in eine Todesfalle der Außenzonen zu stürzen. Aber auch das würde naiv, romantisch und töricht sein.

Er beobachtete Muller, der kräftig voranschritt. Ein großer, stolzer Mann, von dem alle Anspannung gewichen war, der alle Zweifel über Bord geworfen hatte. Und Ned fragte sich tausendmal, warum Muller die Waffe zurückgegeben hatte.

Boardman erklärte es ihm schließlich, als sie auf einem nicht ungefährlichen Platz am Ende von Zone G ihr Nachtlager aufschlugen.

„Sehen Sie mich an“, sagte Boardman. „Was ist denn los mit Ihnen? Warum weichen Sie ständig meinem Blick aus?“

„Spielen Sie nicht mit mir, Charles. Machen Sie es kurz.“

„Was kurz machen?“

„Die Standpauke. Die Bestrafung.“

„Das ist schon in Ordnung, Ned. Sie haben uns geholfen, das zu bekommen, was wir wollten. Warum sollte ich Ihnen da Vorwürfe machen?“

„Aber die Waffe . . . ich habe ihm die Pistole gegeben . . .“

„Sie scheinen es immer noch nicht begriffen zu haben, der Zweck heiligt die Mittel. Er kommt mit uns. Muller tut das, was wir von ihm erwarten. Das allein zählt, mehr nicht.“

Stockend fragte Rawlins: „Und wenn er sich erschossen hätte ... oder uns?“

„Er hätte weder noch getan.“

„Das können Sie jetzt leicht sagen. Aber in dem Moment, als er die Waffe in der Hand hielt ...“

„Nein“, sagte Boardman. „Ich habe Ihnen doch früher schon erklärt, daß wir den Hebel an seinem Ehrgefühl ansetzen wollten. Wir mußten es einfach wecken. Und das haben Sie bewerkstelligt. Es war doch so, hier stand ich, der skrupellose Agent einer brutalen und amoralischen Gesellschaft, nicht wahr? Und ich war und bin die lebende Bestätigung für alle Negativgefühle, die Muller der Menschheit gegenüber hegt. Warum sollte er einem Rudel Wölfe helfen? Und dort stehen Sie, ein junger und unschuldiger Mann, voller Hoffnungen und Träume. Sie erinnerten und erinnern ihn an die Menschheit, für die er einmal gearbeitet hat, bevor der Zynismus ihn befiel. Auf Ihre ungeschickte Art versuchen Sie, in einer Welt moralisch zu sein, in der Moral und Wohlwollen ihren Wert verloren haben. Sie demonstrieren Sympathie, Liebe für den Nächsten und den Willen, um der Gerechtigkeit willen sich selbst hintanzustellen. Sie beweisen Muller, daß er immer noch Hoffnung in die Menschheit haben kann. Verstehen Sie? Sie leisten mir Widerstand, indem Sie ihm eine Waffe geben und damit den Spieß umdrehen. Er konnte in jenem Moment das tun, was wir als naheliegend angesehen hätten und uns niederschießen. Er konnte etwas nicht ganz so Naheliegendes tun und sich selbst umbringen. Oder er konnte Ihrer Geste auf gleicher Ebene begegnen und selbst etwas Ehrenvolles tun, nämlich sich aus freien Stücken mit uns zusammentun und so seinen wiedererwachten Sinn für die Überlegenheit des moralisch Handelnden demonstrieren. Und er hat sich für letzteres entschieden. Er warf die Pistole fort. Und Sie waren der Auslöser dazu. Sie waren der Hebel, über den wir ihn gewonnen haben.“

„Aus Ihrem Mund klingt es so häßlich, Charles. Als wenn Sie das selbst vorausgeplant hätten. Als ob Sie mich vorsätzlich so weit gebracht hätten, ihm eine Waffe zu geben, weil Sie genau wußten ...“

Boardman lächelte nur.

„Haben Sie das wirklich?“ fragte Rawlins plötzlich. „Nein, selbst Sie hätten solche Wendungen und Überraschungen nicht vorausberechnen können. Jetzt, wo alles so gekommen ist, versuchen Sie einfach, sich als denjenigen hinzustellen, der im Hintergrund die

Fäden gezogen hat. Aber ich habe Sie in dem Augenblick beobachtet, als ich Muller die Waffe gab. Angst stand unübersehbar in Ihrem Gesicht geschrieben, und Wut. Sie waren sich überhaupt nicht sicher, was Muller danach tun würde. Erst nachdem sich alles zum Guten gewendet hatte, konnten Sie sich hinstellen und behaupten, es sei alles gemäß Ihrem Plan verlaufen. Ich durchschaue Sie, Charles!"

„Wie amüsant, so durchschaubar zu sein", sagte Boardman lächelnd.

## *4*

Das Labyrinth schien kein Interesse mehr daran zu haben, sie zu vernichten. Behutsam schlugen sie sich nach draußen durch, gerieten dabei aber nur selten in Gefahr. Bald konnten sie das Schiff besteigen.

Muller wurde eine Kabine im vorderen Teil des Schiffes gegeben, ein gutes Stück von den Mannschaftsquartieren entfernt. Er schien einzusehen, daß diese Maßnahme unumgänglich war, und zeigte sich in keiner Weise verletzt oder beleidigt. Muller zog sich zurück und zeigte sich wortkarg und in sich gekehrt. Oft stand ein ironisches Lächeln auf seinen Lippen, und ein Funke des Zweifels ließ sich in seinen Augen ausmachen. Aber er zeigte sich bei allen Anordnungen willig und machte nie Schwierigkeiten. Er hatte seine Zeit bekommen, in der er seine Überlegenheit hatte ausspielen können. Jetzt, danach, ordnete er sich den Menschen unter.

Hosteen und seine Männer kümmerten sich geschäftig um die Startvorbereitungen. Muller blieb währenddessen in seiner Kabine. Boardman besuchte ihn, allein und unbewaffnet. Er konnte nun auch großzügig und hochherzig sein.

Sie saßen sich an einem niedrigen Tisch gegenüber. Muller wartete schweigend. Keine Gefühlsregung ließ sich auf seinem Gesicht erkennen. Nach einer langen Weile sagte Boardman: „Ich bin Ihnen dankbar, Dick."

„Sparen Sie sich das."

„Ich kann es nicht ändern, wenn Sie mich verachten. Ich habe nur das getan, was ich tun mußte. Ebenso wie der Junge. Und ebenso wie nun auch Sie. Denn selbst Sie konnten die Tatsache nicht verdrängen, ein Erdmensch zu sein."

„Ich wünschte, ich hätte es gekonnt."

„Sagen Sie so etwas nicht. Das ist nichts als billiger Zynismus, Dick, mit dem Sie es sich zu einfach machen. Es ist nicht so einfach, sich im Universum zurechtzufinden. Wir können uns nur so weit wie möglich anstrengen. Alles andere wird darüber unwichtig."

Er saß Muller recht nahe. Die Ausstrahlung traf ihn wie eine Breitseite, aber er hatte sich fest vorgenommen, nicht vor ihr zu weichen. Die Woge der Hoffnungslosigkeit, die auf ihn einströmte, gab ihm das Gefühl, tausend Jahre alt zu sein. Der Zerfall des Körpers, das Verwesen der Seele, der Wärmetod des Universums ... das Kommen des Winters ... Leere ... Asche ...

„Sobald wir die Erde erreicht haben", erklärte Boardman entschieden, „bekommen Sie von mir alle wichtigen Einzelheiten. Danach werden Sie über die Radiowesen genauso viel wissen wie wir auch, was nicht allzuviel ist. Danach sind Sie ganz auf sich gestellt. Aber ich glaube, Sie werden sich ständig bewußt sein, die Herzen und Seelen von Milliarden Erdmenschen für den Erfolg Ihrer Mission und Ihr persönliches Wohlbefinden hinter sich zu haben."

„Wer wird jetzt billig?" bemerkte Muller.

„Gibt es jemanden, den ich für Sie zum Landeplatz bestellen soll?"

„Nein."

„Ich kann alles veranlassen. Es gibt immer noch Personen, die nie aufgehört haben, Sie zu lieben, Dick. Sie werden sofort kommen, wenn ich sie darum bitte."

„Mir entgehen die Anzeichen der Belastung in Ihren Augen nicht, Charles. Sie spüren meine Ausstrahlung überdeutlich. Sie droht, Sie zu zerreißen. Und Sie spüren sie überall: in den Eingeweiden, im Kopf, direkt hinter der Stirn und tief in der Brust. Ihr Gesicht ist grau angelaufen. Ihre Wangen sind eingefallen. Aber Sie bleiben hier sitzen, bis Sie tot umfallen, nicht wahr, denn das ist Ihr Stil. Obwohl Sie die Hölle durchmachen müssen. Falls es wirklich auf der Erde jemand geben sollte, der nie aufgehört hat, mich zu lieben, dann wäre es von meiner Seite das beste, ihm das Leid meiner Anwesenheit zu ersparen. Ich will niemanden sehen. Ich will mit niemandem reden."

„Wie Sie wünschen", sagte Boardman. Dicke Schweißperlen hingen an seinen buschigen Augenbrauen und tropften langsam auf die Wangen hinab. „Vielleicht ändern Sie Ihre Meinung, wenn wir uns in der Nähe der Erde befinden."

„Ich will nie mehr in die Nähe der Erde kommen", sagte Muller.

# Dreizehn

Er verbrachte drei Wochen mit dem Studium aller Informationen, die über die riesigen Extragalaktiker bekannt waren. Auf seinen ausdrücklichen Wunsch hin brauchte er in dieser Zeit weder einen Fuß auf die Erde zu setzen, noch wurde seine Rückkehr von Lemnos öffentlich bekanntgegeben. Man quartierte ihn in einem Bunker auf dem Mond ein, und er lebte ruhig und zurückgezogen unter dem Krater Kopernikus. Wie ein Roboter bewegte er sich durch die stahlgrauen Korridore, die von warm leuchtenden Lampen erhellt wurden. Man zeigte ihm alles verfügbare Würfel- und Filmmaterial. Man führte ihm eine Vielzahl von simulierten Szenarios und rekonstruierten Szenen in allen möglichen Medientechniken vor. Muller sah und hörte zu. Er nahm alles in sich auf. Aber er sprach kaum ein Wort.

Sie kamen ihm nicht zu nahe, wie sie das schon auf der Reise von Lemnos getan hatten. Manchmal bekam er tagelang kein menschliches Wesen zu Gesicht. Und wenn sie doch einmal kamen, dann hielten sie mindestens zehn Meter Abstand von ihm.

Ihm war es recht.

Eine Ausnahme bildete Boardman, der ihn dreimal in der Woche besuchte und es sich offensichtlich zum Prinzip gemacht hatte, ihm sehr nahe zu kommen. Muller empfand das als ziemliche Belästigung. Boardman schien ihn mit seiner nicht aus der Not geborenen, völlig unwichtigen Unterwerfung unter die Pein seiner Ausstrahlung allzu altväterlich zu behandeln. „Ich wünschte“, erklärte Muller ihm beim fünften Besuch, „Sie würden größere Distanz halten. Wir könnten uns auch via Bildschirm unterhalten. Oder Sie könnten an der Tür stehenbleiben.“

„Mir macht die Nähe zu Ihnen nicht viel aus.“

„Mir aber“, sagte Muller. „Ist Ihnen nie der Gedanke gekommen, daß ich mittlerweile die Menschheit genauso abstoßend finde wie sie mich? Der ekelhafte Gestank Ihres verfetteten Körpers dringt wie ein glühender Pfeil in meine Nase, Charles. Und nicht nur bei Ihnen ist das so, sondern bei allen anderen auch. Eure Ausdünstungen sind unerträglich und gräßlich. Selbst das Aussehen eurer Gesichter. So grobporig. So dämlich, wenn die Münder offenstehen. Und erst die Ohren. Sehen Sie sich bei Gelegenheit mal ein menschliches Ohr aus der Nähe an, Charles. Haben Sie jemals etwas so Abstoßendes wie diese rosafarbenen, verschrumpelten Lauschteller gesehen? Ihr alle widert mich an!"

„Bedauerlich, daß Sie so denken", sagte Boardman.

Der Unterricht schien kein Ende nehmen zu wollen. Muller fühlte sich schon nach Ablauf der ersten Woche fit genug, die Mission anzutreten. Aber nein, vorher wollte man ihm noch alle entsprechenden Informationen aus den Datenbänken zukommen lassen. Er stopfte alles in sich hinein, auch wenn die Ungeduld in ihm immer stärker wurde. Ein Schatten seines alten Ichs war übriggeblieben, der die ganze Sache faszinierend fand, eine Herausforderung, die es wert war, daß man sie annahm. Er würde die Mission durchführen. Er wollte das. Er würde seine Dienste genauso einsetzen wie früher. Er würde seinen Verpflichtungen in Ehren nachkommen.

Endlich teilte man ihm mit, daß er abreisen könne.

Vom Mond brachten sie ihn in einem ionengetriebenen Schiff zu einem Punkt außerhalb der Umlaufbahn des Mars', wo sie ihn in einen Raumer mit Warpantrieb brachten, der schon darauf programmiert war, ihn zum Rand der Galaxis zu befördern. Er würde allein fliegen. Auf dieser Reise brauchte er keine Rücksicht auf die Mannschaft und ihre Reaktion auf seine Ausstrahlung zu nehmen. Etliche Gründe hatten dafür eine Rolle gespielt. Der wichtigste davon war sicher der, daß diese Reise einem Himmelfahrtskommando gleichkam. So wurde sie zumindest von offizieller Seite eingeschätzt. Und da das Schiff auf dieser Reise nicht auf eine menschliche Mannschaft angewiesen war, brauchte man nicht mehrere Leben zu riskieren. Abgesehen von Mullers natürlich. Aber er war ja auch als Freiwilliger anzusehen. Außerdem hatte Muller auf einem Alleinflug bestanden.

An den letzten fünf Tagen vor seinem Abflug sah er Boardman nicht mehr. Ned Rawlins hatte er seit der Rückkehr von Lemnos überhaupt nicht mehr zu Gesicht bekommen. Muller vermißte Boardman nicht, aber manchmal wünschte er sich, eine weitere Stunde mit Rawlins zusammensein zu können. Rawlins war so ein vielversprechender junger Mann. Hinter seiner Verwirrtheit und unsicheren Unschuld verbargen sich Reife und Charakterstärke.

Von der Kabine seines kleinen, schlanken Raumers aus beobachtete er die im Raum treibenden Techniker, die die letzten Vorbereitungen trafen, um die Verbindungsleine zu kappen. Danach würden sie auf ihr eigenes Schiff zurückkehren. In diesem Moment hörte er noch einmal die Stimme von Charles Boardman, der ihm einen letzten Gruß übermittelte. Eine typische Boardman-Ansprache, ein Boardman-Special sozusagen, zur Anfeuerung und Inspiration. Ein ‚Geh hin und tue deine Pflicht für die Menschheit'-Sermon und so weiter und so fort. Muller bedankte sich artig für die schönen Worte.

Dann wurde die Kommunikationsverbindung unterbrochen.

Sekunden später trat Mullers Schiff in den Warpraum ein.

## *2*

Die Aliens hatten an den Randausläufern der Galaxis drei Sonnensysteme in Besitz genommen. Jeder dieser Sterne besaß zwei von Menschen besiedelte Planeten. Mullers Schiff steuerte auf eine grüngoldene Sonne zu, deren Welten erst vor vierzig Jahren von den Menschen entdeckt worden waren. Der fünfte Planet, eine knochentrockene Wüstenwelt, wurde von einer zentralasiatischen Kolonisierungsgesellschaft bewohnt, die unter religiöser Obhut versuchte, Kulturkreise zu errichten, in denen das reine Nomadenleben verwirklicht werden konnte. Die sechste Welt besaß ein irdisches Gemisch aus Klimazonen und Landschaften und wurde von den Mitgliedern eines halben Dutzend verschiedener Siedlervereinigungen bewohnt, die jede für sich einen eigenen Kontinent beansprucht hatten. Die Beziehungen zwischen diesen Gruppen, die sich in der Vergangenheit oft als schwierig erwiesen hatten und von kleinlichem Gezänk bestimmt gewesen waren, waren in den letzten zwölf Monaten völlig erloschen. Denn beide Planeten standen nun unter der Kontrolle der extragalaktischen Aufseher.

Zwanzig Lichtsekunden vom sechsten Planeten entfernt verließ Muller den Warpraum. Sein Schiff ging automatisch in einen Beobachtungsorbit, und auf den Bildschirmen trafen die ersten Daten ein. Auf ihnen erschienen auch Bilder von den Planetenoberflächen. Mittels einer Schablone konnte Muller die Ausmaße und Grundrisse der unter ihm liegenden Siedlungen mit den Aufnahmen vergleichen, die von ihnen vor der Eroberung der Fremden gemacht worden waren. Das Ergebnis war recht interessant. Die ursprünglichen Siedlungen erschienen auf seinem Bildschirm in violetter Farbe, während die neueren Veränderungen und Erweiterungen in Rot dargestellt wurden. Muller bemerkte, daß jeder Ort, ganz gleich wie sein ursprünglicher Grundriß ausgesehen hatte, nun von einem Netzwerk verwinkelter Straßen und im Zickzack verlaufender Zugangswege umgeben war. Instinktiv erkannte er, daß diese Neuerungen außerirdischen Ursprungs sein mußten, die Geometrie wirkte einfach zu fremd. Sie brachten ihm sofort das Labyrinth auf Lemnos in Erinnerung. Obwohl die Grundmuster hier keine Ähnlichkeit zu denen im Irrgarten aufwiesen, hatten sie mit ihnen die asymmetrische Struktur gemein. Er verwarf die Idee, daß das Labyrinth auf Lemnos vor langer Zeit auf Geheiß der Radiowesen erbaut worden sein könnte. Was ihn hier an den Irrgarten erinnerte, war nur die völlige Andersartigkeit. Sie glichen sich nur in ihrer Unvertrautheit. Aber schließlich besaßen Fremdwesen eine fremdartige Architektur.

Siebentausend Kilometer über dem sechsten Planeten flog eine glitzernde Kapsel in einer festen Umlaufbahn. Sie besaß die Masse eines großen interstellaren Transportschiffes und hatte elliptische Form. Im Orbit über der fünften Welt entdeckte Muller ein ähnliches Gebilde – die Aufseher.

Es war ihm nicht möglich, Kontakt aufzunehmen, weder mit den Kapseln, noch mit den unter ihm liegenden Planeten. Alle Frequenzen und Funkkanäle waren blockiert. Verärgert drehte er über eine Stunde am Frequenzsucher herum und ignorierte dabei die negativen Antworten des Schiffscomputers und dessen ständige Mahnung, seine Versuche aufzugeben.

Er steuerte das Schiff nahe an die nächste Aufseherkapsel heran. Zu seiner großen Überraschung blieb der Raumer unter seiner Kontrolle. Kampfraketen, die den Fremden bisher so nahe gekommen waren, hatten die Aufseher umdirigiert. Aber er konnte immer noch ungehindert navigieren. Ein Zeichen, das zur Hoffnung Anlaß gab? Wurde er beobachtet, und konnte der Fremde ihn von einer feindlichen Waffe unterscheiden? Oder wurde er schlichtweg übersehen?

Bei einer Entfernung von einer Million Kilometern paßte er seine Geschwindigkeit der des fremden Satelliten an und brachte sein Schiff in einen Parkorbit. Dann bestieg er seine Landekapsel. Er startete sie und glitt hinaus in die Schwärze des Alls.

## 3

Nun streckte der Fremde seine Fühler nach ihm aus. Daran konnte kein Zweifel mehr bestehen. Die Landekapsel war auf eine energiesparende Bahn programmiert, die sie zu gegebener Zeit in die Nachbarschaft des Fremden bringen sollte. Aber rasch stellte Muller fest, daß sein Schiff von dieser Bahn abkam. Solche Abweichungen entsprangen nie einem Zufall. Entgegen der Programmierung wurde seine Kapsel immer schneller, was nur bedeuten konnte, daß sie von einer fremden Kraft gesteuert und angezogen wurde. Muller unternahm nichts dagegen. Er war von eiskalter Ruhe erfüllt, erwartete nichts und war auf alles vorbereitet. Die Landekapsel flog nun eine Abwärtskurve. Er konnte den glitzernden Block des fremden Satelliten nun deutlich erkennen.

Metallhaut traf auf Metallhaut. Die beiden Schiffe berührten sich. Vereinigten sich.

Eine Luke glitt auf. Muller trieb hinein.

Seine Kapsel kam auf einer breiten Plattform in einer gewaltigen Halle, die mit ihrer Ausdehnung von hundert Metern in Höhe, Breite und Tiefe die Ausmaße einer Höhle besaß, zur Ruhe. Im geschlossenen Schutzanzug verließ Muller seine Kapsel. Er aktivierte seine Gravitationsschuhe. Denn wie er erwartet hatte, war die Schwerkraft hier so minimal, daß er sie kaum spürte. Im vorherrschenden Dunkel entdeckte er ein schwaches, purpurrotes Glühen. Vor dem Hintergrund völliger Stille hörte er ein dröhnendes, widerhallendes Geräusch, das wie ein bis ins Unermeßliche gesteigertes Seufzen klang und sich zaudernd durch die Gitter und Streben im Satelliten fortsetzte. Trotz der Gravitationsschuhe fühlte Muller sich schwindelig. Unter ihm wogte der Boden. Vor seinem geistigen Auge entstand plötzlich die Empfindung einer wogenden See. Riesige Brecher schlugen gegen eine felsige Küste. Die Wassermassen quirlten und raunten in dieser kugelartigen Höhle. Die kleine Welt erzitterte unter dieser Last. Muller spürte eine Kälte, vor der ihn auch der Anzug nicht schützen konnte. Und eine unwiderstehliche Kraft zog an ihm. Zögernd gab er ihr nach und stellte dabei überrascht und erleichtert fest, daß seine Gliedmaßen ihm immer noch gehorchten. Allerdings war er nicht mehr ihr alleiniger Herr. Das Gefühl, sich in der Nähe von etwas unfaßbar Großem zu befinden, etwas Wogendem, Pulsierendem und Seufzendem, setzte sich in seinem Kopf fest.

Er wanderte über eine nachtschwarze Straße und gelangte an eine niedrige Brüstung – eine rote Linie, die sich matt von der tiefdunklen Schwärze abhob – und preßte ein Bein dagegen. Auf seinem weiteren Weg achtete er darauf, sie immer an seinem Bein zu spüren. An einer Stelle rutschte er aus, und als sein Ellenbogen auf der Stange aufschlug, hörte er, wie sich ein metallisches Echo durch die ganze Anlage fortpflanzte. Ein verzerrter Widerhall kehrte auf dem gleichen Weg an sein Ohr zurück. Während er sich weiter durch diesen Irrgarten bewegte, kam er an Gängen und Lukendeckeln vorbei, marschierte über Laufstege, die dunkle Abgründe überspannten, lief über rampenartige Einmündungen und geriet von ihnen in hochthronende Räume, deren Decke kaum sichtbar war. Er bewegte sich blind vertrauend; er hatte keine Angst. Er konnte kaum die Hand vor Augen ausmachen, geschweige denn die ganze Struktur dieses Satelliten erkennen. Sinn, Zweck und Funktion dieser Einrichtung blieben ihm verborgen, er konnte sie sich kaum vorstellen.

Von dem versteckten Riesenwesen kamen lautlos Wellen, die ständig an Intensität und Druck gewannen. Er strauchelte fast unter ihrem Zugriff. Aber immer noch setzte er seinen Marsch fort, bis er sich auf einer Art Zentralgalerie befand. Ein hellblaues, nicht allzu starkes Glühen herrschte hier, durch das er Ebenen wahrnehmen konnte, die sich tief unter ihm in der Dunkelheit verloren. Und weit unterhalb seiner Brücke sah er einen riesigen Tank. In ihm befand sich etwas Titanisches, etwas Glitzerndes.

„Also, hier bin ich“, sagte er, „Richard Muller, Erdenmensch.“

Er hielt sich mit beiden Händen an einer Querstange fest und sah angestrengt nach unten. Er wartete. Irgend etwas mußte doch geschehen. Bewegte sich da nicht das Riesenwesen? Stöhnte es nicht? Rief es ihn in einer Sprache, die er verstand? Aber er hörte nichts. Dafür fühlte er um so mehr: Langsam, eher unterschwellig wurde er sich eines Kontaktes bewußt, einer Vermengung, eines Verschlingens.

Er spürte, wie seine Seele ihn aus allen Poren strömend verließ.

Der Ausfluß ließ sich nicht aufhalten. Und Muller wollte sich auch gar nicht dagegen wehren. Er öffnete sich, begrüßte das Ziehen, gab gern und aus freien Stücken nach. Von dort unten im Tank zapfte das Monstrum seinen Geist an, drehte alle Ventile seiner Neuralenergie auf, saugte alles auf, verlangte immer noch nach mehr und bemächtigte sich auch noch der verborgensten Reste.

„Nur zu“, rief Muller. Das Echo seiner Stimme umtanzte ihn, schlug an seinem Körper an, hallte von überall wieder. „Trink mich! Wie schmeckt es dir? Ein bitteres Gebräu, was? Trink nur! Trink!" Seine Knie gaben nach, er sank nach vorn und preßte die Stirn an die kühle Brüstung, während seine letzten Reserven ausgepumpt wurden.

Er ergab sich leichten Herzens, schenkte Tropfen um Tropfen her. Er verschenkte seine erste Liebe und seine erste Enttäuschung. Offenbarte alles: Regenschauer im April; Fieber; Schmerz; Stolz und Hoffnung; Wärme und Kälte; süß und sauer; den Geruch von Schweiß und die Berührung warmer Haut; den Donner der Musik und die Musik des Donners; seidiges Haar, mit dem seine Finger spielten; Linien, die man in weicher Erde zog; glitzernde Schulen winziger Fische; die Turmanlagen von Newer Chikago; die Bordelle von Under New Orleans; Schnee; Milch; Wein; Hunger; Feuer; Schmerz; Schlaf; Sorge; Apfel; Dämmerung; Tränen; Johann Sebastian Bach; brutzelndes Fett in der Pfanne; das Lachen alter Männer; Sonnenuntergang am Horizont; das Widerspiegeln des Mondes auf dem Meer; das Licht der Sterne am Himmel; den Feuerstrahl startender Raketen; Sommerblumen unter Gletschergipfeln. Vater; Mutter; Jesus; das ewig wiederkehrende Wunder des Morgens; Traurigkeit; Freude. Er gab alles hin und noch viel mehr. Und er wartete auf Antwort. Aber die erhielt er nie. Und als er ganz und gar leer war, lag er mit dem Gesicht nach unten auf dem Metallboden. Ausgesaugt, hohl und erschöpft starrte er mit blinden Augen in den Abgrund.

## *4*

Als er wieder aufstehen konnte, verließ er den Satelliten. Die Luke öffnete sich, um ihn zu seiner Landekapsel zu lassen. Sie stieg zu seinem Schiff auf. Kurze Zeit später befand er sich im Warpflug. Er schlief die meiste Zeit. Unweit des Antares-Systems kehrte er in den Normalraum zurück, übernahm selbst die Steuerung des Raumers und änderte den Kurs. Er sah keinen Grund, zur Erde zurückzukehren. Die Überwachungsstation nahm seine Anfrage auf, verarbeitete sie, stellte fest, ob die Flugbahn frei war und gestattete ihm den sofortigen Weiterflug nach Lemnos. Muller schaltete wenig später auf Warpflug um.

Als er kurz vor Lemnos den Warpraum verließ, entdeckte er, daß sich bereits ein Schiff im Orbit befand und auf ihn wartete. Er kümmerte sich nicht darum und ging den Routinearbeiten für die bevorstehende Landung nach. Aber das andere Schiff bestand auf einem Kontakt. Muller schaltete schließlich sein Funkgerät ein.

„Hier spricht Ned Rawlins“, sagte eine seltsam ruhige Stimme. „Warum hast du deinen Kurs geändert?“

„Was spielt das jetzt noch für eine Rolle? Ich habe meinen Auftrag erledigt.“

„Du hast noch keinen Bericht abgegeben.“

„Also gut, dann hole ich das jetzt nach. Ich habe den Fremden aufgesucht. Wir haben uns nett und angeregt unterhalten. Er hat mir Gebäck und Tee angeboten, und danach durfte ich wieder nach Hause fliegen. Jetzt bin ich fast zuhause. Ich weiß nicht, welche Auswirkungen mein Besuch auf die Zukunft der menschlichen Geschichte haben wird. Ende des Berichts.“

„Und was willst du jetzt tun?“

„Nach Hause gehen, das habe ich doch schon gesagt. Das hier ist mein Zuhause.“

„Lemnos?“

„Lemnos.“

„Dick, laß mich zu dir an Bord kommen. Schenk mir zehn Minuten ... persönlich. Bitte, sag nicht nein.“

„Ich sage nicht nein“, antwortete Muller.

Bald darauf löste sich eine Flugkapsel vom anderen Schiff und paßte sich der Geschwindigkeit und der Flugbahn von Mullers Raumer an. Geduldig ließ Muller das Andockmanöver zu. Rawlins betrat sein Schiff und legte den Helm ab. Er wirkte älter, erschöpft und sah blaß aus. In seinen Augen stand ein anderer Ausdruck. Die beiden sahen sich einen langen, schweigenden Moment an. Dann trat Rawlins vor und ergriff Mullers Handgelenk zum Gruß.

„Ich hätte nicht geglaubt, dich jemals wiederzusehen, Dick“, sagte er. „Und ich wollte dir sagen ...“

Er hielt abrupt inne.

„Ja, was wolltest du erzählen?“ fragte Muller.

„Ich spüre es nicht“, sagte Rawlins. *„Ich spüre es nicht mehr!“*

„Was?“

„Dich. Deine Ausstrahlung. Sieh doch, ich stehe direkt vor dir und fühle oder spüre nichts. All der Unrat, das Leid, die Verzweiflung ... nichts kommt mehr von dir!“

„Der Extragalaktiker hat alles aufgesogen“, sagte Muller leise. „Deine Reaktion überrascht mich nicht. Die Seele hat meinen Körper verlassen. Und nicht alles wurde mir zurückgegeben.“

„Wovon redest du eigentlich?“

„Ich habe gefühlt, wie der Fremde alles aus mir herausgesaugt hat. Ich wußte, daß er mich veränderte. Aber nicht aus Vorsatz. Es war eine eher zufällige Veränderung. Ein Nebenprodukt sozusagen.“

„Dann wußtest du es also“, sagte Rawlins langsam. „Noch bevor ich überhaupt an Bord gekommen bin.“

„Ja, aber jetzt habe ich den Beweis.“

„Und trotzdem willst du zurück ins Labyrinth. Warum?“

„Es ist mein Zuhause.“

„Die Erde ist dein Zuhause, Dick. Es gibt keinen Grund, warum du nicht dorthin zurückkehren solltest, Dick. Du bist geheilt.“

„Ja“, sagte Muller. „Ein Happy-End für meine traurige Geschichte. Ich bin fähig, mich wieder unter Menschen zu mischen. Der Lohn für meinen selbstlosen Einsatz, in dem ich ein zweites Mal mein Leben durch einen Besuch bei Außerirdischen riskiert habe. Wie hübsch! Aber ist die Menschheit auch bereit, wieder mit mir zu verkehren?“

„Mach keine Dummheiten, Dick. Geh nicht hinunter. Charles hat mich zu dir geschickt. Er ist furchtbar stolz auf dich. Das sind wir alle. Es wäre ein großer Fehler, wenn du dich jetzt wieder dort unten abkapseln würdest.“

„Kehr zu deinem Schiff zurück, Ned“, sagte Muller.

„Wenn du ins Labyrinth gehst, dann komme ich mit.“

„Ich bringe dich um, wenn du es nur versuchen solltest. Ich möchte allein sein und in Ruhe gelassen werden, Ned. Verstehst du das denn nicht? Ich habe meinen Auftrag ausgeführt. Meinen letzten Auftrag. Jetzt kündige ich, ich ziehe mich zurück, rein und befreit von meinen Alpträumen.“ Muller zwang sich zu einem matten Lächeln. „Komm mir nicht hinterher, Ned. Ich habe dir vertraut, obwohl du mich betrügen wolltest. Alles andere spielt dabei keine Rolle mehr. Verlasse nun mein Schiff. Wir haben uns alles gesagt, was es zwischen uns zu sagen gibt, denke ich, bis auf den Abschiedsgruß.“

„Dick . . .“

„Mach's gut, Ned. Berichte Boardman meine Worte. Und den andern auch.“

„Tu es nicht!“

„Dort unten gibt es etwas, das ich nicht missen möchte“, sagte

Muller. „Und jetzt werde ich es mir nehmen. Halte dich von mir fern. Ich habe die Wahrheit über die Menschen erfahren müssen. Wirst du jetzt bitte gehen?“

Schweigend setzte Rawlins sich den Helm wieder auf und trat an die Schleuse. Als er hinausging, sagte Muller: „Richte allen von mir einen Gruß aus, Ned. Ich bin froh, daß du der letzte warst, den ich gesehen habe. Irgendwie macht das alles etwas einfacher für mich.“

Rawlins entschwand durch die Schleuse.

Wenig später programmierte Muller sein Schiff auf eine hyperbolische Umlaufbahn und schaltete eine zwanzigminütige Verzögerung vor. Dann trat er in die Landekapsel und bereitete den Abstieg nach Lemnos vor. Die Landung vollzog sich rasch und problemlos. Er kam exakt dort auf, wo er gewollt hatte: zwei Kilometer vor dem Haupteingang zum Labyrinth. Die Sonne stand hoch am Himmel und strahlte hell. Muller wanderte mit kräftig ausholenden Schritten auf sein Zuhause zu.

Er hatte das getan, was sie von ihm gewollt hatten.

Jetzt konnte er nach Hause gehen.

## *5*

„Muller hatte schon immer eine Vorliebe für dramatische Abgänge“, sagte Boardman. „Aber er wird doch auch wieder hinauskommen.“

„Das glaube ich nicht“, entgegnete Rawlins. „Es war sein Ernst.“

„Sie haben also direkt vor ihm gestanden und nichts gespürt?“

„Absolut nichts. Er hat dieses Leiden nicht mehr.“

„Weiß er das?“

„Ja.“

„Dann wird er auch wieder herauskommen“, erklärte Boardman. „Wir halten ihn unter Beobachtung. Und wenn er darum bittet, Lemnos verlassen zu können, dann holen wir ihn ab. Über kurz oder lang wird er sich wieder nach menschlicher Gesellschaft sehnen. Er hat so viel durchmachen müssen, daß er erst einmal Ruhe braucht, um davon Abstand zu gewinnen. Ich glaube, er sieht das Labyrinth als besten Zufluchtsort an, um wieder zu sich selbst zu finden. Er ist noch nicht dazu bereit, wieder ein normales Leben zu führen. Schenken wir ihm zwei oder drei Jahre, dann kommt er von ganz alleine. Die beiden außerirdischen Kulturen haben gegenseitig ihr Werk an ihm aufgehoben, und deshalb kann er wieder in die menschliche Gesellschaft eintreten."

„Ich habe da meine Zweifel", meinte Rawlins mit leiser Stimme. „Ich glaube nicht, daß er hundertprozentig wiederhergestellt ist. Charles, ich befürchte vielmehr, daß er kein Mensch ist... nicht mehr."

Boardman lachte auf. „Wollen wir wetten? Ich setze fünf zu eins, daß Muller innerhalb der nächsten fünf Jahre freiwillig herauskommt."

„Nun..."

„Dann gilt die Wette hiermit."

Rawlins verließ das Büro des alten Mannes. Mittlerweile war die Nacht hereingebrochen. Er überquerte draußen vor dem Gebäude eine Brücke. In einer Stunde würde er mit einem entzückend warmen, weichen und anschmiegsamen Wesen zu Abend essen. Es begeisterte sie ungemein, mit dem berühmten Ned Rawlins zu gehen. Sie war eine gute Zuhörerin, die ihn immer wieder mit kleinen weiblichen Listen dazu brachte, Geschichten von seinen wagemutigen Taten zu erzählen. Sie nickte jedesmal ergriffen, wenn er von den Gefahren sprach, die noch anstanden. Im Bett besaß sie übrigens auch einige Vorzüge.

Er blieb auf der Brücke stehen und sah zu den Sternen hinauf.

Eine Million glitzernder Lichtpunkte schimmerte am Himmel. Dort draußen standen irgendwo Lemnos, Beta Hydri IV und die Welten, die die Radiowesen erobert hatten, und alle von den Menschen besiedelten Planeten und selbst die Heimatgalaxis der Aliens, unsichtbar zwar, aber unzweifelhaft vorhanden. Irgendwo dort draußen lag auf einer weiten Ebene das Labyrinth, breitete sich ein Wald aus schwammweichen Bäumen aus, die mehrere hundert Meter hoch waren, hatte man auf tausend Planeten die jungen Städte der Menschen gepflanzt, trieb ein höchst merkwürdiger Tank in einer Umlaufbahn um eine eroberte Welt. In dem Tank hauste etwas unsagbar Fremdes. Auf den tausend Planeten lebten Menschen, die sich große Sorgen um die Zukunft machten. Unter den weichen Bäumen gingen graziöse, schweigende Gestalten mit einer Unmenge Armen. Und in dem Labyrinth wohnte... ein Mensch.

Vielleicht, sagte sich Rawlins, gehe ich Muller in ein oder zwei Jahren besuchen.

Es war noch zu früh, um zu wissen, wie die weitere Entwicklung verlaufen würde. Niemand konnte zu diesem Zeitpunkt sagen, wie die Radiowesen, wenn überhaupt, auf all das reagieren würden, was sie von Richard Muller in Erfahrung gebracht hatten. Die Rolle und das Verhalten der Hydrier, die Anstrengungen der Menschen zu ihrer eigenen Verteidigung, Mullers Wiedereintritt in die menschliche Gesellschaft . . . das waren noch Geheimnisse, die variabel waren, sich in mehrere Richtungen entwickeln konnten. Es war aufregend und auch ein wenig furchteinflößend, wenn er daran dachte, daß er in einer Zeit solcher anstehender Prüfungen leben würde.

Ned überquerte die Brücke. Er beobachtete, wie hoch über ihm Raumschiffe kreuz und quer über den Himmel flogen. Reglos blieb er stehen, als er den Drang zu den Sternen in sich spürte. Das ganze Universum schien an ihm zu zerren, jeder Stern all seine Kraft auszuspielen. Das Glühen des Himmels verwirrte ihn. Offenstehende Wege zu den Sternen winkten ihm zu. Ned dachte an den Mann im Labyrinth. Er dachte auch an das Mädchen, an ihre Geschmeidigkeit und Leidenschaft, ihre dunklen Augen, die silbernen Spiegel ihrer Augen, an ihren Körper, der ihn erwartete.

Plötzlich war er Richard Muller; Muller im Alter von vierundzwanzig Jahren, den auch die Galaxis gerufen hatte. War es bei dir anders? fragte er sich. Was hast du empfunden, als du zu den Sternen aufgesehen hast? Wo hat es dich erwischt? Hier? Oder dort? Oder auch da, wo es mich getroffen hat? Und du bist hinaufgegangen. Und hast gefunden, was du gesucht hast. Und es wieder verloren. Und dafür etwas anderes gefunden. Erinnerst du dich noch daran, Dick, was du einst gespürt hast? Heute Nacht, in deinem winddurchwehten Labyrinth, woran denkst du da? Erinnerst du dich, wie es einmal war?

Warum hast du dich von uns abgewandt, Dick?

Und was ist aus dir geworden?

Er eilte zu dem Mädchen, das ihn erwartete. Sie tranken jungen Wein, der sauer und elektrisierend schmeckte. Sie lächelten sich durch das Flackern der Kerze an. Später öffnete sie für ihn die ganze Weichheit und Zartheit ihres Körpers. Und noch eine Weile später standen sie beide eng aneinander gepreßt auf dem Balkon und sahen hinaus auf die größte und großartigste aller Städte, die je von Menschen erbaut worden war. Die Lichter erstreckten sich bis in die Unendlichkeit, stiegen immer höher, bis sie mit den Lichtern am Himmel verschmolzen. Er legte ihr den Arm um die Taille, zog sie zu sich heran und drückte sie fest an sich.

„Wie lange bleibst du dieses Mal?“ fragte sie.
„Noch vier Tage.“
„Und wann wirst du zurückkehren?“
„Sobald meine Mission beendet ist.“
„Ned, wirst du nie zur Ruhe kommen? Wirst du jemals sagen, daß du genug davon hast, daß du nicht länger hinaus willst, daß du den richtigen Planeten gefunden hast, auf dem du bleiben willst?“
„Doch“, sagte er mit entrückter Stimme. „Ich denke schon. Nach einiger Zeit sicher.“
„Das meinst du nicht wirklich. Du sagst es nur so. Keiner von euch kommt jemals zur Ruhe.“
„Wir können es einfach nicht“, murmelte er. „Wir ziehen immer weiter. Immer stehen neue Welten vor einem . . . neue Sonnen . . .“
„Du willst zuviel. Du willst das ganze Universum. Aber das ist Anmaßung, Ned, Sünde. Du mußt akzeptieren, daß es Grenzen gibt.“
„Ja“, sagte er. „Du hast recht. Ich weiß, du hast recht.“ Seine Finger wanderten über ihre samtweiche Haut. Sie erschauderte. „Wir tun das, was wir tun müssen“, sagte er. „Wir versuchen, von den Fehlern der anderen zu lernen. Wir dienen unserer Sache. Wir versuchen, uns selbst gegenüber ehrlich zu sein. Wie sollte es anders gehen?“
„Der Mann, der ins Labyrinth zurückkehrte . . .“
„. . . ist glücklich“, ergänzte Rawlins. „Er folgt seinem selbstgewählten Kurs.“
„Wie das?“
„Das kann ich nicht erklären.“
„Er muß uns alle furchtbar hassen, wenn er auf diese Weise dem ganzen Universum den Rücken kehrt.“
„Er steht jenseits von Haß und solchen Gefühlen. Irgendwie hat er es geschafft“, bemerkte Rawlins. „Er hat seinen Frieden gefunden. Was immer auch aus ihm geworden ist.“
*„Geworden ist?“*
„Ja“, sagte er sanft. Er spürte das Frösteln mitternächtlicher Kühle und führte sie hinein. Sie standen am Bett. Die Kerze war beinahe abgebrannt. Er küßte sie innig und dachte dabei an Richard Muller. Er fragte sich, was für ein Labyrinth ihn am Ende seines Weges erwarten würde. Er zog sie ganz nahe an sich heran und spürte den Druck von angespanntem Fleisch an seiner kühlen Haut. Sie sanken auf das Bett hinab. Seine Hände suchten, kneteten, streichelten. Ihr Atem kam stoßweise, kam unregelmäßig.

*Wenn ich dich wiedersehe, Dick, dann habe ich dir so viel zu erzählen,* dachte er.

„Warum hat er sich eigentlich selbst in den Irrgarten eingesperrt, Ned?“ fragte sie.

„Aus dem gleichen Grund, aus dem er zum erstenmal zu den Außerirdischen gegangen ist. Aus diesem Grund ist er auch zum zweiten Mal gegangen.“

„Und was war das für ein Grund?“

„Er liebte die Menschheit“, sagte Rawlins. Er hielt diese Art Grabinschrift für genausogut wie jede andere auch. Dann umarmte er das Mädchen. Aber bevor der Morgen graute, hatte er sie bereits verlassen.

# Nachwort

Robert Silverberg wurde 1934 in New York geboren, studierte Englisch an der Columbia University und erwarb dort den akademischen Grad des Bachelor of Arts. Als Jugendlicher schon für Science Fiction begeistert, begann er mit dem Schreiben von SF-Stories in den frühen fünfziger Jahren. 1954 gelang es ihm, die erste Kurzgeschichte zu verkaufen, und schon 1955 begann er eine Karriere als Fließbandschreiber für billige amerikanische SF-Magazine. Später gelang ihm der Absprung zum Genre der populärwissenschaftlichen Sachbücher.

Zehn Jahre lang blieb er den Sachbüchern treu, erwarb sich Reputation damit und erlangte zudem wirtschaftliche Unabhängigkeit. Es war ein neuer Silverberg, der nach dieser Zeitspanne zur Science Fiction zurückkehrte. Mit *Thorns* (1967, *Der Gesang der Neuronen*) gelang ihm auf Anhieb ein vielbeachteter neuer Start. Noch im selben Jahr erschienen mit *Hawksbill Station* (1967, *Verbannte der Ewigkeit*) und *To Open the Sky* (1967, *Öffnet den Himmel!*) zwei weitere bemerkenswerte Romane. In der Folge waren es Werke wie *Up the Line* (1969, *Zeitpatrouille*), *The Man in the Maze* (1969, *Der Mann im Labyrinth*), *To Live Again* (1969, *Noch einmal leben*), *Tower of Glass* (1970, *Kinder der Retorte*), *A Time of Changes* (1971, *Zeit der Wandlungen*), *Dying Inside* (1972, *Es stirbt in mir,* Neuauflage bei Moewig in Vorbereitung) und *The Book of Skulls* (1972, *Bruderschaft der Unsterblichen*), die ihn in die Gruppe der besten und beliebtesten Autoren beförderten. Nach mehrjähriger Pause legte er 1979 mit *Lord Valentine's Castle* (Buchausgabe 1980, *Krieg der Träume,* als Moewig-Hardcover erschienen) einen mit Spannung erwarteten voluminösen neuen Roman vor. Robert Silverberg erhielt zweimal den *Hugo-Gernsback-Award,* einmal den *Jupiter,* einmal den *Locus-Award* und viermal den *Nebula-Award.* Ferner erwarb er sich Meriten als Verfasser von SF-Jugendbüchern.

*Hans Joachim Alpers*